頂上捜査

安東能明

角川文庫
22999

プロローグ

平成二十三年十一月二日水曜日

発砲事件発生の報を受けたのは、山梨県警東別館に帰る途中だった。携帯をズボンのポケットに放り込み、皆沢利道(みなざわとしみち)警部はいま来た道を引き返した。夜は更け、オリオン通りから通行人は絶えていた。耳につけたイヤホンに、おびただしい警察無線のやり取りが入感しだした。

〈裏春日(うらかすが)〉〈被害者不詳〉〈開発(かいはつ)通り〉

切れ切れに地名が聞こえる。

とうとう。

苦いものが喉元(のどもと)に這(は)い上ってくる。

現場(げんじょう)の正確な位置はわからない。どうしてだ、と疑問が湧く。百名を超える警官が警戒に当たっている甲府(こうふ)市中心街で発砲とは。

風が冷たい。コートの襟をきつく合わせる。城東（じょうとう）通りの信号機が赤に変わった。右からやって来た車を手で制して、通りを渡った。春日（かすが）通りに入った。繁華街随一の街路だが、路肩に停めてある車が邪魔をして先が見通せない。歩道を避（よ）け、一方通行の車両通行帯の真ん中を急ぐ。

ネオンの明かりに負けず、空に輝く星々の光が胸に沁（し）みる。こみ上げてくる怒りで、頬が熱くなってくる。

山梨（やまなし）総業か、それとも佐古（さこ）組か。どちらが弾（はじ）いた？

役に立たないイヤホンを外した。同時に、右ふくらはぎの古傷が痛み出した。こんなときに、いや、こんなときだからこそか。足下が揺らいだ。体が宙に浮くような錯覚に陥る。揺れたようだ。東日本大震災から八ヶ月経つのに、余震が収まってくれない。

甲府ホルモン、甲宝（こうほう）シネマ。左右にある店のシャッターは下りかけていた。恨めしさを感じつつ、百メートル歩き切った。左手に銀座（ぎんざ）通りが現れた。そのアーケード街の中ほどで南方向に走る警官の姿を視認した。無線で聞いた言葉を頼りに、一番街の路地に身を投じた。

スナック店舗が詰まったビルの脇を足早に抜ける。裏春日通りに出たところで右手を見た。五十メートル先に人だかりがある。

デイサービスセンターの前にパトカーが駐車し、その横で機動隊員が野次馬を押し戻している。

警察手帳をかざしてすり抜ける。電柱と小料理屋のあいだの暗がりで、ハンディライトの明かりがちらついていた。人しか通れぬ路地だ。

防弾チョッキを着た男たちが見下ろす地面に、白い女の脚が見えた。揃いのキャップを被った警官に目配せして、人垣を割る。

組織犯罪捜査室長の到着に気づいた刑事たちが振り返った。

幅一間ほどの路地に、白いブラウスにハイウエストのスカートを穿いた女が仰向けで横たわっている。茶髪の男が女の左手にひざまずき、その顎を上げて気道の確保をしていた。女の胸元にあてがわれたタオルが血で真っ赤に染まっている。女の下のアスファルトに血だまりが広がっているのを見て、心臓の鼓動が増した。……とうとう、やられた。

並んで膝を折ると、茶髪の顔がこちらを向いた。辻清志警部補だ。

「撃たれたか？」

「背中から一発。まだ息、あります」

そう洩らした辻の目にも憤怒がちらついている。

「貫通してる？」

女の目はきつく閉じられている。

「してます」

胸の傷は射出口らしく、そのため大量の血が洩れているのだ。

「通りから弾かれたか？」

後方を窺いながら確認する。

「のはずです。追われた野郎が入り込んだとき、この人が居合わせたのだと思います」

「追われた？　誰が？」

「この先にある『ルイ』のママが、泡食って逃げる国井と鉢合わせしています。撃った人間は見ていません。一発弾いて、逃走しています」

「佐古の国井か……」

「ええ。この人を楯にして、あっちに逃げ延びていったはずです」

と辻は路地の先の春日通り方向に顔を向ける。

一般人を楯に？

皮が裂けそうなほど拳を握りしめる。

対立する暴力団同士の小競り合いが発展して、ここまで行き着いてしまった。それも警察が警戒に当たっているなかで起きたのだ。そこに、この女が巻き込まれた……。

救急車のサイレンが大きくなる。

「ホステスか？」

唇に鮮やかなルージュを引いている。このあたりにいたのだから、水商売の女の可能性が高い。

「わかりません。財布も携帯も、身分証明になるものは持ってないし。そこにいるママたちも見たことがないらしくて」

　身のまわりのものを持っていないのなら、やはりホステスだろう。何かの用事で店を出て、運悪く巻き添えになったのだ。

　発砲時の状況を辻が話す。春日通り西にあるエル西銀座で、山梨総業と佐古組の組員が睨み合いになり、小競り合いが始まった。それを制止するために、警戒についていた警官が集結したのが午後八時四十分。佐古組の組員が山梨総業の組員の腹に蹴りを入れ、現行犯逮捕されたその瞬間、この付近で発砲音があった。双方の暴力団員は蜘蛛の子を散らすように逃げだし、それを追う警官と入り乱れ現場は大混乱に陥った。倒れていた女を見つけるまで五分を要したという。

　救急車が到着し、怒号を発しながら救急隊員が突入してきた。すぐさま女がストレッチャーに乗せられ、酸素マスクがはめられる。止血処置がなされるのを黙って見つめる。

「聞こえる？」

「大丈夫だからね、大丈夫だからね」

　隊員らがしきりに声をかけるものの、意識はない。

　ストレッチャーごと、横付けされた救急車に運び入れた。扉が閉められる間際、皆沢は一緒に行くと隊員に申し出た。

　乗り込むと同時に、救急車が走り出した。けたたましいサイレンとともに交差点を右に取る。甲府駅に通じる平和通りを突っ切った。県立中央病院へ向かうらしく、美術館通りを西へ西へと走る。隊員らの声がけはやまない。顔を赤らめ、女の胸元に分厚いガーゼを当てている。女の腰と脚はベルトで固定され、脈と血圧、心電図を取るための導線が車内を這い回る。口元の酸素マスクが曇っていた。身長は百六十センチほど。すらっとした体つき。広い額の左右に髪が流れ、頬骨が目立つ。美人だ。よりによってあんな場所に。

モニターに映る心電図の波形が小さくなる。

「どの店の人だ？」

と心のなかで呼びかける。

せめて、撃った人間を見ていないか？

車が跳ねるたび、剝き出しになった白い肩が揺れる。

浮かぶのは佐古紀男のシワ顔だった。そもそも今回の抗争の発端は、四ヶ月前の七月に起きた山梨総業の分裂騒動だった。二十団体からなる山梨総業を強権政治で束ねてきた佐古組が、上部組織、滝川会の反感を買い、絶縁処分を食らった。総業から脱退を余儀なくされた佐古組は同調する複数の組を糾合して、新たに佐古組として独立したのだ。一方、山梨総業の総長には、佐古組と反目していた月岡組組長の月岡誠が就任。

ここに佐古組対山梨総業の抗争が勃発した。

両者は甲府市中心街や石和温泉などで喧嘩騒ぎを起こし、先日、佐古組組長宅で小火騒ぎが発生した。それを発端に互いの組事務所へ拳銃発砲を繰り返すようになった。そして、一週間前、佐古組組員が山梨総業の月岡総長を銃撃し、重傷を負わせる事態に発展した。今晩の銃撃はそれに対する山梨総業側の報復と見て間違いなかった。あげくに一般人が撃たれた。

体が左に持っていかれた。中腰でベッドにつかまる。

荒川の手前で右に曲がったようだ。川沿いに進めば、病院まで五分で着ける。

女の喉元あたりが震えるように波打った。形のいい唇がかすかに開いた。

女の顔すれすれまで近づいた。唇が動いている。

何を言ってる？

隊員の目を盗み、酸素マスクを半分持ち上げる。

その隙間に耳を差し込んだ。

「……ハ」

長い睫毛が震え、閉じた目蓋の下で眼球がぴくぴく動く。

「……ハリ」

何を言いたい？　撃った人間を見たのか？

「ハリモ……」

かすかにそう聞こえた。

モニターが突然アラーム音を発した。それまであった波形が消えていた。

「ＡＥＤっ」

これほどの出血でも、やるのか。

救急隊員の手により、荒々しく酸素マスクが被された。

ガーゼを当てただけの血だらけの胸が露わになる。心臓をはさむようにパッドが貼り付けられた。ＡＥＤが音声案内を発する。

「離れてください」

隊員により、女の足下に移動させられた。

ふたたび案内が流れたあと、隊員がＡＥＤのスイッチを入れた。

心停止状態は改善しない。

再度スイッチを入れるものの、モニターに波形は戻らない。

あわただしくパッドを外し、隊員が胸骨の上から両手で胸部圧迫を開始する。規則正しくタイミングを取り、真上から律動させる。女の体が激しく揺れた。ガーゼに血がにじみ出る。風もないのに長い髪の毛が揺れる。隊員は諦めなかった。辛抱強く、圧迫を繰り返す。救急車が右に曲がった。反動で女の腰元に抱きつく形となった。女の唇は死んだ貝のように閉じられたままだった。蘇生措置は空振りに終わろうとしている。県立中央病院が目の前に近づいていた。

1

平成二十三年九月七日水曜日

温泉街にふさわしく、石和署は柔らかなフォルムの三棟建てだった。警察官の帽子を思わせるポーチから入り口の自動ドアをくぐると、紫紺の地に風林火山の金文字が浮かぶ旗が目に飛び込んできた。山梨県警捜査二課知能犯特捜補佐の志田公彦警部がカウンターに手をつき、警務係長とやり取りするのを聞く。すぐに署長室に案内された。

署長席にいた大柄な男が腰を上げ、仁村は八人掛けのソファの上手に座るよう促され、志田がとなりに腰掛ける。壁に歴代署長のプレートが掛けられ、その左端に『池井浩己』と墨書された真新しいヒノキ板がある。

正面の席に着いた夏服姿の署長が背筋をピッと伸ばし、「どうも、わざわざご苦労様」と口を開いた。

幾筋か白いものを引いた髪は、散髪したてのように櫛が入り、ふっくらした顔はさわやかな笑みに包まれている。警官臭は微塵もない。珍しいと思った。スポーツを奨励する中学校の校長さながらの好印象を受ける。

「五日付で捜査二課長を拝命した仁村恒一郎と申します」

それだけ言い、軽くお辞儀する。

「お初にお目にかかります。署長の池井です」

向こうも軽く頭を垂れた。上着を脱ぐように促され、言われるまま畳んで脇に置く。

池井は親しみをこめた感じで「どうですか、山梨の印象は？」と訊いてくる。

「甲府に来て、まだ一週間ですので。官舎と東別館の往復だけですが、こちらの署の造りには感心いたしました」

まんざらでもないふうに、池井は首を縦に振る。

「温泉町のイメージに合わせて、十年前、新築したんですよ」

「地域によく馴染んでいると思いました。警察の活動には住民の協力が欠かせません。警察署のイメージはことのほか重要です」

「さっそく褒め言葉を頂き、ありがとうございます」

息子ほどに歳の離れた仁村に持ち上げられ、池井は笑みをこぼし頭を下げる。

「ひとつ、質問させていただいてもよろしいですか？」

「なんなりと」

仁村は部屋の奥の壁に掛けられた『積極果敢』と大書された額を指した。

「あの署訓は新しいようですが、池井署長が考案されたのですか？」

「そうですよ。攻めの警察がモットーですから。どうかしました？」

誇らしげに胸を張る。

「関東管機の隊訓ではありませんか？」

おっ、という顔で、池井は額に体を向けた。

「よく、ご存じで。若い頃、三年も放り込まれてね。いやぁ、半端じゃなかった。でも、若い連中を動かすにはぴったりでしょ」

積極果敢は、さいたま市に本拠を置く関東管区機動隊の隊訓である。

「まねするのではなく、独自の言葉にしたほうがいいですね」

池井は顎を引き、一瞬言葉に詰まったが、すぐ元のにこやかな表情に戻った。

「風林火山にでもしますか」

と額の汗をハンカチで拭いながら、言葉を継ぐ。

「そうすべきです」

一本取られたように池井が頭を掻き、苦笑いする志田と顔を見合わせる。

「課長、署長には署長の考えがありますから」

志田が肩を寄せ、小声で諫めた。

「や、ひとつ、お手柔らかにお願いします」と池井。

「こちらこそ、よろしくお願いいたします」

七年前、仁村は国家公務員I種試験に合格し、東大を出て警察庁に入庁した。一年間の川崎警察署勤務を経て、警察庁長官官房総務課に二年、交通局交通企画課に三年籍を置いた。この四月、警視に昇任し、九月の異動で山梨県警刑事部捜査二課長に着任と同時に二十九歳の誕生日を迎えた。警察署への挨拶回りは、まず県下最大の甲府中央警察署に出向くのが筋だろうが、こうして小規模署に連れてこられた。なにか曰くありげだと車中で考えた。着いてみれば、人払いされた部屋のテーブルにお茶一杯出てこない。

志田とあうんの呼吸で池井が切り出した。

「……直々に二課長と会って話したいと部長に申し入れましてね。ご足労願ったわけですが、もう、二課員とは顔を合わせましたか？」

どことなく奥歯にものが挟まったような言い方に、こちらを試しているような雰囲気が感じられる。

「着任した月曜、早々に集まってもらいました」

月曜の午前九時、東別館六階にある捜査二課に三十一名が揃った。管理職として初めての第一線勤務ということもあり、やや緊張しながら簡単な挨拶と訓示を行ったばかりだ。

急にまじめくさった顔で池井が懐から紙を取り出し、仁村の前に置いた。

十数行ほどのメモ書きにあるタイトルに目を奪われた。

山梨県知事贈収賄事案。

〝収〟の被疑者名に有泉寛人山梨県知事六十四歳。

〝贈〟には新原大吾、葬儀会社パッセ会長六十八歳、とある。

現知事を贈収賄で挙げる？

にわかに信じがたかった。読み返しても、全体像が見えない。

こちらを見ていた池井の眉間に縦ジワが寄り、ぎこちなく肩と肘を動かす。

「じつはそういうことでしてね」

とひとまず肩の荷を下ろしたような顔で続けた。

メモの日付は八月十五日。三週間ほど前だ。

前任の二課長からの引き継ぎでは、知事の知の字も出なかった。着任以来、公私とも面倒を見てくれた二課筆頭幹部の志田の口からも、一言も洩れてこなかった。訓示を垂れたときの三十一名の捜査員の顔は晴れやかで、闘志さえ漲っていたのを思い出し、仁村は戦慄した。

県知事の贈収賄事件を手がける――。

それを伝えるためにわざわざ呼びつけた？

すでに刑事部長には話が通っているはずだ。

しかし、どうして、石和署長の口から。

疑念が頭をよぎったものの、いったん措く。

知事汚職と聞いて、警察庁刑事局捜査一課長の顔が浮かんだ。仁村の後ろ盾だ。彼が宮崎県警の本部長だったときに、宮崎県知事の汚職を摘発した。この自分がそれに続いて知事汚職を手がける？　着手済みなら、本件は警察庁長官まで上がっている。それをわかったうえで仁村を配転したとすれば、抜擢という見方もできる。あっせん、談合など、当然並ぶべき言葉は一切ない。

捜査状況が記された数行を読み直す。

〝洋服仕立券〟なる見慣れない言葉が躍っている。

……葬儀会社会長の新原大吾は山梨県人事委員会の委員長職にあるが、引き続き委員長に留任させてもらうため、有泉寛人山梨県知事に五十万円相当の高級紳士服仕立券を六回にわたって手渡した。

要約すれば、そういう中身だった。

ふたりは押し黙ったままだ。志田は値踏みするような顔でこちらを見つめるだけで、言葉を発しない。

仁村の疑問を見通した池井が、噛んで含めるような口調で話し出した。

「このパッセという葬儀会社は業界大手です。ご存じですか？」

「知りません」

業界といわれても、ぴんとこない。

「葬儀市場自体は二兆円を超える規模がありましてね。パッセは富士吉田出身の新原大吾が裸一貫から作り上げた会社です。本社は甲府で、東京の青山の新社屋には長男坊の社長がいます。売上高で業界のベストテンに入るところまで成長したんですが、本人は歳でしょ。会社を盤石なものにしておきたくて、地元で行政委員のポストを漁っていたんです。それで前知事の時代に猛烈にアタックして、県の人事委員の職にありついたわけですよ。知事に近づけば何かと便宜を図ってもらえるしね」

人事委員会は、公務員の人事行政を運営する県の独立機関になる。一方の現知事の有泉は三年前の七月、前知事を破って当選したはずだ。

「知事が代われば人事委員も交代するのが通例ではありませんか？」

同じ行政委員が居座るというのは聞いたことがない。

「三人のうちふたりは替わったけど、新原は居残ってます。いまじゃ委員長ですから。本人は公安委員長を狙っていたみたいだけどね」

「洒落にならない。それにしても、よく生き残れたものだ」

「そこなんですよ。本人は負けた側の前知事を応援していたからね。それで、人事委員の任期が更新されないんじゃないかって不安がって、知り合いを通じて有泉とこっそり会ったんですよ。その場で一発目の仕立券を渡したと見てます。あとで現物をお見せしますよ」

仕立券は銀座にある白川屋のもので、有泉はすでに十着の背広を作ったことがわかっている。仕立てる際、有泉は実名を使い、職業欄には弁護士と記していた。しかし券には通し番号があり、使用時に身分証明書で本人確認をするので、店側は知事であるとわかっていたという。

それにしても仕立券とは……。

「新原は人事委員の職に再任してもらうために、現知事へ仕立券を贈ったわけですね？」

一通り聞いて、仁村は確認を求めた。

「そのとおりです。任命権は知事にありますので」

「なるほど。わかりやすい」

公務員がいくら他人から金品を受け取り、世間から非難を浴びたとしても、それが職務に関係していなければ賄賂にはならない。しかし、金品を受け取った見返りとして、その職務に関連し便宜を図った場合、刑法第一九七条にある受託収賄罪に該当する。本件はそれにぴったり当てはまる。起訴できれば、辞職はまぬがれない。

「その仕立てた背広、着ているんですか？」

改めて仁村が訊くと、池井が即座に答えた。

「もちろんですよ。毎日着てます」

面食らった。

証拠品そのものを身につけていることになるではないか。

「しかし、服に三百万……大した金額だ」

「新原本人はそんなこと毛ほども思ってないよ。昼にラーメン一杯おごってやったぐらいの感覚ですから。県議や国会議員の連中にも気前よく実弾を配ってるからね」

「現金？」

「新原は毎年、新年会を開くんですが、議員同士が『金がもらえるから行かないか』って誘いあって出かけるんですよ。行けば一本配られますから」

「百万？」

「ええ。選挙のたび、議員の事務所に陣中見舞いといって現金が届くし」

前知事にも、これくらい行ってますよと池井が指を二本立てた。

「二百万？」

「ひとつ桁が違うな」

驚いた。仁村が生まれる前の話ならともかく、この時代に、金をばらまく人間がいるとは。

「現知事にも現金が渡っていると考えているわけですか？」

池井と志田が迷うことなく同時にうなずいた。

「いまの知事が衆議院議員をしていた頃からのつきあいですからね。有泉も来年は知事選の年だし、喉から手が出るほど金をほしがってるはずですよ」さらりと池井が続ける。

「まあ、わたしが取ってきたネタなんですが」

石和署まで連れてこられた理由が呑み込めた。池井にしてみれば、自分が取ってきたネタだから、自分が長を務める警察署に捜査本部を置き、元立ちとして捜査を進めたい。そのうえで本部のわれわれ二課と合同でつめる気だ。そうなれば、池井の手柄になる。

仁村にしても、自分の裁量の余地は大いにあると判断し、首のあたりの筋がぎゅっと引き締まるのを感じた。

「お伺いします。本庁には上げてありますか？」

贈収賄は本庁承認事件になる。対象者の多くは社会的地位が高いため、必ず起訴できるだけの証拠が揃っていなければ承認されない。

池井がむくむくと笑みを浮かべた。

「先月の二十三日、刑事部長と志田くんが警察庁に行ってくれたよ」

思わず隣に座る男を振り向いた。短い髪。下駄（げた）顔の柔和そうな目を細め、幅広い唇の端を上げて微笑んでいる。二十歳上のこの男が、自分がまだ在庁していた先月、警察庁を訪れていたのだ。

警察庁幹部を前にして独特の舌鋒（ぜっぽう）を披露し、うんもすんもなく着手了解にこぎ着けたのだろう。

「二課長補佐の斉藤（さいとう）さんにじっくり説明してきましたよ」志田が禁を解いたように言う。

「向こうもサンズイやりたくてしょうがない感じでしたね。ほくほく顔でした」

「斉藤さんにですね」

自分より年上の準キャリアで、二課事件のベテランだ。彼が承知するなら、警察庁はOKということになる。警察庁長官まで上がっているはずだ。サンズイ、つまり汚職案件は二課の柱である。

「わかりました……」

いずれにしても、今回の異動は抜擢ではなく、キャリア通例のものだったのだとわかり、仁村は少しがっかりした。

「本庁をのぞいて、本件はここにいる三人と刑事部長しか知らないからね」

と池井が念押しした。

異動の時期と重なったため、前任の本部長も二課長も知らされていなかったようだ。保秘徹底の意味からそう判断したらしいが、このタイミングで警察庁に上げるということは、新しく着任する本部長が本件に反対する余地を与えないという意味合いもあり、地方の並々ならぬ意欲を感じた。

「現本部長にもまだ上げてないですね？」

確認のため訊いた。

「もちろん、これからですよ」こなれた様子で志田が言った。「本庁との連絡はお願いしますよ」

「心得ました」

警察庁との連絡なら電話で済む。

気になっていたネタ元について尋ねてみた。

すると池井が、「わたしが二課にいた頃からの知り合いで、水島建設の社長」と返した。

志田に顎で促され、池井がふたたび口を開く。

「選挙で負けた前知事派の急先鋒ですよ。この六月、大月の県道工事の入札で公正取引委員会に談合認定されて、現知事から違約金一千万円を請求されていてね」

「それで、今回はその意趣返しに？」

思わずそう訊き返した。

池井は否定も肯定もせず、「現知事を失脚させたい勢力は少なからずあります。そのうちのひとつと見ていますよ」とだけ語った。

どのようにネタが持ち込まれたのか。興味が湧いたが、いま口にするべきことではない。

「前知事の井原の弟が中心になって、陰で糸を引く桃源グループというのが動いていましてね」池井が続ける。「これに水島をはじめ、一部の県議や市長も入っています」

具体的な名前を池井が発した。

いずれにしろ、そこがネタ元とすれば、いずれ知事汚職は表沙汰になる。

警察としては、そうなる前に打って出るしかない。引くに引けない状況のようだ。池井の顔は期待に満ち、好物を捕食しようとする肉食獣さながらの荒い息遣いが感じられた。

手綱を締めるわけでもないが、検察には事前相談をしてあるのかと問いかける。池井も志田も調子を合わせたように、手を横に振った。

「まだまだ。これからですよ」

と志田が引き取った。

大方の話はついたとばかり、池井がすっかり打ち解けたふうに「ただ、どうだ」と志田に問いかける。「現金じゃなくて仕立券だろ。検察は何て言うかな」

「それにうちの本部長も同じ出身だからね。何言われるか、わかったもんじゃないですよ」と志田が返す。

自分と同じ異動で、山梨県警本部長に着任した木元和範（きもとかずのり）は五十歳。珍しく国土交通省からの出向だ。現知事も旧建設省のキャリア上がりであり、知事が引っ張ったのではないかと疑いたくなるような人事ではある。

「直近の首長の贈収賄は調べたよね？」

池井が志田に念を押す。

「もちろん。いずれも市長ですが、二年前に埼玉で五百万、去年は兵庫で現金百万を受け取り、挙げられています」

「……そうか。三百万ならいい線だと思うけどな」と池井。

ふたりのやり取りは、ここに来て疑心暗鬼になっているようにも感じられた。何をいまさらと思い、仁村は口を差し挟んだ。

「仕立券は金券扱いで換金できるのをお忘れですか？　それに、額も大きい」

「それはそうですけどね」

池井が指で口を触りながら応じた。

「本件には知事が請託を受けて新原を人事委員に再任用したという明白な事実が存在し

ている。これは単純収賄罪に比べて、より、法定刑が重い受託収賄罪の適用が可能となります。その点、いいですよね？」

仁村の語勢に押されるように、ふたりは同時にうなずいた。

「知事は仕立券以外に現金を受け取っている疑いが濃厚であるばかりか、贈賄側は知事以外の議員にも金品を贈与している」いったん区切りを置く。「地縁、血縁、金頼み——甲州（こうしゅう）選挙と呼ばれる本県の悪しき伝統を断ち切るためにも、断固叩（たた）くべきではないですか」

違和感なく言葉が出たので、我ながら驚く。

池井は首を縮こませ、志田が固唾（かたず）を呑んで見守っている。まだ足りないのか？

「この重大案件を放置しておいて、万一マスコミに洩（も）れた日にはどうなります？　県民全般の警察に対する信頼が一挙に失墜しますよ。だいたい、仕立券という安易なエサから入って、現金受領にエスカレートさせるやり口は安っぽすぎる」言っていて、腹が立ってきた。「気づいた頃には、知事サイドは喜んで便宜を与える犬に成り下がる。尻込（しりご）みしてる場合じゃないでしょ」

手のひらでテーブルを叩いた。

場の空気が変わった。ふたりは顔を見合わせ、息を呑んだ。

素早く瞬きしながら、口を開いたのは池井だった。

「いっちょう、やってやるか。な、班長」

「うん、毎年毎年、絞られてるし」

「県の連中がぐうの音も出ないくらい、徹底的にやろうよ」池井が追従する。

志田が拳を握った。「年内にカタをつけますか」

それまでにない積極的な言葉が飛び出た。同じ組織とはいえ、県警は知事部局から疎んじられ、鬱憤が溜まっているようだ。予算面や人員面で、思うように要求が通らないのだろう。当面の帳場を石和署の二階に設けることや、捜査二課の捜査員の配置など、とんとん拍子に話が進む。

本部長との面会は明日と決まった。捜査本部設置に向けての警務部長とのすり合わせなど、細かな実務の話を済ませ、最後にネタ元の水島に会ってみますかと打診されて、一も二もなく承知した。

話が一段落すると、志田の口から、「今年の石和温泉の花火大会は大変だったでしょ」とローカルな話が出た。

「そりゃ、もうマル暴の露店を排除するので大変だったよ」

池井が応じた。

「あいにく雨模様だったけど、わたしも見に行きましたよ。金魚すくいも射的もなくて、ちょっと寂しかったな」

志田が冗談めかして言うと、「やめてよ。こっちは何とか夜店を出してくれないかって、地元の商店街をお願いして回ったんだから」と池井が言う。

「そうだったんですか？　どうりでハムとかソーセージとか、似たようなのばっかだったな」

冷やかしの言葉を池井は笑顔で返した。

「夜店の数じゃ、去年と負けていないと思うよ」

「震災で四月の信玄公祭りも中止になったし、石和の花火大会も流れたりしたら、それこそ大目玉を食らったでしょうね」

「それを言うなら、いま石和温泉に送り込まれている滝川会の連中を何とかしてよ。このところ、毎日地元の旅館から、苦情が出てるんだから」

「一昨日の衝突ですか？」

仁村が口をはさんだ。

この七月、地元の暴力団が分裂して、上部組織の滝川会を巻き込んだ抗争事案が各所で起きているという話は志田から聞かされている。滝川会は東京に本部を置く構成員五千人の巨大勢力だ。県警は暴力団抗争事件特別捜査本部を設置し、主だった暴力団事務所を二十四時間態勢で監視しているという。昨日の地元紙も、甲府市中心街で衝突事件があったと伝えていた。

山梨県警の定員は千七百名足らず。東日本大震災への対応のため、東北に応援部隊も派遣している。そこへもってきて、大規模な暴力団抗争が起きつつある。たったいま聞かされた汚職にしろ、抗争にしろ、時代が二十年ぐらい遡ったような感覚を覚えて、軽い船酔い気分に襲われた。

しばらく、山梨県内の至る所で、夏祭りに参加するテキ屋同士がもめて、警察が出動したなどの話が続いた。そのあと、仕立券の現物を見せられ、帰途についたのは昼近かった。

2

早朝からはじまった佐古組組事務所の家宅捜索も三時間近くが経過していた。場所は身延線南甲府駅の西側に広がる住宅街の一角だ。一階と二階合わせて十一部屋の隅々まで調べ上げる。皆沢利道がいるのは部屋住みの若い衆が寝泊まりする八畳の日本間だった。ハンガーに安物の服が吊され、本棚にはヤクザ関係の本や週刊誌が並んでいた。捜査員が窓際にあるタンスを開けて、中を散けている。そのとき、となりの部屋の壁に、どんと何かを投げつけるような物音が聞こえた。

皆沢がそちらに移動すると、食堂兼居間になっている部屋の壁に、捜査員がふたりがかりで、丸坊主の組員を押しつけていた。

「放せ、この野郎っ」

「手出しするなと言ったろ」

「ざけるな、ダムに沈めるぞ、この野郎」

組員が毒づき、大声で応援を呼ぶが、一階に集められた組員は上がってこない。捜査員が三人飛び込んできて制圧に加わった。

「シャブ、隠してるんじゃねーか」

と組員を押さえつけている捜査員が吠え、そこそこ、と指差した。

別の捜査員が示された小型冷蔵庫の扉を開け、冷えたおしぼりを床に放り出した。なかはほかには何もない。冷蔵庫を載せてあるワゴンの引き出しも開けて、中身を床にぶちまける。クリップや電卓やコード類があちこちに転がる。シャブはおろか、ビニール袋ひとつ出てこない。

「野郎、冷蔵庫の前を離れようとしなくて、どかしたら反発しやがって」と捜査員も興奮が冷めやらない。

「高木、そうなのか？」

丸坊主に声をかけるが、返事はない。

家宅捜索で、立会人として署名した組員だ。

「立会人なら、黙って見守っとけ」

ようやく解放されると、高木は「ふざけるな」と吐き、ジャージの腰元を引き上げた。

そろそろ潮時かと思った。

暴力行為法違反容疑で令状を取り、五十名態勢で佐古組組事務所に踏み込んだものの、すっかり片づいて木刀ひとつ出てこない。ご大層な耐火金庫のなかには現金五万六千円があったのみ。応接間には、先月まで組に籍を置いていた男の名を記した破門状が二通、これ見よがしに壁に貼ってあった。

証拠物件などあるはずがないと予想してはいたが、実際に踏み込み、汗をかいた分、虚しさに胸が満たされる。

二階の北側の窓から、どっしりした日本家屋が見渡せた。佐古組組長の自宅だ。コンクリート塀と有刺鉄線で囲まれた事務所とは違い、純和風の土壁がぐるっとまわりを取り囲んでいる。道はそこで行き止まりになっていた。

一階にある十畳ほどの応接室には、二十人近い人間がぎっしり詰まっていた。窓のない部屋の片側で幹部や部屋住みの若い衆が捜査員と対峙し、真ん中に置かれたひとり掛けの真っ白いソファに佐古兄弟が脚を組んでふんぞり返っていた。組長の机の後ろの壁には、神棚があるだけで、代紋を貼り付けた跡がきれいにぬぐい取られていた。

皆沢は部屋を横切り、組長の佐古紀男の脚を手で払い、その正面のソファに腰を落ち着けた。

すぐ横のテーブルには、大きな湯呑み茶碗とラッキー・ストライク、それに灰皿が置かれている。

「竜也はどこにふけた？」

佐古三兄弟のうち、もっとも気性の荒い次男の姿が見えないのだ。

ピンク色のシャツを着た紀男に投げかけるが、不機嫌そうに唇を嚙んだだけだった。

髪を短くし、目尻にも額にも、会うたびにシワが増えている。虚勢を張っているものの、薄い眉と引っ込んだ目は、怯えを隠しきれず、どこにでもいる七十手前の老爺にも見える。

紀男の横にいる三男坊の政志も、薄気味悪い笑みを浮かべるだけで、答える気はなさそうだった。

「一昨日、月岡の車に手を出したやつは誰だ？」

もう一度、捜索目的について口にしてみるが、二人から返事はない。組員たちも、押し黙ったままやり取りを見ている。

十五年前、旧山梨総業壊滅に向けた頂上作戦で、佐古組組事務所に踏み込んだときの情景がよみがえってくる。

あのときも山梨総業の二代目継承問題がこじれて内部抗争が勃発し、発砲事件が続出した。当時、塩部にあった佐古組の組事務所を、家宅捜索のため急襲した。捜査員が鉄板の玄関ドアをこじ開け、皆沢を先頭になだれこんだ。紀男がいる奥の間を目指して、土間から上がる寸前、潜んでいた組員により、右ふくらはぎを日本刀で刺し貫かれた。

今回の山梨総業分裂騒動は、覚せい剤受刑者だった佐古紀男の弟、竜也が出所したことに端を発した。元総長だった紀男は滝川会の承認もなく、出所したばかりの竜也を総業の幹部に復帰させた。それに腹を立てた月岡組組長が滝川会に直訴、滝川会としても放置できず、佐古紀男を絶縁処分にし、県外退去を命じたという経緯がある。

「たいがいにしてくれませんかね」

紀男がしわがれた声を発した。

「何がだ」

「月岡のところは、やらないんですか？」

「おまえに言われる筋合いはない」

紀男がふてくされたように首を曲げ、後頭部をとんとんと叩く。

「何言ってもダメですか」

人いきれが充満する。エアコンの音が響く。

家宅捜索の一番の目的は暴力行為を働いた組員の見極めにあるが、ほかにもいくつかある。そのうちのひとつが口から出そうになったとき、紀男が手を伸ばし、ラッキー・ストライクを摑んだ。若い衆がライターを差し出そうと動いたのを皆沢が止めさせた。代わって、自分のジッポーで火をつけてやる。くつろいだふうに、皆沢はソファに寄りかかりネクタイを緩めた。

「これだけ戦闘員が増えたら、こんなちっぽけなところじゃ入りきれないだろ？」

とカマをかけてみた。

ほかの部屋にいる組員も合わせれば、三十名を軽く超える。七月の分裂騒ぎ以来、佐古組と山梨総業それぞれの組事務所への人の出入りが激しくなり、佐古組では夜も直参の当番組員が寝泊まりするようになっていた。

分裂の発端となった佐古らは現山梨総業とは比べものにならないほど凶悪でコントロールがきかない。警察としては、この混乱を利用して佐古組の勢いをそぐのが当面の大目標になるが、そのあたりの案配は紀男も十分に心得ているはずだった。

答えを待ったが、紀男は深々と煙を肺に送り込むだけで何も口にしない。

事務所移転を考えているはずだが、いまここで深追いはできない。

代わりに皆沢は身を乗り出し、紀男の顔を覗き込んだ。

「なあ、佐古、ほんとに本家と戦争する腹か？」

呼びかけに、紀男は鼻から煙を吐きだした。

「ちょっと街で突いただけです。そんな大げさなもんじゃありませんよ」

むっとして、紀男の胸ぐらを摑んで引き寄せた。

「全国の滝川を敵に回す気かと訊いてるんだ。ちゃんと返事せい」

「そんな気は毛頭ないですよ。言ってるでしょうが」

皆沢はジッポーをテーブルに叩きつけた。

政志が腰を浮かせる。

「言ってることとやってることがばらばらだのぉ、いいか、紀男」皆沢は啖呵を切った。

「今度街に繰り出してみろ。その場でふん縛る。覚えとけ」

それだけ言ってジッポーをすくい上げ、ソファから離れた。

「帰るぞ」

捜査員に言い放ち、出口に向かった。

あちこちで上がる組員たちの罵声を聞き流し、表に出た。

暑い陽の光が容赦なく照りつける。腹の底で虫が鳴った。誰もいない門口でふと見下ろすと、フェンスの内側に絡みつくように細々と這う風船蔓を見つけた。ほおずきの形をした果実の下に白い小さな花が咲いていた。細い茎を根元から折り、そっと花をハンカチにくるんで胸ポケットに収める。差し回された車に乗り込み、事務所をあとにした。

車窓に映る坊主頭の自分をつくづく眺める。猪のように肥えた体と太い首。楕円のメガネの奥で光る目はいつにも増して禍々しかった。十年一日、冬場はニットと背広で通している。

『制服を着てなけりゃ、目を合わせたくないような顔だろ』

皆沢が初対面の新聞記者に使う常套句だ。趣味を訊かれて答えるたび、ほとんどの記者は冗談でしょと返答するが、押し花作りは妻との共通の趣味だ。作った押し花は五千個を超える。

二十年以上前、駐在所勤務の頃、近所に住む初老の女性から台紙になる唐紙やらスポンジやら一式をもらい受けた。それ以来、ずっと続けている。

きょうのように、組長の前では派手なパフォーマンスも演じるし、暴力団員の取調べが厳しいのも自負している。しかし、「おまえはクズだ」などとは決して口にしない。堅気になりたいという若い組員の相談にも乗る。そうやって更生させた人間も少なからずいたが、近ごろはさっぱりない。

東別館に着いて三階まで上がる。報告のため、捜査一課内にある刑事部長室を訪ねたが不在だった。参事官に尋ねてみると、どこに出かけたのかわからないと言う。奇妙なことだと思いながら、とりあえず成果なしと報告した。

その足で四階に上がり、組織犯罪対策課の自席に落ちつくと、さっそくティッシュの上に唐紙を載せた。素早く水分を飛ばすのが肝心だ。唐紙の上にハンカチでくるんでおいた花を置く。しおりにするか、キーホルダーか。花の形で最後の仕上げを考え、贈る相手の顔を思い浮かべながら、もう一度ティッシュを重ねる。古新聞で巻いて、その上に分厚い『組織犯罪対策六法』を載せた。

そうしているうちに部下も続々と戻ってきて、あちこちの机で押収物の詰まった段ボールが開けられる。覚醒剤(かくせいざい)のワンパケでも見つかれば、もう一度ガサをかけられるが、それも期待できない。

カーゴパンツに迷彩Tシャツを着込んだ辻警部補がやって来て、SDカードを手渡される。いちばん頼りになる、本部の組対課組織犯罪捜査第一係長だ。

「何かありそうか?」

「や、レシート一枚見つかりません」

辻は茶髪のなかに指を差し込んで、ごしごし擦る。

「しかし、どこへ行くんだろうな」

「やっぱり下石田（しもいしだ）のほうだと思うんですけどね」

「ほかはないか」

「ええ」

いま構えている佐古組の組事務所の土地と建物は、二年前に売却されている。しかし、退去予定の日が過ぎても居座り続けているため、地権者が甲府簡易裁判所に明け渡しを申し立てた。調停の結果、佐古組は今年いっぱいで退去することに合意している。問題は組事務所の移転先だった。一時は下石田に行くと噂されていたが、いまだにはっきりしない。しかし、組事務所の移転先で住民運動が起こるのは必至の情勢で、県警としてはいち早く移転先を知り、地域住民と一体となって、暴力団排除運動を展開する必要があるのだ。

きょうの家宅捜索の隠れた目的はそれだったが、けっきょく書類一枚見つからなかった。幹部らの口も堅く、まったく情報が洩（も）れてこない。

皆沢はノートPCにSDカードを差し込んだ。画像閲覧ソフトを使い、収められた写真を一枚ずつ見ていく。家宅捜索で、係員が佐古組組事務所内で撮影した写真だ。

見かけない顔の組員が何人かいる。玄関先の置物、幹部らの湯呑（の）み茶碗（ちゃわん）、漫画雑誌や新聞、週刊誌の束、組長室の書類トレイ――。

カードに収められている秘匿記録分のフォルダーを開いた。暴力行為法違反容疑では押収が難しい物件を撮影したものだ。組長の机にあった天然石の置物、食堂の水差し、倉庫のなかの工具箱とその中身……。部屋住みの若い衆のタンスも、一段ずつ開けて写されている。それらのなかに富士山頂に太陽が昇るか沈むかの瞬間を描いたイラストがあった。緑が広がる富士の裾野に、大きな公園のようなものが描かれている。場所の書き込みもなく、何を表しているのか、見当がつかない。

大盛り天丼の遅い昼食をはさみ、おやつのカレーパンをかじりながら写真のチェックを続けた。

それらしいものを見つけたのは午後三時に近かった。建築確認の申請書の青焼きらしきものが一枚。付近見取り図と建物の配置図が描かれているだけで住所の書き込みはない。しかし、建物の形から、何となく組事務所横にある組長宅を思い浮かべた。あの建物を建築した際の届出書類かもしれない。図面の左端に社印らしきものが押されているのを見つけ、拡大表示させた。かすれているが、どうにか下平と読めた。さっそく、ネットで調べてみると、甲府市内のそれらしいものとして、下平コンサルタントなる設計事務所に行き着いた。

この業者に組事務所の移転を任せている可能性はあるか？

調べてみる価値はある。県により四月に施行された暴力団排除条例によれば、暴力団と関わりを持つと一般の会社も処罰対象になる。家宅捜索が可能なのだ。しかしそれをしたところで、ブツが挙がる保証はない。ここは泳がせてみるのが面白い。

一段落ついたところで辻を呼びつけた。

3

ＪＲ甲府駅南口の丸の内一丁目。

県警本部が収まる県庁別館が建てられたのは昭和五年。いまでは、県の有形文化財に指定された石造りの建物二階にある警務部長室のソファで、仁村は池井とともに待機していた。丹羽信夫が本部長室に入室して二十分。刑事、警備ともに長く、事件処理には絶対の自信を持つと言われる刑事部長だ。

様子見に立とうとしたところに内扉が開き、がっしりした体軀が現れた。眉の濃い勝ち気な風貌。連れだって廊下に出ると、その四角い顔がほころんだ。

「ＯＫが出たんですね？」

丹羽は扇子を使い首に風を送り込みながら、仁村の横顔を窺った。

「反対されると思った？」

「……いや、同じ国交省出身ですし」

丹羽は一笑に付し、

「サンズィの話、最初は信じてもらえなくてさ。『どうしても、やらんといかんのか』って、お冠だった」

「やはり、そうでしたか」

国土交通省出身の木元本部長の前職は内閣府の北方対策本部参事官。以前、秋田県警の警務部長として出向した経験もあり、本部長に就任したのは異例ではない。それでもなお、同じ旧建設省出身の知事を汚職で摘発するのに抵抗がないはずがなかった。

「けっきょくは、『まずいときに来たな』の一言で終わったよ」

「岡部（おかべ）警務部長は？」

池井が訊いた。

岡部弘成（ひろなり）。二年前に着任した五十手前の準キャリアだ。長野県警から警察庁入りした推薦組。三度の飯より組織の切り貼りが好きな警官、いや官僚。その岡部には、人員と予算を集中させる要請もしているはずだ。

「そっちはあっさり片づいた。震災派遣も、本件が片づくまでは二課から一名も出さないと約束させた」

「ありがとうございます」

すべて呑んでくれたようだ。手を握りしめ、滑るように大理石の階段を下る。別館を出た右手には八階建ての県庁本館。暑さも忘れて、しばし見つめた。

肩を叩（たた）かれ、コスモスが咲き誇る前庭に足を入れた。くだんの主が居座る本館三階に顔が向く。知事室があるあたりだ。

甲府の市街地を南北に貫く舞鶴（まいづる）通りを渡った。ヒグラシの声がうるさい。首回りに脂汗が染み出てきた。舞鶴城公園の下手、マッチ箱を立てたような東別館に駆け込んだ。

エレベーター前で、志田が長い首をさらに伸ばして待ち構えていた。

「遅くなりましたね」

「予想外に抵抗されてさ」

「本部長室に駆け込もうかと思いましたよ」

覆されるわけもないのに、気が気でなかったようだ。

そのとき、エレベーターの扉が開いて、背の高い制服姿の男が姿を見せた。

「おお、これはこれは、お揃いでどちらに？」

と人懐こそうに声をかけてくる。

仁村と同じ官舎住まいの男で、何度か顔を合わせている。生活安全部参事官のはずだが、名前を思い出せない。

「勘弁しろよ」

歯牙にもかけない様子で丹羽が乗り込み、一瞬遅れて、エレベーターを出る参事官をかわすように池井が続いた。

参事官が目の前まで近づき、「どうです、甲府の夏は暑いでしょ」と如才ない感じで訊いてきた。

先に乗っていた池井が諦めた様子で「閉」ボタンを押す。仁村と志田を残したままエレベーターの扉が閉じた。

参事官はイタズラっぽい顔で顎を引き、「あ、ひょっとして名前をお忘れ？　武智ですよ。生安の武智康広（やすひろ）。どうしたんです？　石和署長まで引き連れて」と独特のかすれ声で訊いてくる。

とかし込んだ髪に、白いものが交じっている。池井と同じ五十五歳くらいだろう。

「挨拶（あいさつ）がてら、本部に伺っただけですので」

「本部？　あれ、妙だな。何かありましたっけ？」

ぽんぽん言葉が飛び出す。

「何もありませんよ」

耳をこちらに向けるひょうきんな動作をしたかと思うと、「あ、どうも、つい性分なもので」

と武智は照れた。「これからの二年間、あなたの腕にかかってますよ。山梨県警を宜（よろ）しく」と調子よく言い、肩をひとつぽんと叩いて、玄関から出て行った。珍しいタイプの人間だと思いながら「さばけた人ですね」と見送る。

「武智さん？　池井署長と同い歳のライバルですけどね」志田が言った。「食えない御仁なんですよ」

珍しく奥歯にものが挟まったような言い方だった。自宅を大月市に建てたばかりで官舎住まいという。

署長と参事官なら、階級は同じ警視になる。武智は生活安全企画課長を兼任しているはずだが、いずれにしても、署長のほうが参事官より格上になる。池井が頭ひとつリードしている形のようだ。

最上階の六階にある捜査二課はウナギの寝床さながらの長い部屋だ。衝立で区切られた一角で待機していた知能犯特捜第一から第四の係長が、仁村を見て一斉に席を立った。捜査着手のゴーサインが出たと告げ、本部長とのやり取りを話すと、四人は安堵と期待の表情を剝き出しにした。

「そういうことです。頼みます」

まずは頭を下げる。

「また忙しくなるぞ」

班長の志田が鼓舞するまでもなく、四人は気合の入った顔で互いを見、早くも作業の話を始める。

捜査本部を石和署に置き、通常別々に事件を受け持つ知特第一から第四の捜査員二十名が全員で当たる。第一と第二で〝贈〟の新原と〝収〟の有泉の、身辺捜査と行動確認。第三と第四が銀行捜査と事業関係調査。すでに決まっている割り振りに基づいて、突っ込んだやり取りを始めた。それを途中で志田がさえぎり、いいか、おまえら、と声を改めた。

「Xデーは遠くない。二十四時間ふたりから目を離すな。潜行して、ターゲット周辺の基礎情報を集めろ。架電明細、メール、預金通帳、新原の会社の事業、すべて調べ上げろ――可能なことはやり尽くせ。些細なことも見逃すな」

口を引き結んでいる四人に、志田がさらに声をかける。

「貝のように口を閉ざせ、保秘を徹底しろ。呼びかけられても振り向くな。洩らしたやつは馘だ」

「了解っ」

一斉に声が上がる。

警部補四人とその部下に対する叱咤を、仁村はとりあえず自分のこととして受け止めた。

「やるからには失敗は許されんぞ、いいな」

最後の一声で散っていくのを見送りながら、課長席に戻る。

窓に広がる風景が目に痛い。左右から関東山地と御坂山地が張り出し、そのあいだに狭い平地が広がっている。甲府に来て以来、しきりと故郷が思い出される。金華山から見下ろす岐阜の街並みとこの甲府盆地が似ているのだ。風景に兄と父が営んでいる歯科医院の白い建物がよぎった。

部屋を一瞥するが、机に向かって仕事をしているのは、庶務を担う警部補と行政職員のふたりのみ。捜査員たちはきびきび動き出し、隅で知特第三係長と志田が額を合わせて話し込んでいる。銀行捜査の打ち合わせだろう。

仕立券の原資となる贈賄側の銀行取引さえ押さえればすむ話だ。一日二日あればできるし、架電明細にしても同様だった。収と贈の行動確認だけは適宜必要になるが、二十四時間張る意味があるのか。ほかにも、際限なく捜査事項が挙げられているが、それらすべてがどこまで必要か。こちらは仕立券の現物を掌中にしている。店側の証言も具体性に富んでいて十分説得性がある。仕立券一枚で知事を追い込むには十分なはずだった。しかしいまさら現場に口をはさんでも、どうなるものでもなかった。志田の顔を立てて、しばらく見守るしかない。

4

好天に恵まれ、日曜日の住宅展示場は賑（にぎ）わっていた。ずらりと並んだモデルハウスの前に、日除（ひよ）けのためのテントが張られ、その下で金魚すくいに興じる家族連れが大勢いる。昭和町（しょうわちょう）の西条（さいじょう）交差点近くにあり、大型紳士服店と横並びの敷地は、市道をはさむ形で駐車場がたっぷり取られている。

奥まったところに住宅展示場の巨大な看板が立ち、その脇にある総二階のモデルハウス前で、日焼けした五十がらみの男が客の呼び込みに精を出していた。

佐古組組長宅の建築を手がけた下平コンサルタント代表の下平靖（やすし）だ。住宅メーカーの協力要請に応じて、営業の手伝いをさせられているらしかった。

「おっさん、また客にふられそうだな」

下平に目を向けたまま辻が言った。

「この暑さじゃ、身が入らんだろ」

皆沢も稲荷寿司を食べながら、下平に視線を送る。

家族客が下平を避けるように遠回りしていく。

「客をつかまえたら、仕事がもらえるんですかね？」

「たぶんな」

「しかし、たまらんなあ」

辻が車内の冷房の設定温度を二度下げる。

下平のいる側と道をはさんで反対側にある駐車場に停めているが、陽の光を遮る建物や木々などはない。容赦なく車内に日差しが照りつける。

「あんな調子で、組事務所の移転なんてやれんのかな」辻が続ける。

「あれだからこそ、やるんだよ」

「ヤクザ相手にですか？　えり好みできないんですかね」

楽しげに口にする辻は、マル暴（暴力団）を相手にするのが嫌いではないようだ。厄介な敵だが、皆沢も泥棒を追いかけるより、こちらのほうが性に合っている。

「弱みでもあるんじゃないか」

「まあ、かもしれないけど」

辻が神経質そうにハンドルを手で突く。

ここ数日で調べた限りでは、下平コンサルタントは従業員二名の小さな設計事務所だった。それでも甲府市の入札に参加できる資格を持ち、過去には小学校の耐震改修工事の設計業務も請け負っている。しかし、今年は一般住宅を手がけているだけだ。

「そろそろ、お開きにしますか？」

辻が諦めたように言う。

金曜の午後から、行動確認を続けているのだ。

「飯食いたいなら、行ってこいよ」

「室長こそ、行って休んできてくださいよ」

「おれはあるからいい」

と卵サンドやら握り飯やらがつまった後部座席のレジ袋を指す。

「あいかわらずすごい食欲ですね」

食え、とフランクロールを差し出すが、辻は手で押し返す。

「あれ、どこ行った？」

下平の姿が見えなくなっていた。あわてて飛び出そうとする辻を押しとどめる。白いセダンが反対側の駐車場から出てきて、目の前を走り去っていった。運転席に日に焼けた顔が見えた。

「野郎……」

言いながら、辻がミニバンを発進させる。

セダンは昭和通りから甲府バイパスに入った。国母（こくぼ）の立体交差で右に進路を取り、国母通りを南に向かった。警察無線がうるさくなった。

——こちら、甲府南3、組員が乗る車が組事務所駐車場から出ていった……。

——ナンバー確認せよ。

すぐ近くに、佐古組傘下の藤岡組の組事務所があるためだ。二十四時間態勢で監視活動が続いている。

立体橋で身延線を渡り、最初の信号を左折して大里町の住宅街に入った。豪壮な家屋敷の並ぶ道をさらに進む。塀に囲まれ、細くなる一方の道はところどころで鋭角に曲がり、走りにくさが増す。対向車とすれ違うこともできない。

「なんですかね。こんなところに」

と辻が慎重にハンドルを切る。

「擦るなよ」

運転に集中して辻が沈黙する。また鋭角をセダンが右に取った。角でしばらくとどまり、様子を見守った。車の往来はない。先を見通せる位置まで進み、ミニバンの窓を開け右手を覗いた。三軒おいた家の前でセダンが停まり、下平が車を降りた。門を開け、そのなかに車を入れるのを見届けてから、同じ道に入った。

徐行しながら下平が入った家の前に差しかかる。なかから雨戸を開けるような音がした。古い二階建ての日本家屋だ。アコーディオン式の門扉が開けられ、下平のセダンがある。

小さな庇(ひさし)の付いた玄関ドアは煮染めたように茶色く、戸袋が錆(さ)び付いて家の壁も古い。築四、五十年は経っているだろう。玄関脇に一本、椰子(やし)の木がある。

二階の雨戸が開けられ、下平が顔を覗かせた。下を見るでもなく、すぐ引っ込んだ。

一階の玄関脇の居間に明かりがともり、なかで掃除機を使う音が聞こえてきた。

「掃除しに来たんだ」

辻が言った。

「自宅か？　何て書いてある？」

ドアの左手にアクリルの四角い表札が付いている。

「フラットワーク……」

「会社か？」

表札には葉をあしらったイラストが小さく描かれている。

「何ですかね。わかんねえな」

辻がカーナビの地図を拡大表示するが、法人のような表記はない。表札の下に書かれた住居表示をメモする。

怪しまれる前にそこを離れた。道が広くなったので、農家のビニールハウスの前にミニバンを停めた。下平がいる家を横から望める。

辻がさっそく法務局に電話を入れて、地番の確認を始めた。

そうしているあいだも、スマホに石和温泉で滝川会の組員を監視している捜査員から連絡が入る。

フランクロールを食べ、カフェオレで喉を潤す。ビニールハウスの陰でタバコを吸った。

十五分ほどして、下平が手ぬぐいで汗を拭きながら出てきて車に乗り込み、来た道をとって返した。

尾行を再開する。セダンは甲府バイパスを経由して北東に走った。濁川沿いの堤防を北に向かい、城東バイパスを越えて、酒折の市街地に入った。善光寺入口の信号を北に入り、中央本線の高架手前で右手に消えた。そのあたりを徐行しながら通り過ぎる。がっしりした四階建て鉄筋コンクリート造の建物の前に、下平のセダンが横付けされていた。左手先にある寿司屋の駐車場にミニバンを入れ、斜め後方を見る。

新築ではない。外壁はグレー一色に塗り直され、一階部分は車庫のシャッターが垂れている。一階の窓に〝印章・ゴム印〟と書かれたポスターが貼られてあった。その横のドアの鍵を開け、段ボール箱を抱えて下平が建物に入っていった。

建物の周囲は空き地をはさんで南隣に床屋があるだけだ。道路に面しているわりに空き地が多い。グレーの四階建てビルは、あたりを威圧するような佇まいだ。裏手に駐車場もあるらしい。

皆沢は一眼レフカメラの望遠レンズを使ってビルに焦点を絞った。建物の横の壁に電気メーターがあり、二階には真新しいパラボラアンテナが取り付けられていた。屋上にはぐるっと手すりが回されている。三階の窓あたりで、白っぽく浮き出るものがあったので、ズームインしてみる。風車のような形をした三つ巴（どもえ）の印が見えた。

辻も体を前のめりにして、同じ場所に双眼鏡のレンズを向けた。

思わず洩（も）らした。

「佐古だ……」

「ほんとだ」

白い三つ巴は佐古組の代紋だ。

あのビルが暴力団事務所として使われているという情報はなかった。

「印章店はカモフラージュだ」

「そうですね」辻が追従する。「ここに移ってくるんだ。広いし、十分ですよ。あの設計士、なかなかやりますね」

「建物を斡旋（あっせん）したかどうかは、わからんぞ」

「でも、その可能性は高いですよ。あれだけの物件はそうそうないし。どうします？　下平、叩（たた）きますか？」

暴力団の事務所移転に手を貸したのが明らかになれば、条例違反となり、下平の会社は甲府市の入札に参加できなくなる。信用も落ちて、仕事にも支障が出る。

「まず建物の持ち主を調べよう。佐古組の組員の出入りがわかった段階で自治会に知らせる」

地元に、暴力団事務所移転に反対の声を上げさせるのだ。

「地元も、薄々わかってるかもしれませんよ」

「だったら、話が早い。下平は折を見てやる」

「了解。さっそく、きょうから張り込みですね」

「やれるか?」

「うちの係はちょっと……」

「そう言わずにどうだ? 情報分析の連中だって、組の監視に当たらせてるんだぞ」

銃器摘発の名目で、佐古組組長をはじめとして複数名の通信傍受の令状を取り、先週から情報分析係を東京の品川(しながわ)にある通信大手の本社ビルに送り込んでいる。こちらの手が足りないため、ぎりぎりの三名で二十四時間、傍受に当たらせているのだ。

「何かいいネタが出ましたか?」

「いや、ない」

品川から送られてくるブルーレイディスクに録音された通話を聞くのがこのところの朝の日課だが、銃器も薬物もまったく会話に出てこない。

「なんとか、人を出しますよ」辻が根負けした。「じゃ、石和温泉に行きますか?」

「そうしよう」

「さっきのフラットワークとかいう会社はどうしますか?」

「あっちは関係ないんじゃないか」

辻が首をかしげた。

「どうした?」

「ちょっと気になるんですよ」

「小遣い稼ぎで、客の家の管理を任されてるんだろ。それより、こっちだ」

一度疑いを持ったら、最後まで調べないと気が済まないのが辻だ。しかしいまは佐古組の事務所移転を契機に、その勢いをそぐのが最優先課題になる。

ビルの撮影を続けた。かりにここが佐古組の移転先とわかれば、公表しなければならない。マスコミの注目を浴び、住民は不安がるだろうが、佐古組が居座ってしまってからでは遅い。捜査員のやりくりに頭を悩ませる日々がまだまだ続く。そう思うと、シャッターを押す指が重くなった。

5

運ばれてきた白焼きはそこそこのボリュームがある。見た目ほど焼きは強くなく、しっかり蒸されているようだ。一切れつまんで口に入れると、とろけるような柔らかさだった。

「遅いけど、大丈夫なの?」

隣にいる池井が正面に座る男に声をかける。黒い縮れ毛の髪は湿り、広い額は脂汗で光っている。味わう様子もなく、白焼きを口に放り込み、日本酒とともに胃に流し込む。水島建設社長の水島利光だ。

「年中、うちの無尽で使ってるから、平気平気」

箸を振りながらそう言い、水島はまた酒をあおる。

さきほどまで、となりの座敷から客の声が聞こえていたが、帰ったらしく静かになった。ここは、甲州の俠客の名前を冠した、江戸時代創業の由緒ある鰻屋だ。甲府市中心街から少し離れた青沼にあり、テーブル席と座敷席の入り口が別々になっている。日曜夜の営業時間は八時までで、終業まで残り十五分ほどだ。

白焼きを食べ終え、仁村はおもむろに特上鰻重のふたを開ける。太物の鰻が三枚、白いご飯の上に横たわっている。手前から箸をつけた。こちらも脂が乗っている。かき込むと半分ほどあっという間になくなった。

仁村の健啖ぶりに驚いた水島が「すごい食べっぷりですね」と手にした徳利をこちらに向けた。

いったん箸を置き、杯を差し出す。

「どう、最近。受注調整で忙しいんだろう?」

池井がからかい半分、水島に声をかけると苦笑いを浮かべた。

「知事が代替わりして、ずっと指名から外されててさ。仲間内で何とか食いつないでるよ」と真顔で答える。

県や市の一部には特定企業を指名し、そのなかから業者を選ぶ指名競争入札が残っている。指名には首長が関わるため、水島建設のような中堅以下の企業は首長交代が死活問題となるようだ。

法に臆(おく)さぬ人間と酒席をともにするのは初めてで、新鮮味を覚えつつも、動き出した箸が止まらない。みるみる飯が減っていく。

「それでどうなの？　やるよね」

鰻重を突(つつ)きながら、ちらちら顔を上げ、水島は池井に目配せする。

「せっかちだな」

池井がゆっくり答えを返し、

「まあ、いってよ、社長」

と三本目の徳利をつまんで水島の杯に酒を注ぐ。

勢いよくあおると、水島は空の杯を池井に向けた。

「ピッチ速いな」

志田の苦言にもおかまいなしに、注がれた酒を呑(の)み干す。

空になった仁村の重箱を見て「お代わりいきますか？」と水島が声をかけてきたので、お願いしますと答えた。水島は席を立ち、追加を勝手場に通して、戻ってきた。

「賄い用に焼いたのがあるみたいで、持ってこさせますから」

「関東風、好物なんです」

と仁村は水島の笑みに応えた。

「栄養つけてください」

そう口にする池井の正面で、水島が鰻を箸でちぎって頬張る。

「有泉はもう選挙モードだぜ」

「来年の夏だよ。まだ一年先だ」

志田が声をかける。

「そんなことないって。そこらじゅうの無尽、回ってる。一晩で三つも掛け持ちしてるし」

山梨県に赴任して以来、あちこちで無尽講という言葉を耳にする。地域や同級生つながりで、毎月一定額を積み立て、金が必要になれば会員に融通する集まりだ。その無尽が選挙のときは集票マシンに変身すると志田から聞かされている。

「前々回のこともあるから、必死なんだよ」

池井が言った。

「前々回というと?」

わからないので、仁村は訊いてみた。

「ふたつ前の知事選挙ですよ」志田が続ける。「現知事も出馬していたけど、野党候補に惜敗。たしか八千票差くらいだったんじゃないかな」

「地元保守派の推薦を受けて衆議院議員を二期務めた直後のお国入りだったね」池井が

付け足す。

「ところが、地元の保守の内輪もめで、一本化できなくてね。党公認を外されて、野党に持っていかれた」

「でもって、何年も浪人しただろ」鰻を食いながら水島が言う。「前回の選挙でからくも勝ったけど、懐が寂しいのなんの。一時はスッカラカンになったんだ」

「だから、喉から手が出るほど金が欲しい？」

志田の弁に、水島が口をへの字に曲げて何度もうなずいた。

「来年、井原さんも出るんだろ？」と池井。

前知事がふたたび出馬するという噂はあちこちで流れている。

「まあ、狙ってますよ」

「やっぱりね」

「現知事は行政のプロとして評価が高いようです」あえて仁村は言ってみた。「前知事が人気取りで作った一兆円の借金をみるみる減らしている。そのあたりは県民も見ているはずですが」

水島の目が険しさを増す。

「だからって見境もなく、人様の金を懐にしていいんですかね。それこそ、モラルが疑われるでしょ」

「おっしゃる通りです。知事の名を瀆す行いは看過できるはずがない。法令に違反した事実があるなら、厳しく取り締まるのがわれわれの役目です」

仁村の言葉に水島がやや引いた。

「いずれにしろ、仕立券のみで立件は十分に可能です」仁村はひとつ咳払いして親指を立てる。

「時期を見て知事と新原の逮捕、徹底した家宅捜索、並行して周辺人物を叩けば捜査は完結しますよ」

仁村の言葉に水島が肩をこわばらせ、池井と志田の顔色を窺った。

池井は首をかしげ、志田が片眉を上げた。

沈黙の理由がわからず、仁村は戸惑った。

口を開いたのは水島だった。仁村ではなく、池井を向いていた。

「刑事部長……大丈夫なの？」

意味がわからず、池井の顔を見る。

「いいと思うよ。それよりミヤキだな」

刑事部長の丹羽を疑っているのか？　ミヤキ？　捜査報告書にたびたび記載のある県の政策局長の宮木か？

混乱する仁村に気づいたらしく、志田が「そんな話は、いまここでしなくても」と池井を制した。

池井がふっと気を抜いたように仁村を見てから、水島に視線を移した。

「万事遺漏のないよう捜査を進めるのが肝心なんだよ。仕立券だけで立件可能というのはもっともだけど、われわれとしては、できればもう少し上を望みたいよね」

酒の勢いで出た言い回しに、水島は口を拭いたお手ふきをテーブルに放った。

「仕立券ごときは子どもだましだよ。ごっそり現生が渡っている。誰だって知ってますよ」

「そこなんだ」池井が待っていたように言った。「もう少しどうかな？　裏帳簿とかさ、動かぬ証拠があるといいんだけどさ」

志田もしきりとうなずき、「そうそう、立件に向けて、まだまだっていうところもあるからさ。できるだけ罪状を明らかにして、積み上げるに越したことないんだよ」

ここにきて、また臆病風に吹かれたような言葉を連発する池井と志田を仁村は睨みつけた。

彼らの言葉を本音と受け取ったらしく、水島は息をひとつ吐いて、「そこは協力させてもらいますよ」と大仰に言い、ふたりを眺める。

「なになに？　えらい自信ありそうだけど」

相好を崩した池井の問いかけに応えるように、水島は懐から携帯を出して電話をかけた。ああ、うんと言っただけで終わり、すぐ携帯をしまった。

一分ほどして、襖が開き、すらっとした女が部屋に入ってきた。シフォンのワンピースをまとい、ふくよかな胸元がのぞいている。服の裾を手で払い、その場で膝を折った。

畳に指をついて軽く頭を下げる。ブラウンの長髪が肩口にかかり、透き通るような細い腕が伸びた。

「小山内景子と申します」

そう口上を述べて顔を上げ、整った顔を水島に向けた。

仁村はしばらく言葉を失い、女を見つめた。

もういいよと水島が言って退席させようとしたが、女は従わず、初対面の三人ひとりずつに視線を投げかけた。

いちばん年長の池井に、「そちらは？」と形のいい唇を向ける。

池井は名前と所属を言い、志田も同じように答えた。そのあと、小山内は大きな瞳を輝かせるように、じっと仁村を見つめてきた。

「捜査二課長の仁村といいます」と口にする。

もう一度水島に催促されて、小山内は部屋を出ていった。

「いい女だね」

池井が冗談めいた声を水島にかけた。

「何者なの？」

と志田が訊く。

「新原のとこで世話になってるんだよ」

「パッセの会長の……」

仁村の言葉に水島がうなずいた。

「今年の三月から、甲府本社の会長室で秘書をしてるよ」

池井と志田が、調子を合わせたようにほーと洩らした。

「秘書ねえ」志田が思わせぶりに言うと、小指を立てた。「これ？」

水島が曖昧にうなずいた。

「新原は大の女好きだからね。聞いてるよね？」

「ああ、ほっとかないだろう」

白髪頭の角張った新原の顔を思い起こした。写真に写る背の低いその姿は、人好きのする柔和そうな笑みを常にたたえているが、太い眉と団子鼻はたしかに好色そうだ。

「あの子も覚悟して行ってくれてるんだよ」

調子を合わせた水島の顔色を窺う。

新原の愛人にするため送り込んだ？

水島といまの女は、どういう間柄なのか。

池井も志田も、彼女の正体についてそれ以上は聞かない。ここに来る前から、彼女について水島に含められていたようだ。

「彼女、水島さんが送り込んだエス（スパイ）ですね？」

仁村の吐いた言葉に、水島はばつが悪そうに視線をそらした。

「やるなぁ、社長も」

池井が口をはさむ。

「何歳になります？」

仁村はもう一度訊いた。

「三十三」

「仕立券も彼女からですか？」

「それだけじゃないですよ」水島がしきりと頭を掻き、酒を呑む。「これからもまだ一働きしてもらわんとね」

まだ一働き？

何を意味するのか。

仁村は肩にこめていた力を抜いた。肝吸いで舌を潤し、空になった鰻重の膳を脇にどける。

目の前の三人が彼女を毫も疑わないのは、仕立券のネタをもたらした張本人であるとわかっているためのようだ。それは尊重するが、迂闊なことを彼女がしでかして、相手方に気づかれるようなことがあれば、悔やんでも悔やみきれない。

仁村は咳払いしてから水島の顔を覗き込んだ。

「水島社長、いまの女、信用できるんですね？」

水島は口元で拳を握り、細めた目で仁村を見返した。

「万が一にも間違いなんてありませんよ」

それなりの意思が伝わってきたので、仁村は返事の代わりにうなずく。

「まあ、課長も社長も、ひとつ、宜しく頼むよ」

と池井が取りなすように、水島の杯に酒を満たす。

うなずいた水島は、仁村とのやり取りなどなかったように、もったいぶった顔で「でね、署長、景子から頼まれていてさ」と一口すすってつぶやいた。

「何？」

「あいつ、皆さんの電話番号を知っておきたいとか抜かしやがって」

池井は面食らったような顔で志田を見て、すぐ視線を水島に戻した。

水島だけではなく、彼女からも直接連絡を受ける？　やるからには、一蓮托生とでも言いたいのか。

「おれはいいけど、班長は……」

「けっこうですよ」

志田も応じた。

水島の顔が仁村を向いた。

自分もかと思いながら、間を置いた。

「教えるのはやぶさかではありませんが、先方から知らせるのが礼儀ではありませんか？」

水島はもっともという顔で、自分の携帯を見て、小山内の電話番号を口にした。

仁村はスマホに打ち込んで発信ボタンを押し、ワンコールして切った。

追加で注文した鰻重が運ばれてきて、仁村の目の前に置かれた。ふたを開け箸(はし)をつける。こたえられない味が舌に広がる。三分かからず、半分が胃に飲み込まれた。

山梨には中小の建設業者がひしめいている。そのなかで、生き残るために水島も必死なのだと改めて思った。前知事の弟を中心にした桃源グループも一緒に動いているはずだ。狙うのは知事の首ひとつ。箸を動かしながら、今週予定されている地検への事前説明のことを考えた。志田がひとりで行くことになっているが大丈夫だろうか。

それからは、新原がよく使うクラブについての話題になった。甲府市中心街にある〝クラブ秋江(あきえ)〟という店で、こちらもママが新原の元愛人らしく内偵対象に入っている。

八時半前に食事を終え、水島はタクシーで帰っていった。

部屋に残っている池井に、ミヤキとは県の政策局長ですねと尋ねる。

「ええ、宮木芳文(よしふみ)局長です」

即座に名前まで付け足した。

「何かあるんですか?」

「知事の側近ですけどね」池井は志田と顔を見合わせてから、仁村を向いた。「今年、五十七歳だったと思うけど、若い頃は行政職員の身分で、長いあいだ県警本部の警務課にいましてね。いまのうちの幹部連中と机を並べて仕事していたんですよ」

「丹羽さんとか?」

「刑事部長だけじゃなくて、大勢、知り合いがいます。生安部長や警備部長なんか、いまだに呑み友だちだし」

「……そっちから洩れるようなことはありませんよね？」

「ないですよ。それに、宮木は行動確認の対象者ですから」

「きっちりお願いしますよ」

「了解。側近中の側近ですからね」志田が応えた。「現知事が当選したときは秘書課長でしたが、去年の異動で二階級飛び越して、局長に就任しましたからね。話題になりましたよ。タクシー来たみたいだし、帰りますか？」

「いや、歩きます」官舎までは徒歩圏内だ。「それと地検へはわたしもお供します」

「えっ、課長も？」

「不都合ありますか？」

検察への事前相談は、補佐クラスが行くと決まっているようだが、今回は直に検事の顔を拝みたい。

丹羽と宮木、ふたりの存在が喉元に引っかかっていた。

まさか、首席監察官まで歴任した人物が、捜査について相手方に漏洩するなど考えられない。早々に刑事部長は疑念の対象から外す。

店を出て、タクシーで帰る池井と志田を見送った。スマホをスピーカーモードにしてプレイボタンを押す。流れ出す安室奈美恵の声とともに、宵闇の道を歩きだした。

二十分で官舎に着いた。玄関に入るなり、すぐチャイムが鳴った。ドアを開けると、ぺったりした長髪の女の子がふたつ重ねにしたタッパーを持って入ってきた。

「あ、麻里さん」

同じ官舎に住んでいる武智参事官の長女だ。出がけに、向こうから声をかけられたのだ。

「日曜なのに、やっぱりきょうも仕事でした？　どうぞ」

麻里は盛り上がりかけた胸元からタッパーを前に出す。

「お弁当？　お父さんから頼まれたの？」

「違います。わたしが好きでやってるんです」

と上目遣いで大きな八重歯を見せる。

高校生らしい。ぴっちりしたミントグリーンのシャツに短いフレアスカート。目元が父親と生き写しだ。

好意を無にするのは気が引けた。

「じゃ、遠慮なく」受け取って頭の上にかかげて見せる。「いただきます。ありがとう」

失礼しまーす、と元気な声を上げて、出ていった。

あっけにとられながら、ドアをロックする。居間の冷房をつけてからテーブルでタッパーのふたを開ける。片方には炊いたご飯、もう片方のタッパーにはマカロニサラダと里芋の煮物、鶏肉の胡麻焼きが詰まっていた。

缶ビールを冷蔵庫から取り出し、箸を持ってタッパーの前に腰を落ち着けた。運んできた麻里とのやりとりに、すがすがしいものを感じながら、里芋を口に放り込み、鶏肉を頬張る。やや辛みのある味付けが舌の上で広がった。

宮木という政策局長のことがひとしきり思い出された。

6

「印鑑屋なんて嘘くさいと思っていたんですよ」

善光寺町の自治会長が番茶をすすりながら洩らした。麻の半袖ポロシャツを着ている。七十代、木訥な感じだ。

「暴力団が往々にして使う手です。ひとりふたりと入ってきて、やがて住み着くようになる」皆沢が続ける。「気がついたら立派な暴力団事務所になっていた。そうなるのは目に見えてるんですよ。組員を見かけたような噂、流れてるでしょ？」

「夜にまとまって車でやって来て、すぐ帰るような話は聞いてますよ。ほんとに佐古組なんですか？」

「間違いないです。見てください」

差し出した写真を自治会長は副会長とともに覗き込んだ。

写っている人物について、その名前と役職を告げる。ひとりは若頭補佐だ。

自治会長の顔がみるみる青ざめる。

火曜日の昨日、ビル近くで張り込んでいた捜査員が秘匿撮影したものだ。

二日間で五名の佐古組組員の出入りが確認できた。

続いて口を開いたのは、五十代と見える副会長だった。こちらはTシャツの上に、茶色い開襟シャツを羽織っている。肉付きがいい。

「暴力団が来るってわかってるんですよね。警察は止めてくれないんですか？」

「近くに学校などの公共施設があれば、暴力団排除条例の禁止事項として罰則を与えられるかもしれませんが、あいにくない。入居を待ってくれと言っても、通じる相手ではないでしょ」

「だって、ビルの近くは子どもらがいつも遊んでますよ」

「人家が密集しているのはうちも承知しています」

「いつごろ、来るんですか？」

「いまいる事務所は裁判所から退去命令が出ていますから、すぐにでも移ってくると思います」

「何人？」

「少なくとも三十名は見ておかないと」

「全員そこに住むの？」

「住むのは二、三人。あとは通いです」

「組長が住むわけ？」

「組長は通いですよ」

やり取りを聞いていた自治会長が口をはさむ。

「誰があのビルを紹介したんですか？　暴力団とわかっていて、そんなことできるんですか？」

「あいだに入った不動産屋も、相手を一般の会社と思い込んでいました。ビルごと買われています。もう後戻りできません」

売り主に、土地と合わせて一億二千万円振り込まれている。そう言いかけたが、口にはしなかった。

ふたりは互いの顔を眺めた。

「不動産屋だって、わかってると思うよ」副会長が迷惑げに言う。「あれだけのビルだし、印鑑屋なんておかしいでしょ。条例でばしっとやれないんですか？」

「たとえ不動産屋がわかっていて仲介したとしても、勧告するくらいがせいぜいです」

「じゃ、どうすればいいんですか？」

と自治会長が助けを求める。

「早急に暴力団事務所移転阻止のための緊急行動を起こしてください」

あんぐりと自治会長が口を開ける。

「緊急行動って？」

「まず、地区の住民や市議、県議に知らせてください。そのあとは自治会連合会、PTA、企業関係者、主だったところすべてに呼びかけて、暴力団事務所進出反対の地区協議会を組織してもらいます」

「そんな……すぐにって言われたって」

自治会長は困り顔で両肩を持ち上げる。

「それと同時に、報道機関にも通報して、味方になってもらわなければいけません。一刻も早くやらないと。進出されてしまってからでは遅いですよ」

「わかりました……」

「会長、安請け合いされちゃ困るな」副会長が口を出した。「あとはどうするんです？具体的にどうやってそんな協議会を作るんですか」

「民事介入暴力被害者救済センターの弁護士を紹介します。協議会ができたらすぐに緊急集会を開き、反対署名を集めて警察に提出してください。とにかく一致団結して当たるしか手はないです」

「デモとかもやるの？」

こわごわ副会長が訊いてくる。

「意思表示のために是非とも必要です。われわれも力になりますから」

新しくできた暴力団排除条例について説明し、出されたお茶を一滴も口にせず、皆沢は自治会長宅を辞した。

張り込んでいる捜査員を激励しに車で向かった。

善光寺入口の信号から北に入る。問題のビルのはす向かいにある空き地に、コンパクトカーが停まっていた。助手席に辻の茶髪が見えたので、その横に停まり、辻を自分の車に呼んだ。

「本部でいいですね？」

皆沢に代わって運転席に着いた辻に言われ、「石和温泉は大丈夫なのか？」と訊き返した。

「いまのところは」

東京と神奈川方面から送り込まれてくる滝川会の組員で、宿は満杯になっているのだ。

辻が車を発進させる。善光寺入口の交差点を左に取り、最初の角を南に入った。本部とは逆方向だが任せた。

「滝川の連中、どうだ？」

「まとまって車に乗る連中には、行き先を訊いてますよ。怪しいのは車内の検査もしますが、出てくるものはないですね」

「チャカのひとつでも見つかってくれりゃ、御の字だけどな。途中で屋形（やかた）に寄ってくれ」

監視対象になっている佐古組傘下の組の暴力団事務所がある町だ。

「稲垣（いながき）が何かやりましたか？」

「組員が頻繁に出入りしてるらしい」

「了解。自治会長、どうでしたか？」

「発破かけた。動きが出るといいが」

「しかし、佐古が一億二千万もよく出しましたね」

「そうだな」

どこにそんな金をしまいこんでいたのか。ガサ入れのときはそれほど景気が良いとは思えなかった。

「記者にはいつ通します？」

「もう少し様子を見てからだな」

「今度の署長会議では議題に乗せるんでしょ？」

「もちろん」

来月行われる署長会議のメイン議題は暴力団対策になる。対策案を練っておけと課長や刑事部長から矢の催促をされている。

「どんな手がある？」

あえて訊いてみる。

「新しいところで、暴排条例の徹底活用くらいですかね」

「自治会長にも言ったぜ」

「いいんですよ。会議なんて形だけですから。竜也の情報はありますか？　もともと独りが好きな野郎だし、歌舞伎町あたりで呑んだくれてると思いますけど」

「傍受で出た。一昨日の夜十時、紀男と二分半話してる」

「えっ」

　驚いて辻が振り返った。

「ちゃんと前を見ろ」

　あわてて、辻がハンドルをきつく握りしめる。

「どこにいました？」

「新橋のスナックからだった。そのあと携帯の電源を切ったようだ。いまはどこにいるか、わからん」

「そうかやっぱり東京か……」

「よく、聞け」

　スマホをスピーカーモードにして、その部分を再生する。傍受内容が記録されたブルーレイディスクから複製したのだ。

〈……もういいだろ、いつ戻れるんだよ？〉甲高い竜也の声だ。

〈もう少し、そっちにいろや〉しわがれた紀男の声。

〈ちっ、またかよ〉

〈てめえが帰ってきたら、蜂の巣を突いた騒ぎになるだろうが〉

〈買いかぶるなって。で、兄貴、ダイヤはどう〉

〈まかせとけ。ごっそりいただく。抜かすなよ〉

〈わかってるって、じゃあ〉

　停止ボタンを押す。

「何ですか、ダイヤって？」

　辻に訊かれた。

「たぶん宝飾関係だろう。どう思う？」

「ほかにないでしょうね。どっかの工場に押し入るつもりなのかな」

　甲府は宝石加工が盛んな土地だ。売り物は別として、ダイヤやサファイヤなどの原石類が工場の倉庫に仕舞い込まれている。しかし、それらを強奪したところで、よほど貴重なものでない限り金にはならない。署長会議で情報を流してみるか。どこかの署で引っかかるかもしれない。

　高倉川（たかくらがわ）沿いの細い道に入った。左方向に湾曲するあたりで辻が車を停める。川向こうの小ぎれいな六階建てマンションを見ながら、「ここか」とつぶやく。

「どうした？」

　皆沢も覗（のぞ）き込む。

「法務局に行ってきたんですけどね。大里の家の持ち主があの四階に住んでるんですよ。八木孝宣（やぎたかのぶ）っていう五十五の男」

　言われてもピンと来なかった。

「下平が掃除してたあれか？　何とか……」

「フラットワーク」

「別荘か何かか？」

「違うと思いますね。フラットワークの事務所として登録されてるんですよ」

「何の会社なんだ？」

「内閣府認証のNPO法人です。ネットで定款を見ましたけど、障害者の社会参加や生活支援を目的に七年前に設立されていますね」

「NPO？」

「ええ」

「その八木っていうのが理事長か？」

「や、別人ですね。八木は建物のオーナーっていうだけです。フラットワークの理事長に電話してみたけど、つながらないし。活動してないんじゃないかな」

「大家か何かか？」

「おそらく」

「おそらくもへちまもねえだろ。本業でくそ忙しいのに、私立探偵のまねごとなんかしくさって」

そう言うと、辻が見返した。

「だいたい、室長が妙なものを見つけるからですよ」

「組長宅の見取り図か？　見つけたおかげで移転先がわかったじゃねえか」

「ほっといたって、いずれ表沙汰になっていましたよ」

皆沢は辻の首元に手をあてがい、揉んだ。

「疲れてるな」

「そんなことないですって」

辻は目を細め、嫌そうに首を左右に傾げる。

「きょうは早く帰って休め」

肩を叩くと、辻は渋々アクセルを踏み込んだ。

「じゃ、本部に行きます」

「おう、稲垣んとこに寄ってな」

「了解」

7

「おおむね、わかりました」

土居宏高は薄い唇を動かした。

仁村とのあいだに置かれた写真から顔を上げる。

甲府地方検察庁の三席検事。四十歳。

顔の下半分に皮肉っぽい笑みを浮かべ、スクエアのメガネの奥にある切れ長の目がこちらを値踏みしていた。

「知事は背広の仕立てで、銀座の店に足繁く通ったわけだ」

土居は言い、仁村を見据えた。

「そうです。店員ともすっかり顔なじみです」

「しかし、班長、どう思う?」土居は志田を向いた。「贈られたブツを堂々と身につけて歩いてるんだぜ」

「神経が太いですね」

志田が答えた。

「山梨に来て二年になるけど、こっちの人はそのへん、あっけらかんとしてるよね」

「残念ながら金権政治、金権選挙の悪しき伝統が残っています」

仁村が返事したので、また視線を戻した。

「新原さんが国会議員や県議に金をばらまいている噂はあちこちで聞くからね。ずいぶん、気前がいいそうじゃないですか」

「そうですね。よく聞きます」

土居は有泉知事の略歴書を手に取った。

「えっと、東大法学部卒、建設省中国地方建設局を振り出しに平成四年から、官房審議官を歴任後、衆議院議員に当選……出世街道ど真ん中か。県への出向も多いね」

「若い頃は地方派遣が多いのが建設省の特徴です」

「ふーん、家族は妻と一男一女……三十年前に長男を亡くしてるのか」

いつまでたっても本論に入らない。「人事委員選任は知事の職務権限ですので、明確な受託収賄罪と見てしかるべきと思います」と仁村は切り出した。

「受託収賄ねぇ」仁村を見ないまま土居は口にした。「簡単に言うけど、容易じゃないよ。人事委員ってそんなに大役なの？」

「もちろんです。県とは独立した中立的立場にある専門機関ですし、職員の人事に関して広範な権限を持っています。この職に再任されれば公的信頼は保証されたも同然。その狙いをこめて、仕立券を贈ったとみて間違いありません」

「そうだろうけどさ。人事委員なんて、しょせん名誉職なんだしさ」苦笑いして、土居がささやく。「なにかほかに目的があるんじゃないの？」

ほかの目的？　人事委員への再任要請だけで十分ではないのか。

「立志伝中の人物か」土居がパッセのパンフレットをめくる。「昭和五十二年、甲府に葬祭会館を設立、その後仏壇仏具、墓石販売会社設立、平成に入って関東一円に斎場を建設……か。仏事はぜんぶお任せっていう会社になるよね」

「宗教宗派を問わず、あらゆる葬祭を扱っていますし、明朗会計で知られています。各地のセレモニーホールとタイアップすることで、投資も抑制しており、財務状況はきわめて良好……」

土居が仁村の言葉を遮り、パンフレットをぞんざいに放った。

「会社の業績を言ってるんじゃないよ。葬祭会社なんでしょ？　許認可や届出なんて要らないし、葬儀会社って名乗れば誰でもできる。その親玉がどうして、知事にすり寄る必要があるのか訊いてるんですよ」

「正規従業員を三百名抱えるような会社にまで成長して、今後発展するためにも信用が第一。そのためにも、人事委員職は必要不可欠と考えているからこそです」

仁村の言葉にまだ納得しきれないらしく、志田を窺う。

「……じつは長男の社長としての器量が小さいので、会長自身が目の届くうちに会社を確固たるものにしたいという意向が強いんですよ」と志田が口をはさむ。

その説明に少し納得がいったような顔で、土居が言う。「捜査はどんな形で進めるの？」

「通常の贈収賄事案と同様に、贈と収の身辺捜査、銀行捜査等を進めていきます」

土居は苛立たしげに、机に置いた指をつんつん突く。

「それはわかるよ。金券だって当然贈収賄は成り立つけど、今回のはあくまで個人間のやりとりになるからね。最終的に請託の立証はできるの？」

思わず志田を見る。

「当事者間の携帯電話やメールのやりとり、それぞれの部下などへの指示のメモ、仕立券の原資となった銀行取引の捜査などを進めながら、最終的に両者へのガサ、さらには逮捕まで持っていけば立件は容易と思われます」

志田の言葉を聞きながら土居は口角を下げ、くるっと椅子を回転させた。

「……弱いな」

仁村は身を乗り出した。

「何がですか？」

「もうちょっと何とかならないかな、班長」

ふたたび土居が志田に顔を向けた。志田も答えが出ない。

「現金授受……ですか？」

そう口にすると、ようやく土居は仁村の顔を一瞥した。

「そこまで持っていってくれるとうれしい」

本音が出たと思った。洋服仕立券ごときではなく、現金受け渡しまで立証してもらいたい、と。目の前にある明々白々な証拠だけでは足りない？　そんな馬鹿なことがあるか。本件については最高検まで上がる。大物相手だけに地検としても石橋を叩いて渡りたい、そういうことなのか。

土居はこの件については聞き置くとでも言いたげに、前回手がけた選挙違反事件の話題を持ち出した。なぜ、こうまで弱腰なのか。

不満を感じ取った志田に、さりげなく退散を促される。ふたりで部屋をあとにし、一階に通じる階段に足をかけた。胸に残るもやもやは消えない。

燦々と陽が照りつける表に出る。図ったように志田のスマホが震えた。石和署長の池井のようだ。結果を話すと相手の失望する声が洩れ聞こえた。志田がなだめるように「これまで通り、やってもらえませんか」と応えて通話を切る。池井も二課の捜査員だったこともあり、気が気ではないようだ。

「池井さんも目の前に警視正ポストがぶら下がってますからね」志田が言う。「手柄を立てて、ゆくゆくは刑事部長狙いですよ」

「やっぱり、そうきますか」

山梨県警の警視正ポストは七つ。何が何でも、その一角に食い込みたいのだ。

「課長も、いずれは指定職狙いでしょ」

ずけずけと、そう返された。

――長官、総監とんでもないが、せめてなりたや指定職。

キャリアの仲間内で呑むと飛び出す戯れ言がよぎる。

そのとき、胸ポケットのスマホが震えた。

着信を見ると同期の榎本修平からだった。こんなときに。

仁村と同じ東大法卒。この春、福岡県警公安第一課長から本庁の長官官房総務課に戻っている。同期の中で将来の長官、総監と目されている男だ。いやいや、通話ボタンを押す。

「どう、元気？」

臆することのない声が響く。

「まあね、そっちは？」

「霞が関は暑くてどうにもならんよ。そっちは落ち着いた？」

「ぼちぼちだね」

通話口を押さえ、運転席の志田に車を出すように言った。

「盆地だから暑いんじゃない？　おれはもうちょっと九州にいたかった。食いもんが旨いんだよ。どう、甲府は？　物足りないだろ？」

「いや、そこそこあるよ」

負け惜しみに聞こえただろうか。

車が滑り出す。

用件を訊いたが、いま、上から新規政策を作れと尻を叩かれているという。

「予算は終わったろう」

国の予算案作成は八月で終わるのだ。

「気が早くてさ。もう、来年の補正向き資料の作成に追われてる。何か思いつく？」

それくらい、自分の頭で考えろと言いたくなった。気晴らしに、同期へ電話をかけまくっているのだろう。

「やっぱり、大規模災害に向けた警察対応しかないんじゃないか」

と無難に返す。

「それは本予算でばっちりやってるし」

本庁の予算作りに邁進(まいしん)している姿を思い、仁村は嫉妬(しっと)を覚えた。

「あえて言うなら、取調べの高度化、サイバー攻撃の対処といったところかな」

「うーん、やっぱりそのあたり……」失望のため息が洩れる。「地方に住んでいて、何かこれはって思うことはないかな」

「まだひと月経ってないよ」

「そうか、山梨あたりじゃな。事件だってそうそうないだろうし」

「いや、あるんだよ」

思わず知事贈収賄も洩らしそうになった。

「何？」

「……いや、たいしたことじゃない」

年内には知事を贈収賄で挙げる。事件が新聞の一面を飾る日も遠くない。そうなれば、おまえの立場と入れ替わることになる。いまから心しておけ。

「何だよ」

「だから、何でもないって」

ククク——。

大奥の局(つぼね)が発するような声が洩れた。

「……沸騰するなよ」

あだ名をつけた張本人の口から聞いて、向かっ腹が立った。
〝沸騰水〟

「現場にいる。切るぞ」

オフボタンを押し込んだ。

県警本部東別館前を通り過ぎ、甲府駅北口の武田通りを北に走る。二つ目の交差点を左に取り、角から三軒目にある化粧品店の駐車場に入った。目の前にある五階建ての青いビルがパッセ本社だ。

雨が降っているわけでもないのに、運転席から出た志田は、上体を折り曲げ、すぐ横に停まっているミニバンの後部座席に入った。仁村も続く。

「どうだ、きょうの吉田は？」

と志田が呼びかけた相手は知特第二係の石原巡査部長だ。

富士吉田市出身の新原は〝吉田〟、上野原出身の有泉知事は〝上野〟とそれぞれ符丁を付けられている。

とりあえず、現場に連れていけば尖った気分の仁村を鎮められると踏んで、連れてきたようだ。

「朝十時五分に迎えの車で自宅を出て、十時十二分に本社到着。以後動きはありません」

「小山内景子は？」

「朝八時二十分に自宅マンションを出て、徒歩で八時三十五分に到着。以後動きはありません」

ビルにはパッセ全体を統括する管理部と事業部が入っている。小山内は会長室で新原のご機嫌取りをしているのだろうか。

日中の勤務時間中は他人の目もあるだろうから、そう簡単に情報は取れまい。妻子持ちの新原が小山内景子との逢瀬を愉しむときは、勃起薬をポケットに詰め込んで各所のホテルを使うという。しかし、寝物語で小山内がどこまでのネタを得られるものなのか。

富士吉田の貧しい野菜専業農家の三男として生まれた新原大吾は、金に汚いという評判だ。高校卒業と同時に上京し、繊維問屋に八年ほど勤めたあと、仲間と化繊専門の卸問屋を立ち上げたが、しばらくして倒産した。倒産の原因は新原がひそかに会社の金を抜き取っていたことだとも噂されたが、はっきりしていない。そのあと、甲府に葬祭会館を設立し、いまに至っている。

新原の第二応接室などとも囁かれている〝クラブ秋江〟を思い出した。今夜、クラブ秋江の監視拠点を見てみたいと伝えると、志田はお連れしますよとふたつ返事だった。

――なにかほかに目的があるんじゃないの？

土居の吐いた言葉が浮かんだ。新原は単純に人事委員の職を続けたかったがために知事に近づいたのか。土居のせいで芽生えた疑念が拭いきれない。

腕時計を見た。午後三時十分を過ぎていた。

8

エル西銀座で動きあり、との警察無線が耳に入り、皆沢は駐車場に停めた車から降り立った。舞鶴通りを南に走る。九月の末、金曜日の午後十一時を過ぎて、一般客の姿は消え、街は閑散としている。

エル西銀座の角に立つ機動隊員のヘルメットが西を向いていた。立ち止まって訊(き)くと、

「あの左手あたりと思いますけどー」と尻上(しりあ)がりの茨城弁で、通りの先を指さした。

一緒に来いと命令し、人がいない蛇行した通りを走った。

「原隊はどこだ？」

機動隊員に呼びかける。

「春日あべにゅうで衝突があって、そっちに」

「どうして、おまえは行かない？」

「ここで待機と命令されてぇ」

道が交差する右手から、人が飛び出してきて、そのあとを警官が三人して追いかけていった。通りの先のT字路で人だかりがしている。春日通りの南側、春日あべにゅう入り口だ。一般客の姿はなく、通り沿いの商店の人たちが心配げに見守っている。

「どちらも下がりなさい。おとなしく帰りなさい」

警官によるメガホンの声が響き渡る。

まわりを固める機動隊員の隊列をかき分け、なかに入った。

目の前で道を一本はさみ、暴力団組員らが対峙していた。右手は佐古組組員、左手は山梨総業の組員だ。双方とも四十名ほど。両者は睨み合ったまま動こうとしない。一触即発の空気が張りつめていた。

「離れなさい」

組織犯罪対策課の捜査員がメガホンで呼びかける。

両者が気にする様子はない。

右手、白のサマースーツを着た佐古組組員が一歩前に出ると、両者は示し合わせたように距離を縮めだした。佐古組の側から、ぴっちりしたTシャツを着た若い男が躍り出たかと思うと、双方から十名ほどが追従して皆沢の目の前でつかみ合いの喧嘩を始めた。

怒声が飛び交うなか、捜査員と機動隊員が割って入る。

「やめなさい、離れなさい」

メガホンの声がひときわ大きくなる。

ようやく、元の位置まで戻った両者の前に、機動隊員が立ちはだかる。

しかし、興奮は収まらない。

「警察官に触れたやつは公務執行妨害で逮捕するっ」

メガホンの声が路上に響く。

皆沢は山梨総業の側に近づき、顔見知りの組員に声をかける。

「もうこれくらいにしとけ」

血走っていた男の目が、我に返ったように落ち着きを取り戻した。まわりの組員に声をかけると、山梨総業側の男たちがひとりまたひとりとその場を離れる。佐古組側も同じような動きがあり、通りの南へ引いていった。

組員らのいなくなった空間に、周辺を固めていた警官が集まり、警戒を続ける。

辻とともに車に戻る。途中、定食屋の主人に商売あがったりですと不満をぶちまけられた。

「すみません。警察も対策を取ってる最中ですので」

と申し開きして、停めてあった車に乗り込む。

運転席の辻から、白い包みを渡された。

「〝かにや〟か?」

「先に食べさせてもらいました。どうぞ」

包みを開くと、旨(うま)そうなおにぎりが三つ入っていた。

警戒の合間を縫って、銀座通りにある店で買い求めていたらしい。車が発進すると同時に、おにぎりを頬張る。好物の辛子茄子(なす)の味が舌に広がる。

「ちょっと寄って行くとこがあります」

車を出すと、辻が言った。

「こんな時間に？」

「すぐですから」辻が後方を指しながら腹立たしげに言う。「いつまで、こんなのが続くんですかね」

先週あたりから毎晩、中心街で暴力団員同士による小競り合いが発生していた。百名の警官を動員して警戒に当たっているが、おさまる気配がない。

「マル暴が入ってこないように中心街一帯を封鎖するしかないぞ」

「一帯ってどこまで？」

「岡島（おかじま）百貨店の南側から桜町（さくらちょう）南の交差点まで」

舞鶴通りを手始めに、オリオン、弁天（べんてん）、桜町と南北に走る通りの角ごとで検問するしかない。二つ目のおにぎりを頬張る。辛子明太子だ。

「簡単にいきますか？　商店街の連中、ウンと言わないでしょ」

「やり方によっちゃ、呑（の）むさ」

「どうだか」辻がハンドルを切り、路地に入った。「〝ダイヤ〟は何かわかりましたか？」

「さっぱりだ。そっちはどうだ？」

「何人か知り合いの組員に訊いたけど、かすりもしないですね」狭い通りで停まり、辻が右手にある茶色い建物を指した。「この一階で八木がちっぽけな広告事務所を開いていたんですよ」

気づかぬ間に、西に向かっていたようだった。暗がりに神社の鳥居がぼーっと浮かんでいる。

辻が指した三階建ての古いビルは、一階の右手が奥に引っ込み、店舗用らしい両開きの戸が付いている。二階から上は住居らしく、マンションの体裁をしていた。

「建築コンサルタントの下平が掃除していた家の持ち主か？」

「ええ。聞き込みをしていたんですよ」

呆(あき)れた。

「そんな暇あるのか？」

辻が係長を務める組織犯罪捜査第一係は、石和温泉のみならず、二週間前に発覚した善光寺のビルの張り込みを含めて、十名足らずの捜査員でやりくりしている。おまけに、夜は夜でこうして中心街の警戒に出なければならない。

「八木が住んでるマンションの管理人のネタです。穴切大(あなぎりだい)神社手前の三叉路(さんさろ)にあるビルと教えられて」

「八木がどうかしたのか？」

「管理人によると、八木っていう男、何しているかわからないそうなんですよ。月十万の家賃はきちんきちんと納めているけど、えらく無愛想な男だそうで」

と興味深げにビルに視線を送っている。

「そいつが暴力団とつながりでもあるのか？」

「いえ、そこまでは。事務所は一年も保(も)たずに閉めたらしいんですけどね。昔は東京の大手不動産の法務部門で働いていたらしくて」

「もともと、こっちの人間なんだろ？　どう見たってふつうの人間じゃねえか」

「まあそうなんですが……じゃ、行きます」

　ふと、ビルの形に見覚えがあるような気がした。正面の看板に目を凝らした。ＳＫビル……。以前、このなかに入った記憶が呼び起こされる。しかし、何の用事で入ったのか、疲れもありそれ以上は考えが浮かんでこなかった。

　翌朝、七時半に出勤して、未決箱に溜まった決裁文書に手をつけた。現行犯人逮捕手続書三通に目を通して、捜索差押調書にも判を押す。一番下に知事部局からの決裁文書が見えたので引き抜いた。開いてみれば、何のことはない、県の建設業対策室から、建設業許可の変更届に関わる照会文書だった。

　九月一日付で、富士河口湖町にある長井建設興業の役員に追加就任した阿久津幹宏なる男が暴力団関係者であるかどうかを問う内容だ。県の方針により、建設業の許可申請や変更届が出た際は、必ず県警に照会する必要があるためだ。かりに役員が暴力団と関わっている場合は、指名停止措置がとられる。

　それに対する組対課の暴力団排除係による回答文書を見て、違和感を覚えた。暴力団との関係はなし、との回答になっている。

　阿久津幹宏という名前には聞き覚えがある。

　保管庫から暴力団員の情報を網羅したＧ資料の分厚いバインダーを取り出し、その場でめくった。思った通り、韮崎に組を置く二代目奥村組の舎弟だった。

二代目奥村組は、七月の分裂騒動で佐古組とともに山梨総業から抜けた組だ。組長の奥村は佐古紀男の信任が最も厚い男として名を馳せている。そうした奥村の弟分にあたる阿久津の名前を暴力団排除係が知らないはずはない。ちょうど出勤してきた排除係の係長を呼んで問いただした。

「それですけど、生安の企画課長から、しばらく外しておいてくれと要請がありまして」

「武智参事官から？」

「ええ。長井建設興業は産廃の不法投棄に関わっている疑いがあって、内偵捜査の途中だから、警察に目を付けられているのがわかると、捜査そのものが頓挫するということでした」

「どうして参事官から話があったんだ？」

この照会文書は組織犯罪対策課内だけで回覧される文書だ。

「武智さんなら、阿久津の名前も知ってるんじゃないですか？　うちから武智さんにご注進があったんでしょう」

「……そういうことか」

生活安全企画課長を兼務する生活安全部参事官の武智は、組織犯罪対策課にも長いあいだ籍を置いていた。G資料は生安にもある。県内の暴力団については、いまでもそれなりの知識を持っているはずだ。

判を押し、既決箱に放り込む。

奇妙な回答文書のせいで、もやもやしてきた脳内をさらに混乱させる昨夜の一件を思い出した。辻に連れていかれた穴切大神社近くのビルについてだ。調べてみる気になり、またしても保管庫にずらりと背表紙を見せる捜査報告書のバインダーを眺めた。年度ごとに並ぶなかから、十年前のものを引き抜いた。インデックスに記された事件名をざっと眺め、この年ではないと思い、次に平成十五年分のそれを抜いて、インデックスを見た。なかほどにそれらしいものを見つけ、そこを開く。

〝佐古組フロントによるSKビル乗っ取り事案〟とある。SKの文字を見て、記憶の一部がよみがえった。ちょうどいまの組織犯罪対策課が発足した年だ。組織犯罪捜査第二係長を拝命し、最初に遭遇した事案だった。

甲府市内の中堅不動産会社が二億円近い負債を抱えて、給料の支払いも滞る経営不振に陥った。会社を守るため社長の杉浦(すぎうら)は必死で金策に走り回ったものの、手を差しのべる銀行はなく、知人を通じてトキワ商事なる業者を紹介された。そこが当座の資金を用立ててくれたものの、銀行の差し押さえがいつ来るかわからず、不安な日々が続いた。

その後、トキワ商事側から、保有しているマンションの名義の付け替えを要請され、杉浦は泣く泣く白紙委任状を渡した。以降、マンションの家賃収入はトキワ商事に取られることになった。

追いつめられた杉浦は、客の預かり金に手をつけてしまい、横領容疑で逮捕された。

不動産会社は潰（つぶ）れ、会社もトキワ商事に乗っ取られた。

逮捕当時、杉浦はすべてをぶちまけ警察に泣きついたものの、白紙委任状を渡してしまったのが運の尽きで、警察としても打つ手がなかった。その舞台になったマンションがSKビルだ。

その捜査で何度かビルに足を運び、住民の話を聞いた。暴力団ふうの男たちが何度もやって来て、出て行けとすごまれたという話も耳にした。

トキワ商事は甲府市国母に本社を置き、ビル管理や人材派遣業を営むれっきとした会社だ。正社員とアルバイトを合わせて三十名近い従業員がいる。しかし、上層部が佐古組とつながるフロント企業だ。不動産業も営み、傘下に建設業者もいる。最近では貴金属の卸にまで手を伸ばし、支店も設けていると聞いている。

とうとう出るものが出てきた。ひょっとしたら、佐古組の事務所移転に絡んでいるのではないか。それに、貴金属の卸も。ことにダイヤモンドの。

辻のスマホに電話を入れた。辻はすぐ出た。

9

仁村は春日通りの一本西にある錦（にしき）通りに足を踏み入れた。十月七日金曜日。夜八時。

居酒屋の看板がずらりと並んだ雑居ビルを横目で見ながら、角のスナックを右手にとる。

同じ建物にある別の引き戸から中に入った。脱いだ靴をビニール袋におさめ、ギイギイと音を立てて急な階段を二階に上がる。正面のドアをノックして名前を告げると、内側から開いて志田が顔を見せた。

「ご苦労さま」

菓子パンやコーヒー缶の詰まったレジ袋を渡した。窓近くでパイプ椅子に座り、下を覗き込んでいる長髪の捜査員に歩み寄る。

声をかけると、「新原が来てます」と久保巡査部長は、仁村に席を譲った。

「お、当たり？　金曜の夜は恒例になったな」

「ええ、先週もちょうどいまごろ来店しましたから」

のっぺり顔から笑みがこぼれる。

二十センチほど開けた窓の向こうに、〝クラブ秋江〟の入り口が見える。総タイル張りの二階建て。壁に三日月のネオンが瞬いていた。

ここは内張りの拠点として申し分ない部屋だ。朝晩めっきり涼しくなり、監視もだいぶ楽になったはずだ。

三脚に据え付けられた一眼レフカメラを操作して、撮影された写真を一枚ずつ見ていく。横にビデオカメラも設置されている。七時二十分、秘書役の男が開けたドアから、背中を押されるように入店する新原の姿が捉えられていた。そのあとも、六人ほど入ったようだ。

「しかし、商売繁盛はこの店だけみたいだな」

仁村がつぶやく。

金曜なのに、甲府随一の盛り場はどこも閑古鳥が鳴いている。

「近所で暴力団が暴れてますからねえ」

監視拠点を順繰りに訪ねている志田が答えた。

「商売あがったりですね」

先日も大勢の暴力団員が春日あべにゅうで衝突騒ぎを起こした。警戒に当たる警官や機動隊員の姿が連日、新聞を賑わしている。しかし、二課員にとっては他所さまの話だ。

「知事は家に送り込みましたか？」

後ろに立った志田に訊かれる。

「珍しく早めに帰宅しました」

六時ちょうど、公用車のアルファードで大久保の自宅に帰っている。

「じゃ、今晩あたり来るかな？」

「ありえます」

有泉は九月に一度、政策局長の宮木とともに顔を見せている。

「今週、ふたりは会ってるしね」

人事委員会による職員給与改定の勧告を十月四日付で出していて、その報告のために新原は知事室を訪ねている。二十分ほどの短い懇談のなかで、週末に一杯という話が出てもおかしくはない。

「堀川と二宮は？」

改めて訊く。ふたりとも与党、民自党の山梨県議だ。三日にあげず来店している。

「きょうはいません」

「県関係者は？」

「水曜日に出納局長が来ましたが、ほかは見えません」

「宮木局長もひとりじゃ来ないか」

「単独では顔を見せないと思いますよ」志田が言う。「だいたい、弁天通りのバーですから」

そのあたりをうろついている宮木の姿は、ビデオカメラに収められている。

「まさか、うちの幹部は行ってないですよね？」

「さすがに、最近はないんじゃないかな」

少し呆れたように志田が答える。

宮木は県警の幹部と親しく呑む間柄だが、ここしばらくそれはないようだった。

知事の有泉とは一心同体。政策局長の身でありながら、公用車、私用車問わず、降りるたび知事の着衣を整え、ハンカチで靴まで拭く。執事だ。

畳に置かれた日報を手に取る。日付ごとに、県会議員、資産家や銀行員、商店主、町工場の社長など、クラブを訪れた人間の名前が並んでいた。新原とその元愛人めあてに、議員連中が足繁く通っているようだ。

先週の日曜日の記載には、山梨県選出の現国会議員の名前もある。来店者一覧に浅利(あさり)達三(たつぞう)なる名前があった。肩書きを志田に尋ねると、「山梨県央信用組合の理事です」と答えた。写真も見せられた。頭頂部の薄い髪を横から流している。六十代半ばぐらいのでっぷりした男だ。

「あの県央信組？」

合併を繰り返し、山梨県では大手銀行と競う資金量を持つ金融機関だ。県の指定金融機関でもある。

「生え抜きの理事ですよ。県議の連中と仲がいいですね」

「何かと問題のある信組じゃないですか？」

「ここ二、三年、職員による横領や背任が絶えませんから」

地元紙にも、それについて何度か載っていた。

「やっぱり、新原めあてですか？」

「でしょう。新原と同じ日に来店しているし」

志田が通りを覗き込みながら、「捜査員が面白い話を仕入れましたよ」と口にした。

「クラブのママ、えらいメモ魔だそうで、来店する人間の名前や用件を手帳にびっしり書き込んでいるみたいですよ」

「新原から命令されて書いてるのかな？」

「いざっていうときのために控えてるんじゃないかな」

思わず志田の顔を見た。

「新原が実弾を配った連中の名前もあるんじゃないですか？」

「あるでしょうね」

「一度、見せてもらいたいものだ」

「頼んでみますか」

「お願いします」

「はは――了解。きょうはずっと東別館にいたんでしょ？」

「週末くらいは、席を温めていてもいいでしょ」

この二週間、毎日、監視拠点や行動確認に同行していた。捜査本部の置かれている石和署にも通い、東別館の二課に寄るのは、朝、決裁文書の処理をするときくらいだ。

「ここに来る前、石和署に寄ってきました」仁村が続ける。

「池井署長はどうですか？」

「相変わらずです」

顔を合わせるたび、地検は受理したかと訊かれる。

三週間前の事前相談から、電話一本かかってこない。最高検までとっくに上がっているはずだ。そこでの判断次第で急転直下、捜査着手のゴーサインが出る――そう勝手な筋書きを書いているが完全な音なしだった。

「丹羽部長に行ってもらうしかないと思いますよ」仁村が言う。

「そうですね」

このような地道な張り込みなど、本来なら必要ないはずだ。週明け早々にも、丹羽には地検に出向いてもらい、次席に直談判してもらいたい。

「宮木が出張しました」仁村は話題を変えた。「聞いてます？」

山梨県体育祭り開会式、住みよい県土建設週間表彰式、三日に一度ある慶弔行事など、宮木は地元で行われる式典に影のごとく寄り添い、知事に接触を図る人間たちをさばいている。

「また知事と東京？　やまなしサポーターズ倶楽部交流会が六本木であったばかりでしょ？　あ、国交省の陳情か」

「それは来週。きょうは地元。車で富士五湖方面をぐるっと回ってきたようです」

「知事の同行で？」

「単独でした。見ますか？」

志田に見せるつもりで、尾行した捜査員が秘匿撮影した映像が入っているブルーレイディスクを持参している。

「あとでいいです」

しかし、志田に関心はないようだ。

それでも、久保に代わってもらい、ノートPCにブルーレイディスクを入れて、早送りで再生させた。午前十時、県庁本館の表玄関に滑り込んできた黒塗り公用車に固太りの宮木が乗り込む場面から始まった。中央自動車道経由で、笛吹市から河口湖エリアに通じる御坂みちの上り坂を走った。途中、横道に入ってしばらく時間を稼ぎ、また本道に戻って峠を越えた。富士河口湖町から富士吉田市、そして山中湖の手前で食堂に入り、待ち合わせていた数人と昼食をともにした。近くを散歩したのち、食堂から県庁に帰るルートをたどった。単純な視察のようだ。

「……竹中じゃないかな」

久保がつぶやいた。後ろについて、肩越しに店の前を見る。

スーツ姿の男がタクシーから降りたところだ。料金を払い、振り向いたその顔にメガネがきらっと光った。せかせかした様子で扉を開けてクラブに入った。

元国会議員の竹中元章に間違いなかった。甲斐市出身で経済産業省の産業再生課長を経て、六年前、保守系政党の推薦を受け比例代表で初当選した。しかし、一昨年に行われた衆議院選挙に落選し、いまは浪人中の身だ。トレードマークにしている白フレームのメガネとともに地元では名前が売れている。

「初めてだよね？」

「初めてです」久保が答える。

「新原めあて？」

仁村がつぶやくと、志田もうなずいた。

「あれも知事と同じで、来年の衆議院選挙に向けて、待ったなしですよ」

「保守の現職も日曜日に来たばかりじゃなかった？」

　保守系政党が強い山梨県だが、その保守も一枚岩ではない。

「どっちも新原にとっちゃ、お客さんですから」

　着物姿の秋江ママに導かれて、新原の席に案内される姿が浮かんだ。酒豪の新原から、かけつけに度の強い焼酎を飲まされる光景だ。儀式宜しくそれが済んだあとは、ざっくばらんな話になだれこむ。参謀に誰それが欲しい、選挙事務所の開設や運動員の雇い上げ、選挙カー、ウグイス嬢。あけすけな金や人の話が飛び交う。盗聴マイクでも仕掛ければ、ずいぶん面白い話が聞ける。検事の土居に聞かせれば、前のめりになるに違いない。拳を握りしめているのに気づき、指を離した。

　四十分が経過する。竹中は意外に早く表に姿を見せた。追いかけて出てきた秋江ママに背広の裾をつかまれ、その手にある紙袋がさっと竹中に渡った。

　受け取った竹中が両手で広げ、体を折り曲げてなかを覗き込む。瞬間、笑みが凍り付いたように固まった。

　ああ——。

　声が洩れ、頭を掻き掻き、しきりとお辞儀をしだした。

　突き放すような姿勢を見せるママからようやく離れ、歩き出す。紙袋を携えたまま、振り向いてはお辞儀をするのを繰り返し、去っていった。

仁村の背筋に、熱いものと冷たいものが行き交った。

紙袋はずしりとした重みがあるようだった。菓子折などで、あれほど驚喜しない。

札束？

信じがたい。現金の授受。新原から贈られたと見ていい。その現場を見せつけられるとは……。

志田も久保も言葉がない。

ママが銀行から下ろしたか、それともあらかじめ届けられていたか。いや、ママそのものが金庫番か。

追いかけて、紙袋の中身をこの目で確かめたい衝動に駆られた。

竹中の姿が有泉にダブる。知事への現金受け渡しの疑いが確信に変わった。

いま撮った映像を地検の土居に見せれば、一も二もなく食いつくのではないか。

いや、足りない。小山内景子の面影がちらついた。あの女なら、札束を見ているのではないか。

いま小山内はどこにいる？　マンションか？　会社か？　気がついたときには、スマホに小山内の名前を表示させていた。発信ボタンを押し、耳に押しつける。呼び出し音のあと、留守番電話に切り替わった。電話を切り、ポケットに収める。

志田と久保がたったいま録画した映像を繰り返し見ていた。

10

十三日木曜日。午前十時。

甲府中央署二階にある大会議室には県内十二の警察署長をはじめとする幹部が集まっていた。

仁村はひな壇の左手にしつらえられた二列目の席にいた。ひとりおいて横に、暴力団員と見まがうような幹部が座っている。組対の室長らしい。

甲府中央署長の歴代写真が見下ろすなかで、山梨県連合婦人会長の肩書きを持つ公安委員長の挨拶(あいさつ)から始まった。四分続いたあと、木元本部長がひな壇に移り、マイクロホンに訓示の言葉を吹きかけた。臆(おく)する様子はなく、慣れた感じだ。着任後、ひと月あまりが過ぎて、ようやく当地の暮らしに慣れてきたと所感を述べてから、議題に入った。

「……指定暴力団滝川会山梨総業の分裂に端を発した暴力団抗争は弱まるどころか、ますます激しさを増しているのは周知の通りでありますが、刑法犯摘発率の低下など、本来の警察活動への影響も顕著になっておりまして、残念でなりません。本県警において一層は対立抗争の鎮静化に向けて、徹底した対策を講ずるとともに、全身全霊をもって一層の取締りに当たってもらいたいと切に願う次第です……」

十分間の訓示のほとんどは暴力団対策に充てられ、交通事故抑止の話を最後に席に戻った。そのあと、各部長から個々の事案や情勢について報告がなされ、しんがりを務める丹羽刑事部長の口から、汚職など重要知能犯罪の摘発、との言葉が出たとき、思わず仁村は背筋が伸びた。

さらに細かな報告が行われ、「佐古組をはじめとする暴力団が、全国の三分の一のシェアを誇る県内の宝飾関係、ことにダイヤモンド関連の流通等をシノギの一部に組み入れる動きがあり、貴石類等を保管している倉庫や運搬時の厳重な警戒などを周知するとともに、不審な動きがあれば、ただちに上げてもらいたい」と要請する。

そのあと照明が落とされ、プロジェクタースクリーンに甲府市中心街の地図が投影された。丹羽がレーザーポインターを当てながら、「今月、十月二十九日土曜日午後四時より、ご覧の各所で検問を行い、中心街への暴力団の車の進入を阻止する」と説明を始めた。そのとき、仁村のスマホが震えた。

うつむいて見ると、小山内景子からだった。

何事かと思いながら、出るわけにはいかず、応答保留ボタンを押した。

先週の金曜日、クラブ秋江の張り込みで現金授受を目撃した際、小山内あてについ架電してしまった。返答がないのは予想したものの、一週間たったいまになってかかってきたのはどういうわけか。

質疑応答の末、会議は終わった。窓際に寄り、小山内の電話番号を呼び出し、耳に押しつけた。コール音が一度。

「小山内です」

やや低い、押し殺した声。

「いま大丈夫ですか？」

いま、どこにいる？　社内か？　外か？

「つきまとわれるの、嫌なんです」

「あっ、それは……」

ほぼ二十四時間、小山内は二課の監視下にある。

それが気に入らないのか？

「きょう、会えませんか？」

いきなり切り出され、言葉に詰まった。

時間と場所を一方的に告げられ、通話が終わった。

会議室の外で待っていた志田は、電話に気づいていなかった。事後報告でよいと考え、小山内との電話のやり取りについて、口にしなかった。代わりに今晩は用事ができたので、視察はやめると伝えた。

石和署の捜査本部に行く志田と別れ、東別館に戻った。六階に上がり、課長席に腰を落ち着ける。ふだん二課にいるのは庶務担当の守谷(もりや)警部補と行政職員の赤池泰子(あかいけやすこ)のふたりだけだ。守谷は仁村の目の前で終日背中を向けて、事務仕事に余念がない。その斜め左にいる赤池も文書の収発や経理の仕事で忙しい。滅多なことでは会話を交わさない。

低い音量で警察無線が流れる。

――甲府市中心街付近で暴力団員の運転する車同士が衝突――。

ごっそりたまった稟議書類に目を通し、文書収発簿に判を押す。すぐ前にある志田の両袖机の右側、一番下の引き出しを開けた。分厚いA４の紙束を取りだして自席の机に載せる。パッセ関連の銀行口座の入出金明細書だ。地元の甲陽銀行の口座で、当座預金と事業部ごとに五つの普通預金がある。先月末から遡ること一年間分。ベテラン捜査員によりチェック済みだが、とりあえず見ておくしかない。竹中に贈られた現金の出所を捜すが、見当がつかなかった。口座に記録を残すわけがないとわかっていても、忌々しい。

三時半になると、赤池がコーヒーを淹れて持ってきてくれた。鎖骨の浮き出た痩せた体型だ。髪を淡く染めているものの、おしゃれにはほど遠い。四十五歳になる独身で、かなりの金を貯めていると聞く。

コーヒーはブラックで飲むが、なぜかいつもソーサーにはスティックシュガーが載せられている。

「お手伝いすることはありますか？」

ときょうも決まった科白を投げかけてくる。

「ないですね」

明細書のチェックのために定規を当てていた手を休め、十年一日のごとく返す。

「チーズケーキあったな」

守谷が声をかけると赤池が腰を浮かせたので、仁村は「やります」と声をかけて、自ら冷蔵庫のケーキを取りだし、箱ごとふたりの前に置く。

守谷の机にある有泉知事の経歴書が目にとまった。

チーズケーキを口に入れながら仁村は「何ですか？」と訊いた。

「あ、これですか」守谷は経歴書に手を乗せた。

「きょうはそれ？」赤池が覗き込んで言う。「守谷さん、知事関係の職務権限や経歴をずっと調べているんですよ」

「大事ですよ」仁村が言った。「何かありました？」

守谷の役目に資料収集があるのだ。

「職務権限は広すぎて、手に負えないって嘆いてたけど」赤池が気遣う。

「だから、そっちはおいて」守谷が経歴書を指でなぞる。「知事ってこの道のプロだなって思いますよ。広島から北海道まで、あちこちの県に出向していたし。うちの県にも都市計画課長で赴任していた時期がありますし」

仁村も経歴書に目を通した。たしかにその記載がある。

「何か気になった点はありました？」

守谷はお手上げとばかり、両手をかかげた。

仁村は席に戻り、明細書をしまった。

「お電話です」

守谷に声をかけられ、点滅する保留ボタンを押す。

受話器を耳に当てるとキーの高い男の声が伝わってくる。警察庁捜査二課の斉藤補佐だ。思わずため息が洩れそうになる。

「昨日はどうだったかね？」

と毎度、同じ文句で切り出される。昨日、ようやく二度目の事前相談に参じたのだ。

背もたれによりかかり、髪を擦る。

「あいかわらずです」

「クラブ秋江の一件、話したんだろ？」

「もちろん話しました。動画も見てもらいました」

「あれを見せても、だめ？　何て言ってるの？」

「竹中氏はワイン好きで知られてるから、ヴィンテージワインでも贈られたんじゃないかと言われました」

「そこまで言う？」

「嫌みです」

「とにかく、クラブ秋江の動きをフォローしてよ」

「もちろんします。竹中の身辺捜査を開始しました」

「かりにも元国会議員だからね。知事とうまくリンクできんかなぁ。そうなりゃ、国政まで広がるよ」

「まかせてください。逃しません」

「うん、期待してるよ。こっちは課長、局長から、矢の催促されてるから。仁村さん、地検はどうにかならん？」

「いざとなったら、刑事部長に行ってもらうつもりでいますが、いかんせん堅すぎます。最高検はどうですか？　情報入ってきませんか？」

「課長がちくちくやってる。最高検どころか、東京高検にも上がってないような気がするな」

「まさか、それはないでしょ？」

これだけでかいネタが、高検にすら上がっていないなど考えられない。

「弱気じゃ困るよ、もっと地検をがんがん攻めないと」

「まさか本部長に掛け合ってもらうわけにはいきませんよ」

「いざとなったら動かしてよ。今度はいつ行くの？」

「来週早々にも」

「じゃ、また」

あっさり電話は切れた。受話器を置き、その場で地検の土居に電話を入れる。刑事部長の面会のアポを申し出ると、「次席は向こう一週間、忙しくてさあ」といつもの返事だった。

「何とかお願いできないですか」

「時間取れそうもないなあ」

「でかいネタが出てきたんです。ご報告させていただけませんか」

「何？　いま言ってよ」

「電話じゃダメです。来週、いつ、お願いできますか」

「また、明日にでもこっちから電話するから」

がちゃりと切れた。

力いっぱい、受話器を置く。

びっくりした赤池がこちらを向いた。

六時すぎに仕事を終えて、舞鶴通りに出た。甲府駅北口に足を向ける。

いまになって小山内が電話を寄こした理由をあれこれ想像する。捜査の進捗が気になる水島社長から指示があったのだろう。仕立券以外に大きなネタを摑んでいるとは思えない。しかし、小山内本人の口から、監視が鬱陶しいと本音を聞かされたとき、思いのほか、この自分が信頼されているように感じられた。年齢が近いせいだろうか。

どちらにしても、新原は贈賄工作のための資金をどうやって捻出しているのか。よその会社へ外注し、そこから現金で還流してしまえば、まずわからない。水増し融資を受けて現金を作られた日には、さらに摘発が困難になる。簿外資金をストックしている隠し口座は、どこにあるのか？　小山内から訊きたいことが次々に浮かんでくる。

甲府合同庁舎の角を北に折れる。教えられた自然食品店の脇に路地があり、突き当たりに赤く塗られた木の扉があった。掲げられた小さな看板で店の名前が確認できた。

ドアのガラス窓から中を窺い、ゆっくりドアを押し開く。アルトサックスのボサノバが低く流れていた。セピア色の壁と床。アンティークなステンドグラスランプがほんのり明かりを投げかけている。カウンターの奥にテッポウユリが活けられ、その手前にロングヘアをシニヨンにまとめた女が木製の椅子に腰掛けていた。白シャツにグレーのカーディガン。言葉をかけず、その前の席に着いた。

「コーヒーを注文しておきました」

小山内景子の形のいい唇が動いた。

前には、半分ほど減ったカフェオレが置かれている。

「了解。何か食べますか？」

「あとで頼みます」

「いや、いま頼みましょう」

小山内は戸惑いながら、メニューを仁村に見せた。

仁村はハンバーグのロコモコとビーフシチュー、小山内はきのこトマトカレーを選んだ。

コーヒーを運んできた女性に注文した。

仁村はコーヒーに口をつけて、少し頭を下げた。先週いきなり電話したことを謝る。

「いえ、すぐお返事できなくてすみませんでした」

小山内はすぐ応じた。華やいでいる。濃いグレーのトップスの首元にパールネックレス。調度の揃った会長室からそのまま抜け出してきたような印象を受けた。

「とんでもありません」

「ここ、女性オーナーのお店で、一度来てみたかったんです」

「あの方」カウンターに目をやる。「会社から近いですが、いいんですか？」

「あ、ここは大丈夫ですから。会社の人も来ないし、知り合いもいません。警察の人もまいてきちゃった」

小山内の勤めるパッセは北に三百メートルほど、自宅マンションもこの西側の通りから中央本線のガードをくぐってすぐのところにあるのだ。車を持っていない小山内の行動範囲はごく狭い。

「きょうの会長の様子はどうですか？」

「いつもと変わらずです」ストローでカフェオレを一口吸う。「九時頃来て、メモを見て決済して常務を呼んで叱りつけて」

「あなた、スケジュール管理もまかされてますよね？」

「はい、少し前まで第一秘書がいたんですけど、いまはスケジュール管理から雑務までわたしがします」

「知事と会う予定はありますか？」

「わたしが把握している範囲で、今月、知事が参加する会合はありません。個別に知事と会うようなアポも取ってないです」

「東京ではどうですか？」

「東京はわかりません」

個別に会うには東京が便利だ。新原が籍を置く人事委員会は、県警本部と同じ県庁別館の三階にある。よほどの用件がなければ、新原は知事のいる県庁本館には足を向けられない。そもそも人事委員会にしても、足を運ぶのは月に二度か三度程度だ。

知事の東京出張の予定は摑んでいる。捜査員がぴったり張りつくから、両者が会えばすぐにわかる。一方で地元の会合では新原が知事と親しく話す様子が記録されている。クラブ秋江にも、知事は顔を見せている。地元でも個人的に会う機会はあるに違いない。

「会長は同業の方々と、あまりおつきあいがないと聞いてますがそうなんですか？」

「まったくありません。行くのは同窓会や県人会、ロータリークラブくらいで、やっぱり政治家の方々と会うのがメインです」

「新しい事業に手をつけるようなことは？」

小山内の表情がやや硬くなった。

「今年に入って、石材屋さんとの取引が多くなったような気がします。あとは明けても暮れてもボチボチですね」

「ゆっくり仕事を進めているんですね」

「そうじゃなくて」ストローで、なかを突く。「お墓のほうの墓地です」

「失礼、そっちでしたか」

「常務の砂子さんなんてお寺と組んで、毎日ボマイホウと首っ引きですよ」

専門用語らしい。砂子は事業開発担当者のはずだ。「法令と照らし合わせるわけか。人使いも荒いのでしょうね」と仁村は応じた。

「うちの会長は一期一会がモットーですから。言葉はかっこいいけど、その人や職業を見て、どれだけ取れるか見当をつけろって、社員に口を酸っぱくして言っています」

「さすが経営者だけあると思います」

「厳しいんです。こないだも、ダブルブッキングしたと叱られてしまって。でも、会長が勝手に入れたもので、わたしに教えてくれていなかったんですよ」

「そのこと言ったんですか？」

「いいえ、いくら怒られても決して口答えしません。黙ってます」

辛抱強そうだが、それも秘書の仕事のうちかもしれない。サンズィの話に水を向けたかったが、以前から気になっていた水島建設社長の水島利光との出会いについて尋ねてみた。

「短大の保育科を出て、幼稚園にしばらく勤めたんですけどむいていなくて。派遣になって二つ目に回されたのが水島建設でした。それで社長と巡り合って……」

「水島建設ではどんなお仕事を受け持っていたんですか？」

「経理です。大学のときに簿記資格も取っていたので」

しめたと思った。

ふだんの新原の会社の経理状況について、切り出してみた。

すると小山内は顔を曇らせた。

「経理のほうは、あまりわかりません。でも、うちの会長は口座によけいな金を置いておくのが嫌いで、すぐに引き出してしまうんです。それで残高が急に減ったりすると、経理課長があわてて銀行にイチカリに行きます」

「イチカリ？」

「一時借り入れです」

「あ、そっちか」

その形跡はたしかにあった。

「経理課長は田代さんでしたよね？」

「はい」

「裏帳簿みたいなのも、あるのかな」

とカマをかけてみた。

「わからないです」

贈賄工作の原資を知るためには、やはり経理課長を押さえればいいのか。

注文した料理が運ばれてきて、しばらく食べるのに専念する。

こくのあるシチューだった。味についてやり取りしながら、「差し支えなかったら…

…その水島社長さんとの」と口にしてみた。

小山内はやや、はにかみながら続ける。「水島建設に入った年、営業職だった三つ年下の男性とつきあうようになって。最初はうまくいってたんですけど、すごい甘えん坊でおまけに金遣いが荒くて。別れ話を切り出したら、暴力を振るわれたりするようになって、それで社長が相談に乗ってくれて」

小山内は生い立ちまで話しだした。

母親は小山内を連れ、小さな印刷会社を経営する家に後妻として入った。家業が傾くと父は酒におぼれて暴力を振るうようになり、ふたりいた兄たちは家を出た。母は堪え忍びながら会社の切り盛りをしていたが、やがて長男が戻ってきて会社の社長に納まった。母は彼と衝突したあげくに父から離婚を申し渡され、小山内とふたりして家を追い出された。母はそのあと膵臓(すいぞう)ガンを患い、あっけなく亡くなってしまった。ざっとそんな話だった。

話す顔を見ながら、会長と床に入っているときの表情や声を連想していた。

水島社長から、新原の許(もと)に入り込む要請を受けたときの事情をやんわり尋ねてみると、

「今年の三月、いきなり面接に行ってこいって言われて。会長直々の面接があって、採用の通知がありました。それを社長に伝えたんですけど……いろいろあって、最後には『プロの愛人になってくれ』とか調子いいこと言われて」

と少し冷めた口調で答えた。

「それで引き受けたわけですか……」

つい、洩らしてしまった。

会長は小山内の容姿を見、話しぶりを聞いて、うまく運べば愛人にと思って採用したのだろう。

小山内は少し改まった表情になった。「初めて出勤した日、会長が握手してくれて。とても強く握ってくれたんですよ」

それだけで愛人になってもいいと思ったのだろうか。

ハンバーグが胃の中に消え、ビーフシチューも半分ほどなくなったころ、また新原の話を蒸し返した。小山内はカレーを口に含みながら、「そういえば、宮木さんと忍野村の企画課長がオフィスに見えました」と口にした。

宮木の名前が出たので、口の中にあった牛肉を呑み込んだ。

「政策局長の？　いつですか？」

「今月の四日の午後だったと思います」

「会長と会ったんですね？」

「はい。二十分ほどいらっしゃったと思います」

その三日後、宮木は忍野村に近い山中湖方面に出張している。

関わりがあるのだろうか？

「話の中身は何だったんですかね？」

「それはわかりかねますけど、会長は最近は地元の人と会う機会が多いです」

「珍しいんですか？」

「というか、しきりと地域に何か残したいって言うし」

「ほー、宮木さんにも？」

「あの方の頭の中は来年の知事選挙で一杯ですよ。その話ばかりです。知事の任期切れの日がおれの退職日だって。選対の本部長になると公言してるし」

そこまで傅（かしず）いているのか。

「何かわかればお伝えしますから」

やわらかく言うと、残ったカレーにスプーンを持っていった。

まだまだ、この女の利用価値はあると仁村は思った。

腹は満ちていないが、もう十分すぎるほどの会話を交わしたように思った。何より信頼関係が築けたのが大きい。手応（てごた）えのようなものを感じられた。

先に帰らせ、支払いを済ませて店をあとにした。

官舎への道すがら、隠し口座の存在や簿外資金の捻出（ねんしゅつ）手段など、肝心なことを聞き洩らしていたことに気づいたが、構わないと思った。一度にできる話でもない。

朝日（あさひ）通りを南に歩く。中央本線の線路をはさんで、ちょうど向かいあたりが小山内の住むマンションだ。こうして同じ道をたどって家路についたと思うと、彼女への親密な思いも湧いてくる。

薄暗いガード下に差しかかったとき、気配を感じて振り向いた。ひとりしか通れない歩行者通路を志田がついてきていた。いつから尾けられていたのか、わからなかった。

「気が済みましたかあ?」

声をかけられて、我に返った。

小山内が監視の目をごまかすどころか、この自分の動きも捜査員らに筒抜けだったのに気づいて、頰のあたりが熱くなった。

「ひとりで毒を吞んだら寿命が縮まりますよ」

きつい諫言に感じられたが、こちらにも言い分がある。

「ネタを取ろうとしただけですから」

と応えて前を向く。

ガード下を出たところで、志田が横に並んだ。

「組織で攻めるものです。単独行動は命取りになりかねない。くれぐれも自重してください」

それまでの浮ついた気分は消え失せ、蕭条としたものが心の中に吹き込んできた。横に停まったミニバンの扉が開き、志田に言われるまま後部座席に乗り込んだ。先客がいた。池井だ。いつものように、教育者然とした明るい表情で、どうも、と声をかけてくる。

生返事して、その隣に腰を落ち着けると、「知事の顔でも拝みませんか?」と言われた。

今晩はたしか、山梨ふれあい共生フォーラムの懇親会が市内のホテルで行われるはずだ。

「わたしも、署長として懇親会に出席するんですよ」

と池井は続けた。

「知事の顔を間近で見られるわけですね」

志田がからかうように言葉をかける。

「いいじゃないですか」

照れ笑いしながら仁村を見る。

小山内と会って話をした内容など、ふたりとも鼻にもかけない。説明する気は起きなかった。それでも、いまになって小山内が口にしたことに、引っかかるものを感じていた。それが何であるのか、わからなかった。志田に相談するのもはばかられ、胸の中に仕舞い込んだ。

11

十月十八日火曜日。

昼時を迎え、甲府合同庁舎の一階にある食堂は背広姿のサラリーマンで埋まっていた。

地元で有名な餅屋が経営していて、安価でそこそこのランチを食わせると評判だ。皆沢は耳にはめたブルートゥースのイヤホンに耳を澄ました。辻から入感があった。

「一階に下りていきます」

それだけで切れる。

八木は正午少し前に、三階の法務局に上がっていったのだ。

ほどなくして、大柄な体をグレーのブレザーで包んだ八木が食堂に現れた。カウンターで八宝菜定食らしいものを受け取り、入り口近くの席に腰掛けて、黙々と食べ出した。こちら向きに座っているので、よく顔が見える。無料のお茶を舐めながら、姿勢を低くして様子を窺った。

食べ終えた八木は返却口にトレーを置き、食堂から出て行った。そのあとにつく。

八木は甲府駅北口のコインパーキングに停めたセダンに乗り込み、山の手通りを自宅のある酒折方面に向かった。しばらくして、辻が運転するミニバンがやって来た。

「八木は法務局に何の用があったんだ？」

と皆沢は助手席に滑り込みながら訊いた。

八木のセダンは二つ先の信号で停まっている。

「フラットワーク、あったじゃないですか」辻は車を発進させた。「あれの休眠届を出しましたよ」

「大里町にあるNPOの？」

「ええ」

そういえば、先週、法務局への捜査関係事項照会書の判を押した。それを調べていたらしい。

「その休眠て何なんだ？　会社と同じか？」

会社の休眠届はときどき聞くが、NPOは初めてだ。

「事業報告書を出さずに放っておくと、過料を取られるそうなんですよ。国に目をつけられるとNPOの認証が取り消されるから、早めに休眠届を出したんじゃないかって」

「それだけか？」

佐古組に関係する新しい登記でもするかと思い、時間を割いて行動確認についたのだが、その甲斐（かい）はなさそうだった。

「まあ」

「いったい、八木って何をしてるんだ？」

辻は苦し紛れに首を横に振った。

「さっぱりわかりません」

「さっさと調べろよ。いい線まで来てるんだから」

「了解です。まだ打ち合わせまで、時間ありますよね？」

「ああ、三時だ」

「同じ方向だし、もう少しつきあってくださいよ」

と辻はアクセルを踏み込んだ。

「しょうがねえな」

三時から善光寺町の自治会役員らと、決起集会の打ち合わせをする予定が入っているのだ。アームレストに立てかけてある茶封筒が気になって、訊いてみた。

「これですか」辻がハンドルを握りながら左手で突(つつ)く。「トキワ商事の口座の明細です」

「いまごろになって、か」

トキワ商事に関わる金の出入りを調べてみろと命令していた。ようやく照会したようだ。

引き抜いて見ると、A4で三つの紙の束がクリップで留められていた。トキワ商事名義の当座預金と普通預金、定期預金の入出金照会文書だった。どれも山梨県央信用組合の口座だ。

「たまりでも見つかったか？」

預かり金ばかりで、支払いのほとんどない口座のことだ。往々にして、売上除外や脱税によって蓄財した不正資金が眠っている。

「まだ見てないです。とりあえず先週までの二年間分、照会かけましたが、いいですよね？　それで」

「十分だ。おとりの会社は？」

対象の会社単独での照会はかけない。金融機関側が会社に通報するおそれがあるため、ダミーとなる複数の会社の口座の照会もかけているのだ。

「ほかに四つの会社の照会をかけましたから。ちらっと職員が洩らしましたけど、うちのほかの部署からもけっこう、照会がかかっているみたいですよ」

「トキワ商事に？」

「いえ。職員もわからないみたいで。それなりの人員でわっと来て、信組じゅうの備付元帳や伝票類を個室に持ってこさせて、片っ端から調べているようなことを言ってましたけどね」

「大方、二課がまた小悪人の尻でも追っかけてるんだろう。それにしても、口の軽いやつだな。うちのは口止めしておいたか？」

「びしっと言っておきましたよ」

当座勘定照合表からめくってみる。人件費や固定費、手形による引き落としが延々と続いている。ビル管理や人材派遣業による入金があるものの、どれも少額だ。昨年の十一月五日付で、山梨県央信用組合から二億円の手形貸付が実行されていた。何だろうと思いながら、普通預金の入出金明細書をめくる。こちらも同じく十一月五日付で、山梨県央信用組合から六億円の入金があった。一日で合計八億円の入金になるではないか。何なのだ、これは？

定期預金照会書も目を通した。その八億円は今年、すべて定期預金に振り替えられていた。それらはその後、普通預金に戻されたあげく、小切手やATMで続々と引き出されている。先週末における当座、普通、定期すべての口座を合わせた残金は二千万足らずしかない。

しかしどうして、地元最大手の金融機関から佐古組のフロント企業に金が流れ込んでいたのか？　佐古組の組事務所購入のために、この金が使われた？　だとしても、桁がひとつ多い。

辻に説明すると、すぐ、

「押し貸しですか？」

と返ってきた。

「やっぱり、そう取るか？」

「だって、手形貸付で借りた金を定期にぶちこむなんて、あり得ませんよ」

「だな」

サラ金で借りた金を銀行に預金するようなものだ。

山梨県央信用組合の得意先は地元の建設業や装飾品加工などの中小企業だ。元来が景気に左右されやすい。そこへもってきて、職員の横領などが頻発し、よい話はひとつもない。業績は下降していて、国から業務改善命令を受けている。そんな金融機関がどうして、暴力団と関わりのある企業に金を融通したのか。貴金属卸の資金として貸し付けた？　それとも、トキワ商事が手持ちの不動産でも売ったのか？　何より気になるのは、口座から大半が消えた八億円の使い道だ。

一年足らずのあいだに、トキワ商事は八億もの金を山梨県央信用組合から引いた？　そのうちのいくらかが佐古組に流れた？　そう見るべきなのか？

八木の運転するセダンは、自宅マンションに通じる枝道に入っていった。

こんな小者を追いかけている場合ではない。信用組合から八億円の金の払い込みがなされた理由を調べるのが先決ではないか。

辻に言うと、染めた髪をごしごし擦り「県央信組に照会するしかないけど、ちょっとどうかなぁ」と返してきた。

個別の振込の照会をかければ、九分通り得意先たるトキワ商事に洩れる。不動産投資のための借入金などと口裏を合わせられる。そうなってしまえば捜査は頓挫する。

トキワ商事から佐古組へ金が流れているとしても、立証するのは雲を摑むような話だ。本気で取り組むなら、トキワ商事に対する強制捜査が必要になる。しかし、名目が立たないし、だいいち暇がない。それでもと思い、「おまえがふたを開けたんだぞ、しっかり調べてくれよ」と言ってみた。

「はあ、折を見て」

暴力団抗争への対応に追われている辻としても、そのあたりは心得ているようだった。しかし、ことは重大だ。

「県央信組の窓口だけでも調べないといかんぞ」

ふいに辻はハンドルを叩いた。

「六月のゴルフコンペあったじゃないですか。身延山カントリーで県内の建設業や飲食業、それから暴力団員が参加したやつ」

思い出した。タレコミがあったのだ。

「クラブハウスに黒塗りの高級車がずらっと並んだとかだろ。食堂に協賛する企業や個人名が貼り出されていたらしいじゃないか」

警備会社から水産業者まで、二十近い業者の名前があったはずだ。冠婚葬祭や飲食などで暴力団とのつきあいが明るみに出れば、一般業者は県から指名停止処分を受ける。その厳しい制裁措置をせせら笑うかのようにゴルフコンペが開催されたのだ。

「参加者のペアリングリストに県央信組の関係者の名前があったような記憶があるんですが」

「誰だ？」

「たしか……浅利とかいったような」

「調べてみろよ」

「わかりました。当たってみます」

そのとき懐のスマホが鳴った。見ると佐古組組事務所を監視している班の係長からだった。不吉なものを感じ、通話ボタンを押す。

「いまよろしいですか？」

「おう、どうした？」

「竜也が戻ってきました」

　思わず皆沢は身を起こした。

「竜也が？　本当か？」

「はい、三十分ほど前に車が事務所に横付けされて、それに乗っていました。事務所に入ったきり出てきません」

「そうか、戻ってきたか」

　あの狂犬が姿を見せたなら、予断を許さない。続発する抗争に対し、火に油を注ぐ結果になりかねない。

「どうしますか？」

「いまそっちに行く」

　電話を切り、辻に告げる。辻はうーん、と呻き声を洩らしながらハンドルを切った。

12

　東別館六階。午前十時。

　八十メートル足らず先。仁村は捜査二課の窓越しに、県庁本館前の広場を見下ろしていた。秋晴れのもと、全国障害者スポーツ大会の山梨県選手団結団式が行われている。大会は明日、十月二十二日から山口県で行われる予定だ。

山梨県カラーの紫のジャージを着た二十名ほどの選手団が、有泉知事の激励を受けている。

望遠鏡のピントを有泉に合わせる。きょうも濃紺の白川屋のスーツだ。純白の布をかぶせた演壇に両手を置いている。

到着したばかりの石和警察署長の池井が、「やけにスマートだな」と双眼鏡を覗き込みながらつぶやく。

言われてみれば、肩のあたりがすっきりしている。

「あれ、ナポリ仕立てだぜ」と池井が続ける。

たしかにその型もオーダーしていたはずだが、詳細はわからない。

窓を少し開ける。マイクを通じて有泉の声が聞こえてきた。

「……代表選手の皆様には、昨年以上の御活躍を期待すると同時に、全国から参加する選手との交流も深めていただき、実りある大会となりますように祈念しております――」

「気づかれたらやばいよ」

と池井が窓を閉めた。

東別館の六階など、知事の目には入っていないだろうに。

「あれ、武智さんじゃない？」

志田が言ったので、望遠鏡の向きを変えた。選手団の左手後方あたりにレンズを向けると、すらっとした背広姿がアングルに入った。

「宮木もいるな」

池井が応じた。

望遠鏡の向きをやや右に持っていくと、県の役人らと肩を並べる宮木の姿が見えた。

「参事官もよっぽど暇人だな」

志田が口にする。

「あの馬鹿、県警を代表するつもりで行ってるんじゃないか」

池井の発した言葉には、侮蔑（ぶべつ）めいたものが混じっていた。

当の武智はとなりの県職員とにこやかに話をしている。

「地検はどうだった？」

せかせかした口調で池井に訊（き）かれる。

「……食ってくれません」

仁村が歯切れ悪く答えたので、池井が双眼鏡を外してこちらを振り返った。

「えっ、部長は次席と会わなかったの？」

「会うには会いました。証拠物件を見せて、一から説明した。三席より消極的でしたね」

刑事部長のカウンターパートは次席。昨日、丹羽刑事部長がようやく甲府地検に出向いて交渉の場を持ったのだ。

「どこが気に入らないの？　金券だから？」

「それも言ってます。知事側から社交儀礼だと突っぱねられたら、収拾がつかなくなるし、見返りの人事委員職もちょっと弱いとか」

「何言ってんだよ。竹中の現金授受はどう見てるって？　まさかワインはないだろ？」

と池井が問い直す。

「二十六年前の通産省を舞台にした汚職事件を引き合いに出されました」

一貫して現金授受を否認していた収賄側の代議士に、控訴審で逆転無罪判決が下りたケースだ。人目につきやすい飲食店での現金授受は不自然きわまりないというのが理由だった。

「そんな昔の話をほじくり返すほどのことなの？　最高検がしぶってるんじゃないの？」

「そこまで上がっているかどうかも怪しくて」

「何考えてるんだ、まったく」

苛(いら)ついた様子で窓に寄り、またこちらを振り向く。

そのとき、ぐらっときた。思わずデスクをつかんだ。

ぎしぎし音を立てて、建物全体が揺れる。立てかけたファイルが倒れた。茶器の収まったワゴンがガチャガチャ音を立て、ポットがひっくり返った。揺れは収まらない。震度4、いやもっとか？

池井が青ざめた顔で窓枠に取りついている。志田は壁にぴったり身を寄せていた。係長席の守谷は固まり、赤池は机の下に身を潜り込ませた。また突き上げるような揺れが来た。デスクに身を張りつけたまま姿勢を低くする。

揺れが弱まり、息を吐く。

懐のスマホが震えているのに気づいた。引き抜くと、小山内景子の名前が表示されていた。こんなときに。

通話ボタンを押し、デスクを離れる。

「……あ、やんだ」

と小山内の声。

「みたいだ」

ようやくつぶやいた。心臓が早鐘を打っている。

「明日、会長が会うと思います」

押し殺した低い声。耳を疑った。何を言いたい？

「会長が？　誰と？」

「知事と」

「えっ」

池井と志田が窓から外を見ている。

「いつものホテルです」

「甲府ロイヤル？」

思わず声を上げた。

「切ります」

通話音がなくなる。

午前十時半を回っている。まだ、小山内は本社のオフィスにいるはずだ。

密会の話を聞きつけ、あわてて知らせてくれたようだ。給湯室あたりから、かけてきたのだろう。折り返しの電話はできない。

しかし、いまの情報だけで十分だ。

地震の恐怖を引きずる池井と志田に、小山内から受けた電話の中身を伝えた。

「たしかですか？」

志田が声を上げる。

「間違いありません」

「明日？」

「そう言ってます」

「明日の何時に？」

「それは言ってません」

「知事はきょう、東京に泊まりじゃなかった？」

池井が割り込んでくる。

「わかってますって、明日ですから。明日の晩」

浮ついた声で志田が言い放った。

きょう、知事は総務省と国土交通省に出向く。中部横断自動車道に関わる地方交付税の算定見直しの折衝をする予定だ。そのあとは、定宿にしている平河町(ひらかわちょう)のホテルに泊まる。明日は早いうちに東京を離れ、甲府に戻ってくるはずだ。

「明日の予定は？」

池井が急(せ)かすように訊いてくる。

「式典もないし、慶弔も入ってません」仁村は答えた。「きっと、夕方にでも甲府ロイヤルのスイートで会うんだ」

新原が会合で使うホテルは、湯村(ゆむら)温泉にある甲府ロイヤルホテルと決まっている。宿泊はしない。

志田が困惑した顔で仁村を見る。

「しかし、急だな」

「そんなところでこそこそ会うんだから、やることは決まってるよ」池井がぴしゃりと言う。

「金だ、金。知事は金を受け取る」

志田は眉(まゆ)をひそめ、下駄顔を窓側に向けた。

「班長、黙って見てる手はないよ。押さえようよ」

と池井は志田を見て言った。

「できるに越したことはないけどね……」

志田はどっちつかずだ。

「新原が使うスイートは決まってるんだろ」

池井が志田に詰め寄った。

「東側のでかいほう」

「だろ」池井が声を一段上げた。「カメラなりマイクなり仕掛けて。動かぬ証拠を押さえるしかないぜ。班長、やろうよ、今度限りだぜ。もう二度とないって」

答えあぐねていた志田が両手を腰にあてがった。

「そんなもの仕掛けて、どうする気ですか？」

「だから金だよ」池井が勢い込む。「こっそり会うんだから、やることはひとつしかないじゃないか。新原が知事に金を渡すところを撮るんだよ」

「どうやって？」

「掃除してるすきにちょっと入って、カメラでも何でも仕掛けりゃできるって」池井が声を荒らげる。「ここぞっていうときにやらないでどうするんだ」

「ホテル側に見つかったら、われわれが住居侵入罪で訴えられますよ」志田が突き返す。「裁判には使えないし、検察から馬鹿にされて終わりだ。それくらい、署長だってわかるでしょ？」

「だからさ、ふつうの状況じゃないんだよ。地検は見て見ぬ振りをしてる」池井は一歩も引く様子がない。「へたしたら、このまま潰（つぶ）されちまう。少しぐらいヤマを張らなきゃ、動くものも動かん」

池井の気持ちは痛いほどわかる。

改めて有泉の顔を思い浮かべた。旧建設省の幹部から衆議院議員に転身し、地元で苦労して選挙運動をやり抜き、晴れて知事になった。選挙中は退職金を受け取らないと公約で誓ったが、選挙資金が不足しているいま、その公約を果たせるかどうか。しかも、次期選挙には強力な対抗馬も出る。

前知事が作った県債を減らした手腕を前面に押し出せば、選挙でも有利になる可能性はあるが、それだけでは足りない。なにをおいても金次第の甲州選挙を勝ち抜くには、金の生る木がいる。絶対に新原の金が要るはずなのだ。

「班長、どうですか?」仁村は声をかけた。「このままじゃ、いつまでたっても検察は食わない」

援軍が現れて池井がぱっと顔を赤らめた。

「そうそう、金を贈った、受け取ったっていう話がきっと出る。それを録音すりゃ、こっちのもんだよ」

「それとこれとは話が違うでしょ。『どうぞ選挙資金にしてください。はい、ありがとう』なんて会話を録音できたとして、それを公判で使えると思ってるんですか?」

「それはそうですが」仁村はそれから先を押し殺した。

ひそかに盗聴した録音記録など、公判の証拠はおろか、令状請求時の疎明にも使えない。贈収賄事案の犯人性がより確実になったという心証を警察が得るにとどまる。しかし……。

「万が一、相手に気づかれたらどうする気です？」

志田から続けて訊かれる。

「班長、とにかく、地検を動かすきっかけがほしい」仁村は歯を食いしばった。「へたすると、とんでもない会話が飛び出る可能性だってある。十分注意して仕掛ければ、そいつを聞ける」

池井と同じ意見を発した仁村を志田が睨みつけた。

「ホテル側に監視カメラを置かせてくださいって申し出るわけ？」

仁村は激しく首を横に振った。

たまりかねたように池井が口をはさむ。「じゃ、班長、ここまできたんだから、ガサ状取ろうよ」

志田が理解しがたそうな顔で池井を振り返る。

「捜索差押令状？」

「ふたりが部屋に入ったところに踏み込めばものになるから」真顔で池井が続ける。

「現金さえ見つければ、何とかなるって。言い逃れなんかできないよ」

呆れた表情で志田が池井を見つめた。

「いや、それもありだ」仁村はここぞとばかり口をはさんだ。

「そうだよ、班長、地裁の裁判官に知事のサンズイを耳打ちすりゃ、ガサ状、取れるかもしれないぜ」

そう付け足すと池井は仁村に視線を振った。

「急なようだし、経理課長あたりが銀行に駆け込んで、金を引き出しているかもしれない」仁村はいったん外を見て志田を振り返った。「そっちは調べればわかる」

「知事に贈る金を引き出したなんて、経理課長は口が裂けても言いませんよ」

志田が応じる。

苛々してきた。わからずやと心の中で罵った。

「班長……ガサ状を取ると仮定した場合の話だよ」

「それだって、無理だな。最低限、小山内景子の証言が要りますよ。課長、これからすぐ取れますか?」

「それとこれとは関係ない」

小山内から調書など取れるはずがない。わかっていて言っている志田に腹の虫が治まらなくなった。

「オーケー」志田が腕を組んだ。「ガサ状取って、密会現場に踏み込んだとしましょう。現金も見つかった。それから先は何と言います?」

「だから、人事委員職を得たいがために、知事に金を贈ったんだろうって新原を締め上げればいいだけで」と池井。

「それで、贈賄容疑で現行犯逮捕?」志田が目をつり上げる。「はいそうですって新原が言うと思いますか？」

池井は反論しなかった。

新原が肯定するはずがない。へたをすれば、名誉毀損罪で警察が訴えられかねない。渡した金の出所を押さえて、逃げ場を潰し、最後の最後に当事者に当てるのがサンズイ捜査の基本になる。それをする前にマル対（対象者）に当ててしまえば、認めるものも認めなくなる。

しかし、この機会は逃したくなかった。火をつけられたように、胸の内が熱くなった。

「わたしには、この前代未聞の汚職を摘発する義務があります」仁村は言った。「この絶好の機会を黙って見逃すようでは、二課の看板など外すべきだ。班長、そう思いませんか？」

「……しかし」

「ガサ状は取らない」仁村は断固とした口調で言った。「裁判の証拠にならないのは百も承知です。しかし、どうしてもふたりのやり取りは聞いてみたい」

志田は顔をしかめ、横を向いた。

そのうえで捜査を進め、贈賄の資金工作を明らかにすれば、いざというとき有利な展開にもちこめるのではないか。

「刑事部長と警務部長にはわたしの方から話しておきます。しかるべき捜査員に装置を仕掛けさせてください」

池井が固唾を呑んで志田の顔を覗き込んでいる。

具体的にどうやるのか、仁村には見当がつかない。

志田から、なかなか反応はなかった。

これから仮名でスイートの宿泊を予約すれば、ホテル側に怪しまれる。こっそり忍び込むわけにもいかない。集音マイクを使って音を録るにしても、スイートルームは十一階にある。近隣に同じ高さのビルは皆無だ。ビデオ録画も不可能。隣室にコンクリートマイクを仕掛けるのも無理がある。会話を録音するためには、どうしても部屋に装置を置かなければならない。

13

枕元の警電が鳴った。壁時計を見る。午前三時十分。妻の菊子を起こさぬよう布団から抜け出て、皆沢は受話器をすくった。

「佐古組組長宅で爆発です」

「爆発？」

「どーんと音がして。火災等は発生していません」

「月岡がやったのか？」

「わかりません」

組事務所の監視をやすやすと突破されたのか。

「人的被害は？」

「いまのところないです」

「すぐ行く」

壁に掛けてあった服に着替え、起き出してきた菊子とともに玄関に急いだ。

カーポートから車を出し、アクセルを踏む。タバコに火をつけ、胸深く吸い込む。寝入っていた細胞が起き出す。よりによって、こんな日にと思わずにはいられなかった。夕刊で善光寺町への組事務所移転の記事が掲載されたばかりだ。日曜には暴力団事務所移転の反対集会が行われる。まさか、記事のせいで？

十五分で着いた。本線車道に機動隊のバスが横付けされていて、組事務所へ通じる道を覗き込む野次馬を機動隊員が押し返している。どん詰まりに消防車が一台横付けになっていた。バスのうしろに車を停め、路地を走った。

組事務所には煌々と明かりが灯っている。組員の姿は見えない。警官や消防署員をかき分ける。隣接する組長宅の横壁に消防車のライトが当てられていた。塀の内側で現場検証する鑑識員たちの頭が垣間見える。燃えたような跡はない。

「組長はこっちにいたのか？」

先着していた辻に声をかける。

「女房とふたりで在宅です。怪我はしてません」

「何か言ってるか？」

「何も」

「プロパンガスか？」

塀の向こう側は見通しがきかない。

「違うと思います。プロパンガスだったら、こんな程度じゃすまないし」

「火炎瓶か？」

「違うと思いますよ」

「爆発したんだろ？」

「複数の証言が出てます。爆発があったのはたしかです。拳銃の発砲音らしいのを聞いたという証言も出てますから」

「まずいな」

「ええ、本物になってきました」

もはや、戦争だ。

辻に案内されて門から中に入った。

壁沿いに砂利道を進んだ。エアコンのダクトの下あたりで、三人の鑑識員がハンディライトを当てている。エアコンの室外機らしきものがひしゃげて、黒く変色したモーターや部品が剝き出しになっていた。元の形がない。横の壁も煤けて傷んでいる。

「ダイナマイトか？」

「わかりません」

火炎瓶のようなものなら、もっと激しく焼けただれているはずだ。

「目撃証言は？」

「路地入り口で張り込んでいたうちの連中は、何も見なかったと言ってます」

「じゃ、向こうからか？」

皆沢は行き止まりになったあたりを指した。

「そっちからしかないですね。その気になりゃ、乗り越えられるし」

爆発物を投げ込み、行きと同じルートをたどって去っていったのか。

「竜也は？」

「わたしが来たとき、消防隊員と押し問答してました」辻は苦笑いを浮かべる。「黙らせて、事務所に押し込みました」

「月岡の連中に動きは？」

「なかったみたいですけどね」

あればすぐ連絡が入る。

とうとう恐れていた事態が起きた。皆沢は身震いした。

これだけ仕掛けられて、佐古紀男が黙っているはずはない。小競り合い程度ではすまされない。釘（くぎ）を刺さなければ。

「紀男の顔を見る」

そう言い、皆沢は玄関前に立って戸を引いた。

鍵がかかっていて、びくともしない。呼び鈴を鳴らしても応答がない。続けて押した。しわがれ声が伝わってきた。

「……どちらさまですか？」

「開けろ、おれだ、皆沢だ」

「ご用は？」

「用も何もねえ。さっさと面出せ」

「ご用がないようでしたら、お引き取りください」

それきり返事がなかった。

腹いせに思うさま呼び鈴を叩いた。自分の手が痛かった。

「てめえの命を取られるんだぞ」

玄関に向かって声を張り上げた。

むらむらする気を抑えながら、門から出る。

きょうは正式な現場検証になる。組長宅にも入る。月岡組をはじめとする山梨総業の組事務所と幹部宅の家宅捜索もする。踏ん張りどころだと思った。これ以上の抗争は何としてでも避けなければならない。

14

夜の帳が降りて、甲府ロイヤルホテルの客室の半分ほどから明かりが洩れていた。山の手通りをはさんだ筋向かいにある五階建てショッピングセンター。その屋上駐車場の東端にミニバンを停め、仁村は志田とともに、ホテル十一階に双眼鏡の焦点を絞っていた。スズラン。富士山の絶景を楽しめる東側の角部屋。ホテル最大の広さを持つスイートルームまで直線距離で百メートル。広いリビングの天井のシャンデリアがかろうじて見える。寝室は暗いままだ。カーテンは引かれていない。

手のひらにある小型受信機がまた新原の声を拾う。

「……ああ、うん……明日は行かんから」

リビングのデスクの下に仕掛けた盗聴器が、UHF帯の電波を送ってくる。部下と電話しているようだ。

昨日、スズランには宿泊客がいた。ホテル内にある温泉で捜査員が宿泊客を装って近づき、一風呂浴びてからスイートルームを見物させてもらった。その際、盗聴器をデスクの下に貼り付けた。電池は六十時間もつ。明日の朝、清掃時にパッセの社員を装って部屋に入り、取り外す段取りだ。

今回の工作に携わっている捜査員は全員が若手の五人。若い順に久保、水越、山岸、松浦、小倉。口が固い連中を志田が選び抜いた。

会長専用車のセンチュリーから新原大吾がホテル正面玄関に降り立ったのは十分前の午後七時十五分。重たげな紙袋を携えて、迎えのボーイとともにホテルに入っていった。ホテル内に張り込んでいる捜査員がスマホを使う振りをして、その動きを撮影していた。新原はフロントに寄らず、エレベーターホールに向かい、十一階まで上がった。付き人はいない。

つけっぱなしにしてある警察無線から絶え間なく交信音が入る。

――こちら本部、青葉町の平井組組事務所への発砲あり、複数の弾痕が見つかっている模様、繰り返す、平井組組事務所への発砲あり。

――ソタイ5、了解、ただちに急行する。

「ゆうべの仕返しですか？」

仁村は助手席から運転席の志田に声をかける。

「でしょうね、平井組は山梨総業の側だから」

きょうの未明、佐古組組長宅で小火騒ぎがあった。それに対する佐古組の報復だろう。収束する様子はなく、報復合戦が本格化しそうだ。

「これ、どうなるんですか？」

新聞報道によれば、逮捕者は十人を超えている。今月末には甲府市中心街で、暴力団の車を締め出す作戦が始まり、十一月には、地元商店街による暴力団追放の決起集会も開かれる。警察幹部は暴力団対策に追われ、二課の捜査員の士気にも影響が出かねない。

「佐古の一強だからですよ」仏頂面で志田が言う。「元の鞘に収まるまでは、どこまでも続きますから」

「収まるもんですか？」

「さあ」

不機嫌そうに洩らした。

暴力団にはみかじめ料を払わない。中心街の商店主たちがそう宣言し、縁切り同盟なるものまで結成された。

「池井さん、どうしてるでしょうね」

「いまごろ風呂でも入って、のんびりしてるんじゃないの」

「それはないですよ。かりにも二課にいた人だし」

今晩の首尾を告げれば、すっ飛んでくる。

「あの人、身ぎれいすぎるんですよ」同じ調子で志田が続ける。「三十代で五年いたけど、ひとつもネタ取れなくてね。それで今回でしょ。舞い上がってるんですよ」

「…………」

「きれい事並べて、ネタ取れたら楽なもんです」

ネタ取りには、志田もよほど苦労したのが窺える。

そのとき仁村のスマホが震えた。応答を済ませ通話を切る。

「間もなく上野が到着です」

志田に声をかける。

新原が持ち込んだ紙袋には、知事へ渡す現金が入っているはずだ。秋江ママが絡んでいるかもしれないが、調達先は不明だ。現金授受の現場で、どんな言葉が交わされるか。録音したところで裁判には使えないが、ここは引けない。現金授受の会話を耳にすれば、地検も重い腰を上げるはずだ。

「どれくらい持ち込んでるかな？」

仁村は訊いた。

「かなりあるね」

あの紙袋の様子からして、一千万、いやその倍――。

志田とともに車を降りて、壁に取りつく。首を伸ばし下方を窺った。ホテル前にシルバーのレクサスが入ってきた。知事が降り、レクサスは奥の駐車場に去っていった。

「やっぱり宮木か」

と仁村は言った。

公用車ではない。密会の目的がますます透けてくる。

玄関から出てきたボーイを振り切るように、有泉は中に入っていった。

――こちら、水越、上野がフロントを横切っています。

――こちら、小倉、付き添いなし。

――久保です。エレベーターに乗りました。

耳につけたイヤホンから、張り込んでいる複数の捜査員の声が入感する。

――こちら、松浦、十一階に到着。

その報告を最後に、無線の音が途切れる。

十一階を見上げる。耳を澄ました。ぎっとドアが開く音。


「ああ、どうも」

有泉の声が入感した。

「こちらこそです」

「わざわざ、ご足労かけましたねえ」応じる新原の声。

ふたりが会うのはおよそ三週間ぶりだ。前回は十月五日、新原が職員給与改定勧告の報告で知事室を訪ねている。

「急で申し訳なかったですね。さ、どうぞ」

「はいはい」

軽く弾む知事の声。ソファに座ったようだ。

「食事は取りましたか？」

「いや、まだです」

「何か召し上がりますか？　これくらいしかないけど」

食器をずらすような音がする。

「あ、パイね。ここの旨(うま)いですから」

「どうぞ、やってください」

「ええ」

「昨日、人事委員会の会合がありましてね」新原が口にする。「警察官二次試験の合格者が決まりましたよ」

「もうそんな季節ですか。何人？」

「男が百六、女性は十二人だったかな」

「採用は例年通り？」

「男九十、女十というところに落ち着くと思いますが、いかがですか？」

カチャカチャとフォークを使う音。

「いい線じゃないですか。優秀なのはいます？」

「そこそこ集まってるみたいですよ」

「ほー、やっぱり会長の手腕ですね」

「何をおっしゃいます。知事の施政がくまなく県民に浸透している証(あかし)ですよ」

「また、口がお達者で」

「なんの、なんの。もっぱらの評判ですから」

「ありがたく、拝聴させていただきますか、はは」

ともに笑うのが後を引く。お茶をすする音がした。

ゴソ——。

盗聴器の真上か？　紙を引きずるような音がした。

現金の入った紙袋をデスクに載せた？

「ご体調の方はいかがですか？」

新原が労るように呼びかける。

「朝晩、冷え込むようになってきましたからね」有泉が応じる。「会長の方こそ、いかがですか？」

「もう、歳だしねぇ」

「ご壮健そのものに見えるけどなあ」

「そうばかりも言ってられなくてね。どうです？　選挙事務所の手当？　進んでます？」

「地元の安物件を物色中です。やあ、なかなか手頃なのが見つからなくて」

仁村は思わず身を乗り出した。

いよいよ現金授受に踏み込む一歩手前まで来た。

そのとき、イヤホンに久保からの入感があった。

——宮木局長がエレベーターに向かっていきます。

志田が無線のマイクを口に持っていく。

「どうした？」

――わかりません、血相変えてます。あっ、乗りました。

「どこから現れたんだ？」

――奥からいきなり。

駐車場から駆けてきたのか？

――宮木が十一階に着きました。

松浦から入感する。

何が起きたのだ。

スズランでは選挙の話が続いている。

「……知事、無尽回りで忙しいでしょ？」新原の声。

「二日おきに入ってるかな」

「何本入ってます？」

「三十二本」

「そりゃ、回るだけで大変じゃないですか」

ドンという音がした。ドアが開いた？

「何だ？」

有泉が驚きの声を上げる。

返事はなかった。

息を吐くような物音がする。ぎしぎしと床を引きずる足音。

窓際に宮木の姿が映ったかと思うと、いきなりカーテンを引いた。反対側も引かれて、あっという間に室内が見えなくなった。

かすかにひそひそ話がした。聞き取れない。

ドアが静かに閉められるような音を最後に、盗聴器は音を拾わなくなった。

スイッチを入れ直す。変わらない。

何が起きた？

——知事が下りてきた！

久保の裏返る声。

——こちら、水越、宮木とともに駐車場へ向かう模様。

志田がマイクをすくった。

「紙袋、持ってるか？」

——持ってません。

志田は頭を低くし、仁村の肩を押さえつけた。「気づかれた」

そんな馬鹿な。宮木が気づいたのか？

ホテル側から注進が入った？　それで、宮木はあわてて飛び込んだ。

頭の中が暗転する。本当に気づかれたのか？　だとしたら、どうなる。

捜査が宙に浮くではないか。

気づかれたはずはない。ないと思いたい。

15

水曜日、午前十時。仁村は県庁別館に呼び上げられた。警務部長室のソファには刑事部長、交通部長、警備部長、捜査一課長、組織犯罪対策課長の五人が並び、甲府市中心街の地図を前に置いて、小柄な岡部警務部長と話し込んでいた。今週末から始まる甲府市中心街の検問態勢についての細かな協議を、仁村は立ったまま砂を嚙むような気分で耳にはさむ。

暴力団抗争に話が及んだ。土曜日未明に発生した佐古組組長宅の爆発は手榴弾によるものと判明、その入手先の捜査とともに、関係する全組織へのガサ入れを向こう三日以内に完了させる——。

目がかすむ。昨夜は眠りが訪れず、白々と夜が明けるのを見た。

協議が延々と続いたあと、丹羽に促されて、仁村は本部長室に移動した。

木元は本部長席に腰掛け、ワイシャツからはみ出た首回りの肉にハンカチを当てながら、ノートPCを睨みつけていた。かつて知事室だったその部屋は貴族の館さながらに天井からシャンデリアが吊され、壁には暖炉まである。

直立不動の姿勢で、土曜日の一件について切り出した。

木元のたるんだ頰のあたりから、少しずつ赤みが失せていく。唇を嚙みしめ、病んでいるような赤くはれた目で画面を睨み続けた。口を差し挟むこともなく聞き終えた木元は、息を吐き、負けん気の強そうな顔を上げた。

「本当なのか？」

「わたしの了解のもとに行ったものです」一瞬間を置いて、丹羽が返事した。「報告がこのように遅れまして、大変申し訳ありません」

そう言い、仁村とともに深々と頭を下げる。

木元はネクタイを緩め、「聞かせろ」と言った。

仁村は小型受信機を置き、録音した有泉知事と新原の会話を再生させた。

最後まで聞くと、木元は深々と息を吐き出し、うーんと唸った。

「これだけか？」

「はい。録音のみです。録画はしておりません」

「肝心なやり取りが入っとらん」

「……はい」

選挙資金が不足しているところまで有泉は話している。必須なのはそれから先。

——それでは些少ですが、お使いください。

——どうもありがとうございます。

その口上が必要だが、途中で邪魔が入った。

この録音は、まったく用をなさない。

「盗聴に気づかれたのか？」

「いえ、気づかれてはおりません」

「どうしてそう言い切れる？　盗聴器を見つけられたのかもしれんぞ？」

「見つけられてはおりません。それまでのふたりの会話に、それらしいやり取りはありません。万が一、盗聴器発見器を使っているなら、異音が聞こえるはずです」

宮木が飛び込んできたタイミングにしても、盗聴を避けるためだったかどうかわからない。ただ、彼が部屋を調べ、ふたりを引き揚げさせたのは事実だ。

「じゃあ、何なんだ？」

「ふたりが部屋で話し込んでいたとき、われわれの動きを察知した人間から、宮木に連絡が入ったと思われます」

木元の顔色が変わった。

「誰だ、そいつ？」

「見当もつきません」

保秘は厳重の上にも厳重を心がけていた。ホテル側が気づいたとも思えない。捜査員、または宮木と親しい警備部長あたりが聞きつけたのか。

「考えられるなぁ、照会先の金融機関かと思われます」

と丹羽が助太刀してくれた。

延べ百人近い捜査員が、地元の金融機関に絨毯（じゅうたん）爆撃を仕掛けた。

狙いがパッセとわからぬように工夫はした。しかし、勘のいい職員が気づき、注進に及んだ可能性も捨てきれない。

「あっちこっちスパイだらけか」木元が太い首を動かす。「盗聴器はどうした？」

「日曜に、外しました」

客室清掃員の掃除が始まると同時に、捜査員がパッセの社員を装って入り、外すのに成功した。

木元は視線をさまよわせ、もう一度仁村を見つめた。

「知事はうちの動きに気づいたんだな？」

「そう思われます」

仁村はスマホを操作し、有泉の姿を写した画像を表示させ、木元の前に置いた。今朝方、大久保の自宅を出るとき、捜査員が撮影したものだ。

「仕立券で作った背広ではありません」

スマホを手に取り、木元はしげしげと眺める。

スーツが体にフィットしていない。全体にくたびれていて、ズボンの折り目も消えていた。

木元がスマホを押し返す。

「金は渡らなかったんだな？」

「そう思われます」

紙袋を持ったまま、新原が一階に下りてきたのを捜査員が見ている。

「新原はどうなんだ？」

「知事同様、われわれの捜査を知ったと思われます。愛宕町にある自宅に帰り、まだ姿を見せておりません」

木元は席を立ち、部屋を横切り、暖炉に身をもたせかけて仁村を振り返った。

「……続けるのか？」

言葉を疑った。

「はっ、捜査は続行いたします」

木元は憎悪を漲らせた顔で仁村を睨みつける。

「続行も何もないだろう。どうやって落とし前つける気だ。相手に気づかれたんだぞ。サンズイもへったくれもない」

「相手は盗聴には気づいておりません」腹にためていた言葉を吐きだした。「一刻も早く地検を説得し、起訴に持ち込むしか手はないかと思われます。こちらには有力な証拠物件があります。最後までやり抜くほかありません」

木元は侮蔑の眼差しを向けた。

「それができねえから苦労してるんだろ。この一件が表に出てみろ。名誉毀損で訴えられるぞ」

「それは、ないと思われます」

丹羽が口をはさんだ。

「どうしてそう言い切れる？」

「表沙汰（おもてざた）になれば、相手方に不利に働くと思われますので」

「不利なのはこっちだ。向こうじゃねえ。部長、地検の腹はどうなんだよ？　やる気あるのか？」

「うちとしては、断固やり遂げるつもりです」

「スパイは誰かわかってるのか？」

「いえ、わかっておりません」

舌打ちして、木元は首を折るようにうなだれた。「今晩、国交省福岡県人会で知事と同席する。どの面下げて、知事と会えばいいんだよ」

耳を疑った。よりによって今晩？

知事が自身に向けられた捜査を知ったとすれば、その瞬間から木元とは敵と味方に分かれる。いや、もうそうなっている。

知事と同じ官庁出身の本部長自身が漏洩（ろうえい）したのではないかと疑ってもいた。しかし、いまの反応を見てそれはなかったと改めて認識した。

今回の失策を地検に明かすべきだろうか。地検の心証は損なわれるが、情勢は変わった。ふたりはいまこの瞬間にも証拠隠滅を図り、口裏を合わせている。動くなら早いほうがいい。

「基礎捜査はどこまで進んでるんだ？」

木元は顔を上げ、語調を荒らげた。

「仕立券による贈賄工作については、いつでも立件に応じることができます」

と仁村は答えた。

「それだけじゃ足りないって地検は言ってるんだろ？」

また蒸し返され、仁村は木元に歩み寄った。

「ここまで来た以上、きれい事は言っていられません。一日も早く起訴してもらい、関係者全員にガサをかけるしかありません。帳簿、手帳、メモ等すべて押収し、不審な銀行取引や親族名義の預金をあぶり出せば、別の展望が開けるはずです」

「それにはまず地検に食ってもらわんとな」木元はふと思いついたように丹羽を見た。「盗聴テープ、地検に上げるか？」

「いやぁ、少し状況を見まして、それから動くのがよかろうと思います」

木元は憎らしげな顔を作って丹羽に近づいた。

「行確（行動確認）には失敗しましたが、犯罪性がより濃厚になりましたので、受理願います、って泣きつくのもありだろう？」

丹羽は顔をそむけた。

「認否にかかわらず、こちらには証拠があります」代わって仁村が答えた。「追い込みは可能かと思います」

「勝手に見通しなんか立てるな」

木元はこめかみを震わせた。

仁村は背筋を伸ばした。

「はっ」

「丹羽部長」木元が目をむく。「相手に気づかれたことを地検に上げておくしかない。ここまで来たら向こうだって、うやむやにはできん」

「ですが……」

「当面、知事関連の捜査活動は自粛する」席に着いた木元が言い放った。「二課から暴力団対策の応援要員を出せ。震災派遣要員リストにも載せろ」

「それはお待ちください」

仁村はすがるように言った。

「聞こえなかったか？」

口を閉じた。聞こえないと言ってやりたかった。

やっぱりおまえは知事の手先か？　腸が煮えくりかえった。これ幸いと、知事贈収賄を手じまいする気か。一歩踏み出すのをこらえる。

丹羽に背中を押され本部長室を出る。

「まだ間に合います。もう一度本部長と話し合わないと」

戻りかけた背中を押し返される。

気が収まらなかった。これでいいのか？　職を潰す知事が居座るのを許していいのか。後ろ髪を引かれる思いで扉を振り返る。

「おう、井上、どうした」と丹羽が前方に声を放った。

靴音がする方向に顔を向けた。廊下の先から制服姿の男女の警官が歩いてくる。黒メガネの男はたしか井上都留警察署長。女性警官は四十がらみの、髪の長い巡査部長だ。

警務部長室の扉がぱっと開き、岡部部長が飛び出した。早かったな、と声をかけながら、ふたりを警務部長室に押し込めた。

岡部から「終わりましたか？」と声をかけられた。

「そうだね」と丹羽。

岡部はうなずき、「こっちも厄介事だな」と小言をつぶやきながら部屋に入っていった。

警務部長に用件があるなら、ろくなことではない。

冷水を浴びせられたような気分で廊下を進み、階段を下った。

「池井には、おれから電話入れておくから」

ひと息入れたように、丹羽から声をかけられる。

「……お願いします」

すぐにでも怒鳴り込んでくるのが目に見えている。

「まあ、仁村くんも少し、おとなしくしてくれよ」

返事はしなかった。

別館から出ると、雨で湿った空気がまとわりついてきた。背広一枚では寒いはずだが、火照った体は冷気を感じなかった。ひと月前、ヒグラシの鳴く日、意気軒昂として、サンズイ着手の報告をしたのがはるか遠くに感じられた。

これからの捜査に思いがいった。地検次第だが、おいそれとは呑まないだろう。相手方に気づかれてしまったのだから、へたな行動確認は命取りになる。それにしても、二課の捜査員たちは、この自分をどう見る……。これまで通り指揮できるのか。本庁の斉藤補佐に、どう弁明すればいい？ どうして綱渡りの捜査の最中に、ネタが漏洩したのか。誰が抜いた？ 湧いてくる怒りのせいで、東別館を通り越していた。足が勝手に動き、気がつくと丹羽はいなくなり、舞鶴城公園の武徳殿まで登っていた。

身内だと思った。現金授受の張り込みについた捜査員の誰かが裏切ったのだ。

久保、水越、山岸、松浦、小倉。

今回は四十歳以下の若手をそろえた。六十に手が届く宮木とふだんから接するような人間はいない。宮木に近い人間がもうひとりいるのか？ 五人のうち誰かが、そいつに洩らした？

東別館に戻りながら、五人の顔を思い起こした。答えが出ない。

捜査二課で待ち構えていた志田に経緯を話した。捜査中止にまでは至らなかったので、とりあえず志田は安堵したようだった。

今後の捜査から、現金授受の捜査に携わった五人は外して、暴力団対策の応援要員に回すように命令する。

志田は硬い表情で承諾した。

有泉と新原の行動確認では、監視拠点を使ったこれまでの内張りはやめる。そのほかの行動確認対象者についても監視を中止する。

とりあえずの決めごとを済ませると、志田は指示の徹底を図るため、早々に二課から立ち去った。

仁村は窓から道路ひとつ隔てた県庁本館に目を向けた。

いまこの時刻、知事はもう三階の知事室に入っている。人を排して、政策局長の宮木と善後策を講じている姿が目に浮かんだ。摘発に備えて、あらゆる角度から検討しているはずだ。すでに証拠物は知事室から消えている。

正午前、刑事部長に呼び出され部長室に出向くと、池井が困惑した顔で立ち尽くしていた。説明したものの、池井はまったく納得できないという表情で去っていった。今回のミスについて、明日、地検に報告するよう命じられた。

午後三時、赤池泰子から供されたコーヒーにたっぷり砂糖を入れて飲んだ。この手でスパイを挙げる。そう決めた。流れる警察無線の音量が高くなる。

——伊勢(いせ)一丁目の荒川右岸にて、山梨総業の総長が銃撃されて重傷を負ったとの通報あり。

――関係各局はただちに現場へ向かえ。

パトカーのサイレンや警官の声が連続する。

こんな真っ昼間から、河原で銃撃事件？

対立する佐古組の仕業だろう。

この街はどうかしている。

電話が鳴った。受話器を耳に当てる。本庁の斉藤補佐の声が聞こえ、身が縮んだ。こちらから報告しなければいけなかったのですがと恐る恐る切り出す。盗聴の一部始終を伝えた。見通しはあるのかと尋ねられ、いまのところありませんと答えた。通話を終え、受話器を置く。

仕事が手につかず、退庁時間を迎えた。守谷と赤池を先に帰らせて、暗闇の席に座り続けた。警察無線の交信がやまない。スマホが震えているのにも、しばらく気がつかなかった。

取り上げると、小山内景子の名前が映っていた。いまさらと思いながら、通話ボタンを押す。

「お仕事中ですか？」

「いや」

「会えますか？」

「これから？」

「お渡ししたいものがあります」

「何ですか？」

「この前の店に来てください」

一方的に電話が切れた。

まったく、わからない女だ。

この期に及んで渡したいものがあるだと。

こちらの不手際とはいえ、ここまで事態を悪化させた元々の原因は、密会を知らせたこの女にある。いまさら会ったところで、状況は好転しない。そう、思いながらも、やはり応じないわけにはいかなかった。

背広に袖(そで)を通し、誰もいない課を出た。鍵(かぎ)を閉め、一階の当直に鍵を預けて東別館をあとにした。

甲府駅を回り込んで甲府合同庁舎の角を右手に取る。自然食品店が入居する雑居ビルの側道に入った。突き当たりにある店の扉を開ける。この前と同じ、ボサノバの緩い旋律が流れていた。カウンターの中にいる女性店主がこちらを振り向く。

以前座った奥の席に腰を落ち着け、コーヒーを注文した。テッポウユリがしおれかけていた。二週間前にここで交わした会話を思い起こした。あの女は信用できると思った。どうしてそう思えたのか、自分でもわからなかった。コーヒーを飲み干した。十五分経っても現れない。この前と同じ料理を注文した。料理が運ばれてくるまで、十分かかった。ゆっくり平らげた。三十分待ったものの、小山内は姿を見せなかった。

支払いを済ませ、店を出る。パッセ本社前の監視拠点に行ってみた。化粧品屋の駐車場に、常時停まっていた捜査車両はすでにない。

小山内は自宅に帰っているのか。呼びつけておいて、来ないとはどういう魂胆か。憤りを抑えながら、小山内のマンションに足を向けた。中央本線のガードをくぐり、総合病院をすぎる。飯田(いいだ)通りの交差点角にある茶色いタイル張りのマンション。道路に面した二階の角部屋の明かりはついていない。小山内はまだ帰宅していないようだ。いったいどこで油を売っているのか。十五分ほど待ったが現れない。仁村は不快な気分でそこをあとにした。

16

月替わりした十一月二日昼前。仁村は本部長室に呼びつけられた。

本部長室の廊下側のドアを開けると、長机に座っていた岡部警務部長がじろりと睨(にら)んできた。その横に丹羽刑事部長がいるが、仁村と目を合わせてこない。本部長席でノートPCと向き合っていた木元本部長が、仁村を一瞥(いちべつ)してふたを閉じた。これまでと勝手が違う。自分が来るまで、三人で密議が交わされていた空気がありありと感じられる。警務部長まで同席しているのは、何かあるのか。

「報告事項はあるか？」

平静を保つように、両手を合わせて肘を立て、木元が訊いてくる。

気負っている様子がないのが不気味だった。

「とくにございません」

と軽く頭を下げる。

岡部に肩を叩かれ、長机に移動させられた。丹羽の横に座ると、木元が追いかけるように対面に腰を落ち着けた。その横に岡部が寄り添う。これまでにない神経質な迎え方に、何事が始まるのかと仁村は居住まいを正した。

丹羽がゆっくり切り出した。

「じつは、石和署の捜査本部を閉めることになった」

「えっ」

意味がつかめない。木元と丹羽の顔を見る。

知事から要請があったのか？

「これはもう、決定済みで、池井にも申し渡してあるから」

耳を疑った。ここ数日、丹羽と話す機会はなかった。甲府市中心街封鎖の陣頭指揮に忙殺されていると思っていたが、様子が違う。あずかり知らぬところで、別の何事かが起きているように感じられた。いきなり、捜査本部の解散など、不自然きわまりない。

しかし、それを否定する言葉は出てこない。

どちらに向けて言えばいいのか判断できず、

「それは……知事の汚職事件の捜査を打ち切るということですか？」

と丹羽の顔を見て訊いた。

「当面そうなるかな」

丹羽が珍しく押し殺した声で答えた。

木元は胸元で腕を組み、ぎゅっと口を引き結んでいる。

岡部が取りなすように机を回り、仁村の横に来た。

「仁村課長、内部でいろいろ調べてきた結果が出てね。納得いかないとは思うが、これは決定事項なんだよ。わかってくれ」

そう噛んで含めるように言うと、仁村の肩に手を当てた。

「検察から何か？」

と訊いてみた。

「関係ない、関係ない」岡部が続ける。「続けられない理由があってさ。ここは呑んでくれんか？」

では、知事から直々に木元に対して、要請があったのか？　同じ官庁出身者として、捜査を中止してくれと。そんな要請をすれば知事は命取りになりかねないが、どっちつかずの木元が呑んでしまったのか？

「まあ、事情っていうのは、ほかでもねえけんど」丹羽が渋々口を開いた。「池井石和署長の非違事案が明らかになってさ」

「非違事案……ですか？」

だからここに岡部がいる？

感情を表に出さない顔で岡部が口を開いた。「六年前、池井さんが石和署の地域交通管理官だったころの話です。官舎で不適切行為があったようなんだよ」

「不適切行為？」

「強姦（ごうかん）です」

「強姦？」

思わず声が裏返った。

岡部が女性警官の写真を横滑りさせてきた。

見覚えがある。

一週間前、有泉知事と新原の密会現場の盗聴について木元本部長に上げた日だ。報告を済ませて、本部長室を出た直後、警務部長室に入った女ではないか。

「穂坂登美子（ほさかとみこ）、都留警察署地域課の巡査部長」

あのとき、都留警察署長とともに警務部長を訪ねたのは、強姦の件だったのか。

池井の顔と強姦が結びつかない。

「その年の十二月、石和署の忘年会がありましてね」淡々とした声で岡部は続ける。

「池井も穂坂も同じ官舎住まいでした。穂坂は当時独身でしたがふたりはタクシーで一緒に帰ってきて、池井が彼女の部屋に上がり込んで嫌がるのを無理やり事に及んだ」

「ちょっと待ってください。いまさらどうして、穂坂さんがそんな申し出をしたんですか？」

池井には妻子がいる。かりに男女の密事があったとしても、酔った勢いでつい一線を越えてしまっただけではないのか。それが六年も経ったいま、なぜ表沙汰(おもてざた)にしなければいけないのか。

岡部がわざとらしく木元に視線を振る。

「穂坂さんから話を聞いた。告訴すると言ってる」

木元はそう答えると、仁村を見た。

「告訴……」

開いた口がふさがらない。

「受理したのでしょうか？」

「石和署としても受理せざるをえなかった」

単なる被害届ではない。犯罪事実があったと訴え、処罰を求めているのだ。しかも石和署に。しかし、よりによってこの時期に。もう一歩で知事を追い込む瀬戸際に。何か意図でもあるのか。あるとすれば、知事贈収賄事案を葬る。それしかないではないか。

「いま、池井署長はどうされていますか？」

「本日付で警務部付になった」

天井を見上げた。

更迭──。

そこまで進んでいるのか。

「池井さんは何と言っていますか？」

木元が岡部に顔を向けた。

「いまのところは、身に覚えがないと言っている」

と岡部が言った。

「穂坂さんは？」

「具体的な供述をしている。犯罪事実があったとみて間違いないと思われる」

「県警としての判断はどのように？」

「今後も穂坂の事案は捜査を続行する」

杓子定規な答えが返ってくる。

いかんともしがたいようだ。

「それについては了解しました」仁村は一歩引いた。「しかしながら、知事贈収賄事案の捜査本部の解散については同意できかねますが」

それとこれとは別だ。

岡部が口を開こうとして急に止めた。木元が机を指で突いている。

うんと言ってから、丹羽が切り出した。

「捜査本部の副本部長が告訴されたんだから、もう保(も)たんぞ」

ほかならぬ捜査本部長の丹羽の口から出た。これは決定事項なのだとようやく思い至った。自分ひとり、いくら抗(あらが)おうが覆せない。

幹部全員の総意なのか。木元が下した判断なのか。

――知事のサンズイを潰(つぶ)す。そのため、いまになって穂坂を担ぎ出した黒幕がいる。そう確信した。それは誰か。

しかし、県警内部でサンズイを潰せても、それで終わるかどうか。

「水島建設の社長と桃源グループは黙っていないと思います」

仁村の投げかけた言葉に、三人は互いに違う方角に顔を向けた。

「彼らが告発に乗り出したとき、どう対処しますか?」

地検に直接告発すれば、事は公になる。地検も受理せざるをえない。

知事の贈収賄事案は正式に事件化され、地検は捜査に乗り出す。

告発をやめるよう、説得できるというのか?

だんまりを決め込んでいた木元の額の血管がみるみる張りつめた。「偉そうに知事を挙げるだと」と唐突に怒声を放った。「言い出した張本人がこの体たらくだ。どう落とし前をつける気なんだ」

丹羽が目をつむった。

「幹部ともあろうやつが強姦を働くなどもってのほかだ」

木元は肘ごと机に拳を打ちつけた。

岡部も丹羽も、圧を避けるように身を小さくする。

「おまえたち、どこに目をつけてた？　誰が記者会見をする？　言ってみろ」

「申し訳ありません」

丹羽が平謝りし、岡部も机に顔が付くほど頭を垂れている。

仁村もそれに倣うしかなかった。

「謝って済むと思ってるのかっ」

県警幹部の起こした前代未聞の不祥事。どう収めるかで木元の頭はいっぱいなのだ。知事のサンズイなど二の次三の次。いや、もう圏外だろう。

「だいたいが二課のスパイの件」木元に睨みつけられる。「仁村課長、見つけたのか？」

「いえ、まだ、しかし……」

「しかしもへったくれもない。とっとと見つけて、さらし首にしろ」

「はっ」

平身低頭した。

それ以上進む話はなく、丹羽がこわごわ腰を上げた。岡部が続く。追いかけるように仁村も本部長室をあとにする。

監察課に入った丹羽と別れ、仁村は県庁別館から出た。首元が汗で濡れていた。雲が垂れ込めている。県庁本館から冷たい風が吹き抜けてきた。

東別館の六階に上がった。

課長席で立ったまま、志田に電話を入れる。

石和署にいる志田は、異変を嗅ぎつけていた。たったいま下された本部長の捜査本部解散命令について話した。

「やっぱり、池井さんが……」

志田の声は沈んでいた。

「申し訳ない。わたしの力じゃどうしようもなくて」

「でも、サンズイの火は消させませんよ」

応えず電話を切る。

続けて池井の携帯にも電話を入れた。

呼び出し音が三度したが、向こうから切られた。

初めて石和署を訪れた日を思い起こした。あれから捜査に休日はなかった。

——この手で知事を挙げる。

あれほど高揚していた気分は跡形もなかった。

穂坂登美子の顔が浮かんだ。いまになってあの女はなぜ、告訴に及んだ？　知事のサンズイを潰すため？　であるなら誰が仕向けた？　捜査着手を知った知事から木元が要請を受け、捜査関係者のアラを探させた？　そもそも強姦などあったのか？

守谷と赤池が退出した部屋にひとり残る。苦し紛れに小山内景子に電話した。

電波の届かない場所にいるか、電源が入っていないためつながらない、との機械音声が流れる。

本部長から捜査活動の自粛を申し渡された晩以降、何度か電話したものの、一向につながらない。張り込みもされず、ここ数日間、小山内の動向はつかめない。最低限、関係者の行動確認はするべきではないか。いや、しかし……。

相手方を刺激すれば、また本部長に注進が及ぶかもしれない。

堂々巡りする思考に区切りをつけ、課の鍵を閉めて東別館をあとにする。

甲府駅一階の食料品売り場で、一割引になったにぎり寿司セットをふたつ買い求め、官舎まで道を急いだ。安室を聴く気も起きない。うすら寒い風で全身が冷え切った。自宅に着いて早々、チャイムが鳴った。

ドアを開けるとタッパーを抱いた武智麻里が立っていた。

「お父さんから、栄養つけてくださいって」

否(いや)も応もなく、押しつけられた。

「ありがとう」

「あの……どうかしました？」

「何でもないよ」

つい、ぶっきらぼうに言ってしまった。

「大丈夫ですか？」

「何でもないから」

手で振り払い、ドアを閉めた。

テレビをつけ、テーブルに食べ物を載せる。買い置きのウイスキーをコップに注いで、喉に流し込んだ。かっと熱くなるが、すぐに冷めた。

タッパーのふたを開ける。焼き鮭に食いつき、ブロッコリーを頬張った。ウイスキーで胃に流し、さつまいもご飯に手をつける。いつものような旨みが感じられなかった。

池井に何度か電話したが、つながらなかった。風呂のバスタブにたっぷり湯を溜めて、浸かった。温かい湯だった。スパイとおぼしい顔がちらついた。岡部の顔、そして久保の中性顔がよぎる。酔いがすっかり醒めていた。

テレビをつける。地元のニュースが流れていた。甲府市中心街で暴力団抗争に巻き込まれ、女性が拳銃で撃たれて死亡した、と男性アナウンサーが短く伝え、機動隊や制服警官であふれかえる街中の映像が流された。時計に目をやった。午後十一時を過ぎていた。

17

甲府中央署一階。午前零時。

車庫の奥手にある、霊安室の入り口手前の古い電灯がうっすらとあたりを照らしていた。皆沢は霊安室の錠前に鍵を差し込み、ゆっくり回してドアを押し込んだ。死体独特の臭気と線香のにおいが混じった空気が流れ出る。真っ暗な室内に足を踏み入れた。手を伸ばし、明かりのスイッチを入れる。壁に立てかけた担架が目に飛び込んできた。

ジュラルミン台が冷たく光り、その上に納体袋が置かれていた。ドア側に足を向けている。三時間前、目と鼻の先にある甲府市中心街で銃撃され、亡くなった女性の死体だ。病院でも蘇生措置を受けたが無駄に終わった。十時四十五分、死亡が宣告されたのち、先ほど病院から運び出され、三十分前に到着したばかりだ。

何度経験しても、深夜の検視は恐い。ドアが閉まらぬよう、ドアストッパーをはさんだ。

納体袋に近づき、閉じられたジッパーに手をかけた。ゆっくり半分ほど引く。青白く形の整った女の顔が現れた。裸だ。

長い髪が垂れ、顔の半分をおおっていた。しかし、救急車の中で見た女の顔に相違なかった。血糊はきれいにぬぐい取られている。胸元に二センチほどの射出口が開いていた。

「あんた、どこの人だ」

と思わず声をかける。

いまだに身元がわからない。

どんと音がして、辻が入ってきた。

「検視官はまだですかぁ」と言いながら、台の反対側に回り込み、納体袋を覗き込む。

「まだまだ、ゆっくり来るさ」

これからすぐ検視だ。手早く調書にまとめ、今夜じゅうに司法解剖に向けた鑑定処分許可状の請求を行う。つきあわなければいけない。

皆沢が死体検案書の死亡時刻を告げると、「でも、救急車の中で息を引き取ったんでしょ」と口惜しそうに言った。

救急車内で心電図の波形が消えたときが臨終だったのだ。

「わかったか？」

と皆沢は改めて訊いた。

「や、さっぱりです、おかしいんですよ。誰も知らない」

愚痴をこぼしながら、辻が女の髪をはらった。

形のいい女の顔が露わになる。

「弾、見つかりましたよ」辻が女の顔を眺めながら続ける。「ちょうどこの娘が倒れていた先のスナックの壁で」

「やっぱり巻き添えか……」

「ほかにないでしょう」

苛々してくる。

「どうだ、身元の手がかりになるようなものはないのか？」

辻が死体から顔を上げた。

「現場周辺のスナック、バー、ぜんぶ当たりましたよ。わからないです。もっと広げるしかないかも。死体の顔写真じゃ、生きてるのとぜんぜん違うし」

聞き込みでわからなければ、家出人のデータベースにでも当たるしかない。

「国井はどうだ？　動きがわかったか？」

一週間前、河川敷で山梨総業を率いる月岡組組長が佐古組組員に銃撃され重傷を負った。今晩の銃撃は、それに対する山梨総業の報復と見て間違いない。狙われた国井は佐古組の組員であるからだ。

「まだわかりません。明日、もういっぺん聞き込みと防カメの映像を集めます。おいおいわかるはずですよ。しかし、銃撃犯の姿形がないしなあ」

「そっちはわかるだろ？」

「それがまったく。弱っちゃうな」

「小競り合いがあったんじゃないのか？　うちの連中で見かけたのが、ひとりやふたりいるだろ？」

警官と機動隊員、合わせて百名近い人間が中心街に配置されていたのだ。暴力団の車の侵入は阻止できるが、生身の暴力団員が徒歩で入り込む余地はある。だとしても、その動きは逐一把握できる。騒ぎが起きれば、見逃すはずがない。

「騒ぎを見た人間はいないんですよ、ただのひとりも。山梨総業の総長は入院してるし」

「銃撃は、総長の月岡の命令じゃないと言いたいのか？　しゃべるぐらいはできてるぞ」

「ですかぁ？　痛くてヒーヒー言ってるのに」

「今晩のはこれまでのカチコミと違うぞ。命を狙ってなきゃ、巻き添えなんて起きるわけがない。総長以外に命令できる人間がいるか？」

　辻は死体から離れて腕を組んだ。

「それをずっと考えてるんですよ」

「何を？」

「元はといえば佐古が総長を弾いたんだから、やられたって当然ですよ。でも、いきなり命を狙うなんて、いまの山梨総業にできるのかなあ」

「ほかから命令が出たって言いたいのか？　どのあたりだ？　やっぱり本家からか？」

　血の気の多い佐古三兄弟に比べれば、月岡組を筆頭とするいまの山梨総業配下の組は、どれも慎重で受け身姿勢だ。滝川会の後ろ盾がなければ、反撃できるかすら怪しい。

「滝川はどうかな。本音としちゃあ、抗争拡大は望まないところですよ。現執行部はもともと、佐古とそりが合ってたじゃないですか。浅木とか土屋とかは、どうですか？」

　どちらも佐古組の対抗勢力だ。気が荒いことで知られている。

　しかし、自分たちの組長が撃たれたならまだしも、担ぎ上げている総長なのだ。先頭切って、ヒットマンを送る義理などあるか。

「検視官、いつになったら来るんだ」と辻が言いながら、死体の足首を持ち上げる。

「けっこう硬直が出てるな」

いっぺんに疲れが出て、検視につきあう気力がなくなった。

「辻、明日は月岡の顔を見に行くぞ」

断固、病室を訪ねる。組事務所の幹部らとも会って、話を聞くしかない。

言われた辻は首をすくませた。

「……ですね、締め上げるしかないな」

一気に攻め落とすしかない。長い一日になる。

ドアが開いて、捜査一課の西城が入ってきた。ベテランの検視官だ。

「おう」

と軽口を叩くように死体を覗き込む。

「きれいなネエちゃんだ」女の胸元の射出口を眺める。「これ一発で終わりか」

ふむふむとうなずきながら、ゴム手袋をはめる。

皆沢は撃たれた直後の状況を説明し、医師の書いた死体検案書を見せた。

「死因、出血性ショック、了解」

言うと顔を上げ、じろりと皆沢と辻を見る。

「手伝ってくれるんだろ?」

言いながら、納体袋を開ける。

「もちろんですよ」

死体の背中を持ち上げながら、辻が応じた。

納体袋を取り外すと、西城は一眼レフカメラで裸体を撮り始めた。

「堀内(ほりうち)先生と連絡がついたから」西城が言った。「明日の朝一で解剖」

堀内は山梨大学医学部の教授。司法解剖の担当医だ。

「さすが早いですね」

皆沢のお世辞に反応せず、西城はフラッシュを焚(た)く。

「事が事だからさ」

「助かります」

あとはまかせたと辻に視線を送り、皆沢は頭を下げて霊安室を出た。

18

朝七時半、仁村が官舎を出かかったとき、スマホが震えた。志田からだ。

「小山内がやられました」

唐突に言われた。

「小山内景子が何？」

「たったいま、石原から送られてきました。どうなってるんだ、まったく」

石原は小山内の監視担当だった。今月から、暴力団対策の応援で石和温泉の現場に入っている。

「何がどうなんですか？」

「組対の連中のところに、ゆうべ小山内と思われる人間が写っている写真が送られてきて、それを今朝、石原が見ました。送りますから見てください」

メールの着信音がした。スマホを耳から離し、電話は切らないままメールを確認する。添付された写真を開いた。長髪で額が広い。目は閉じられており、頬骨の高い整った顔立ち。小山内景子だ。青い。生気がない。

頭の中が真っ白になる。

しかし……これは。

生きていない？　死んでいる？

「中心街で昨夜、銃撃事件があってそれに巻き込まれたらしいです」

「あっ、ニュースの」

暴力団抗争の巻き添えで銃撃され死んだと報道されていたはずだ。まさか、流れ弾に当たって死んだのが小山内なのか？　しかし、どうしてそんなところにいたのか。

「いま遺体は？」

「司法解剖で山梨大学医学部に運び込まれたみたいです」

「タクシーで行きます」

「わたしも」

通話が切れる。

飯田通りまで急いだ。タクシーを捕まえ、山梨大学医学部まで走らせた。二十分ほどで医学部正門に入った。教えられた基礎研究棟二階に上がる。事務員に警察手帳を示し、用件を伝えると、若い准教授を紹介され霊安室に案内された。ずらりと並んだ死体保存用の冷蔵庫のひとつを開け、見せてもらった。顔を手前に向けている。裸だった。小山内景子に間違いなかった。言葉が出ない。左の胸元に黒っぽい穴が開いている。長髪がきれいにとかし込まれていた。どうしてここに？ なぜ？ あれからどうしていた？ わき上がる疑問を覚(さと)られぬよう、司法解剖の見通しを尋ねた。

「立ち会われますか？」

「しません。時間はどれぐらいかかりますか？」

「午前中一杯で終わると思いますよ。そのあとはお返しします」

礼を述べ霊安室をあとにする。玄関で出くわした志田に場所を教え、その場で待った。五分ほどして戻ってきた志田とともに、彼が車を停めてある駐車場に向かった。運転席に収まった志田は、慌ただしくアクセルを踏み込んだ。

「組対の室長と連絡が取れました。そっちに回ります」

「亡くなったときの状況はどうだったんですか？」

「教えてくれません」

来たときと同じ道をたどり、甲府中央署の正面から裏手の駐車場に入った。

志田のあとについて、裏口から署に入る。三階まで駆け上がり、捜査一課のドアを開ける。三人ほどしかいない。課長席の男に志田が声をかけると、課長はその場で電話をかけた。

しばらくして、小太りの男が入ってきた。丸坊主だ。黒のタートルネックの上にスーツを着込んでいる。下腹が突き出て、腕回りの肉が盛り上がり肩口のシワがひどい。署長会議のとき、幹部席に暴力団員と見まがうような男がいたのを思い出した。組織犯罪対策課の捜査室長。組織犯罪捜査第一係から第九係まで、三十名近いマル暴刑事を指揮する統括者のはずだ。

男は課長席に歩み寄り、「二課が何だって？」と太い声を発した。

課長が仁村を指したので、男もこちらに視線を振った。

その場で、「何ですか？」とまた訊いてくる。

志田が「皆沢さん、うちの課長です」と仁村を見て言った。

「ああ……何？」

皆沢と呼ばれた男は自分を思い出したようだ。苛立っている様子だ。

色のついたオーバルタイプのメガネをかけている。

志田が皆沢と小声で話し込んだ。

途中で皆沢の顔色が変わり、また仁村を振り返った。

のしのし歩み寄ってきて、仁村のすれすれまで来た。じっと睨みつけられた。メガネのつるが刈り上げた側頭部の肉に食い込んでいる。

「二課長の仁村と申します」

と頭を下げる。

「あんた、小山内と最後に会ったんだって？」

すでに身元の報告はしているので、いきなりそう切り出してきた。

「会ったのではなく、電話で話したのが最後でした」

「警官で話したのはあんたが最後なんだろ？」

「それはそうなるかと思います」

志田があいだに入り、「いま、組対は銃撃に関わったと見られる組の幹部の行方を捜している最中ですよ」と仁村に説明した。

皆沢が苛ついている理由が呑み込めた。行方をくらましている人物が見つからず、焦っているのだろう。

「……小山内景子は抗争の巻き添えをくらって撃たれたんですか？」

「そう見ている。小山内景子はどこの何者だ？　手短に話せ」

有無を言わせない口調に、つい答えようとしたとき、志田に袖を引っ張られた。課の隅に移動させられる。

「何を話す気ですか？」

志田の目が尖っている。

「いや、ですから……」

「まさか、知事のサンズイを洩らすつもりですか？」

「場合によっては」

胡散くさげにこちらを見る皆沢と目が合った。

「サンズイはまだ、死んでないんですよ」志田が声を押し殺す。「皆沢室長に話したら最後、ハンドスピーカーで広報するようなもんです。やめてください」

「身元を教えた以上、サンズイに触れないわけにはいかないですよ」

志田は仁村の耳元に顔を近づけた。

「あの女の死はうちとは関係ない。単なる事故です。いいですね？」

「でも、現実に人ひとりの命が失われたんだから。最低限の情報は伝えるべきです」

そう答えて、志田から離れる。

「知りませんよ」

きつく響く声を背中で聞きながら、皆沢の許に歩み寄った。窓際に連れていく。

「部外秘でお願いできますか？」

そう言うと皆沢の眉間に縦皺が寄った。

それが皆沢の返事らしかった。

「……じつは有泉知事に贈収賄疑惑があり、捜査中でした」

と絞り出した。

皆沢の血相が変わった。先を急げという感じで、顎を上げる。

志田の顔を見た。変わりはない。

ここまで来た以上、伏せておける話ではないではないか。そう念を送る。

「小山内は、贈賄側の会社に勤務していた女です」仁村は口にした。「われわれに情報を上げてきてくれていました」

皆沢の目が険しくなった。

「エスだったのか？」

「そのような形でした」

「どこの会社だ？」

「パッセ」

皆沢の視線がいったんそれ、また食い込むように戻ってきた。

「……武田一丁目にある葬儀屋か？」

「そうです。小山内は会長の秘書でした」

仁村は小山内の人となりやパッセに送り込まれた経緯、そして贈収賄の中身を話した。県議などにも似たような疑惑があると付け足した。皆沢は当然至極という顔で耳に入れた。

「失礼ですが驚かれないのですか？」

「その程度の話なら、あちこちで耳にしてる。知事の仕立券というのは初めて聞くが。

小山内と最後に話した日のことを教えろ。いつだ？」

そう命令口調で言うと、足を大きく広げて構えた。

志田は背中を見せ、壁を向いている。

「先月の二十六日の夕方です」

「二十六日――月岡総長が撃たれた日か……」

そういえば、課でそのような警察無線を聞いた。

「はい」

「小山内は何といってあんたを呼び出したんだ？」

「渡したいものがあるからと言って」

「何か頼んでいたのか？」

「特に何も。知事と会うのがわかったら知らせて欲しいと頼んでいました」

「そっちの意向を受けて、裏帳簿でも持ち出そうとしたんじゃないか？」

「それは……どうだろう」

仁村は首をかしげた。

裏帳簿についてはたしかに口にした。

贈賄工作に使った現金の原資を特定する帳簿でも見つかったのだろうか。

「だが、けっきょく会えずじまいか。そのあと小山内のマンションに行って、部屋を訪ねたのか？」

「外から見ただけです。明かりが消えていたので、そのまま帰りました。そのあと何度か電話をしましたが、出ませんでした」

仁村は小山内がいなくなる四日前の土曜日、知事と新原が密会するという情報を小山内が前日に寄こし、それにもとづいて、盗聴した経緯を話した。しかし密会の最中、贈収賄の捜査が行われているとの情報が何者かによりもたらされたらしいこと、そして昨日、贈収賄事件の捜査本部が解散されたことを付け足した。

すると皆沢はいきなり仁村の胸ぐらを摑んだ。

「抜かれたのか？」

「……ええ」

息がかかるほど顔が近づく。

「誰に？」

「不明です」

皆沢の手が離れた。横を向く。

「におうな」

「何がですか？」

皆沢は顔をしかめ、仁村を睨みつけた。

「密会のネタを提供した女が、のこのこ抗争のど真ん中にやって来るようなことがあるか？」

一足飛びにそっちかと思った。サンズイより、銃撃事件が焦眉の急なのだ。

「いや、しかし」

小山内の死と暴力団抗争を結びつけてどうしようというのだ。

だが、何を言っても聞き入れてもらえそうにない。

「この一週間、小山内はマンションに戻ってきたか？」

また話がさかのぼった。

「訪ねたのは電話があった日だけです。わかりません」

「どうして行かなかった？」

強い口調で責められた。

「こちらの責任のように言われても困ります」

思わせぶりな電話を寄こしておきながら、会えずじまいだったのだ。

「小山内が抜いたんじゃないのか？」

「断じてあり得ない」

小山内に限って、洩らすなどあるはずがない。

皆沢は口の端で笑みを作り、仁村の肩を叩く。

「エスも疑うのがこの世界の常識だぞ」

「…………」

「小山内の勤め先は何か言ってるか？」

「こっちから連絡なんてとれません。そちらでお願いします」

答える代わりに、皆沢は唇を軽く噛んだ。

「小山内をパッセに送り込んだ水島は？」

「そっちもまだ連絡をとっていません」

「知事のネタ、最初から話せ。誰が引いてきた？」

むかっ腹が立ったが、小山内の疑いを晴らしたいという思いが先に立った。

検察が食わないことも含め、これまでの捜査の要点を話した。さほど時間はかからなかった。

皆沢はメガネの奥にある、くぼんだ小さな目をしきりと動かす。言葉を発しなくなったので、

「撃った人間はわかりそうですか？」と疑問を投げかけてみた。

皆沢は首を横に振っただけだった。肘に手を添え、仁村の伝えた情報に思念を集中していた。

刑事の典型で、情報を一方的に仕入れ、自らはひとつも洩らさない。ふいに志田の忠告が正しいものに思えてきた。この男は捜査のためなら、知事のサンズイをところ構わず吹聴するだろう。外部にも洩らすかもしれない。ぞっとした。

しばらくして、ようやく皆沢は仁村に顔を向けた。

「そっちの捜査で暴力団員の名前は出てきたか？」

いきなり、何を言い出すかと思えば。どうしても、小山内景子の死を暴力団抗争と絡めたいのか。

「出ていません」

「パッセの会長は何といった？」

「新原大吾」

「パッセがらみで暴力団の名前は出なかったか？」

またしても暴力団に話が及び、嫌気がさした。

「だから、出てないですって」

ふと思いついたように皆沢は居住まいをただした。

「山梨県央信用組合と取引はあるか？」

「パッセが？　あるとは思いますけど」

パッセ関連の銀行口座の膨大な入出金明細を思い起こした。地元最大手の金融機関だ。それなりの取引があったはずだ。悪い噂で地元紙を賑わしている金融機関だから、当てずっぽうで口にしたのか。

「そちらで何か摑んでいるのですか？」

と仁村は訊いてみたものの、答えはなく、さらに一歩踏み込んできた。

「サンズイの捜査で信用組合関係者の名前が挙がったことはないか？」

しばらく考えさせられた。黙っているとまた皆沢の口が開いた。

「ダイヤはどうだ？　出たか？」

「ダイヤ？　何ですか？　それ」

皆沢が顔をしかめる。

何が言いたいのか、さっぱりわからない。

しかし、信用組合関係者なら心当たりがある。

「クラブ秋江に組合の理事が顔を見せてますが」

「浅利か？」

驚いた。

「そんな名前だったかもしれないけど、ご存じですか？」

また皆沢は無言の行を始めた。

まったく、扱いにくいタイプだ。一方的に問いつめるだけで、ひとつも情報を寄こさない。

皆沢は懐からスマホを取り出し、横を向いた。

体を揺らしながら、電話をかけだした。部下らしい相手に状況を尋ねている。適当なところで切り上げて来いと下命してから電話を切り、こちらを振り向いた。

「組長らと会ったら、そっちに行かせてもらう」

問答無用の感じで言われた。

言い返す間もなく、皆沢は課から出ていった。

志田が課長席から離れたところに腰を落ち着けていた。近づくと、匙を投げたと言わんばかりにそっぽを向いた。

口を酸っぱくして保秘を訴えていた本人がネタを洩らしたことに、我慢ならないようだった。

それでも気になるらしく、ちらっと一瞥をくれた。

下駄顔にすれすれまで近づき、

「山梨県央信用組合について、皆沢室長も何かネタを持っているようです」

と訳ありげに口にしてみた。

表情に変化がないので、理事の浅利に目をつけています、と付け足した。すると、濃い両眉がぴくっと上がった。

「浅利に？」

「ええ」

しかし、反応もそこまでだった。

「本部長命令を無視して、どうする気ですか？」

とふたたび説教モードになった。

「関係者が特異な死に方をしたんですよ。突破口になる可能性があります」

「何の突破口にするんです？」

「知事のサンズイです。丹羽部長だって、諦めてるわけじゃない。池井さんのスキャンダルのせいで捜査中止なんて、どう考えてもおかしいじゃないですか。組対と合同でもう一度取り組むよう、丹羽部長を説得してみます」

「組対なんかと？」

「同じ刑事部なんです。巨悪の摘発を途中で放り出して二課と言えるんですか？」

大上段に振りかぶると、むっとしたように志田は唇を噛んだ。

「班長、ちょっと話を聞いてみようよ」

と耳元で囁く。

「皆沢さんは午後に来るんですよね」志田が目を合わせないで言った。「話し合いはわたしにまかせてくれませんか」

「もちろんです。お願いします」

仁村は志田の手の甲に自らの手を重ね、ぱんぱんと叩いた。

「水島さんはどうします？　電話しないと」

「ああ、了解、しますよ」

志田がその場で電話をかけた。水島はすぐ出た。小山内が死んだことを伝えると、電話口の向こうから言葉にならない叫びが伝わってきた。

19

午後三時。

二課のドアが開き、皆沢が顔を覗かせた。踏み込んでくるなり、壁際に積まれた段ボール箱を眺め、「あれか？」と言葉を発した。石和署の捜査本部から運び込んだ捜査資料だ。苦い顔で志田が皆沢の厚い背中を押し、衝立で仕切られたソファに座らせる。向き合ったとき、午前中とは様子が違うと仁村は感じた。

「総長の月岡と会いましたか？」

志田が仁村に先んじて訊いた。

「や、まだ」

「組事務所には行かないんですか？」

「行ってきた」

「佐古組は？」

「これからだ」

とそこだけは強調した。

「何かありましたか？」

顎を引き、どんよりした目で志田を見る。

「顔見りゃわかるだろ？」

事情聴取には応じただろうが、懐に逮捕状が入っていなければ、ろくな話が聞けるはずもない。

志田が缶コーヒーを差し出すと、皆沢はプルトップを引いて二口ほど喉に流し込んだ。

「拳銃を撃ったときの状況はわかりましたか？」

仁村が尋ねると、皆沢は手を頭にあてがい、口をへの字に曲げた。

「やー、それがさっぱりでね」

どこまで、本当なのかわからない。

「パッセはどうです。連絡がつきましたか？」

続けて訊いた。

「会社に出向いた」そう言うと、皆沢は仁村の顔を値踏みするように見た。「二十七日以降、小山内は出社していない」

やはり、最後に電話をかけてきた日を境に、彼女は行方をくらましたのか。

「会長の新原と会いましたか？」

「会えない。秘書室長に応対された」

仁村は身を乗り出した。

「何と言われましたか？」

「二十七日の朝、小山内本人から会社に電話が入ったらしい。体の具合が悪いからしばらく休ませてもらうと」

「本人から？」

「ま、どうぞ」

「そう言っている以上、信用するしかない。遺体の引き取り手は、母方の叔父になった。明日、東京から来る。水島建設の社長には小山内の死を知らせたか？」

「連絡を取りました。行方不明になったことも知らなかった。でも、殺されたんだって言ってましたよ」

そこで皆沢は志田の方を向くと、「班長、山梨県央信用組合の理事の件、いいかな？」と仁村の返答を無視するように用件を切り出した。

癪に障り、「小山内が亡くなったときの状況はどうなんですか？　こちらにも知る権利があります。詳しく教えてください」と仁村は志田への問いかけを突っぱねた。

皆沢は不機嫌そうにため息をついた。両手を一杯に広げ、手首を曲げて見せた。

「これくらいの間口の路地だ。至近距離で背中から撃たれた。四メートル入ったところで、表の通りとは逆向きに頭から倒れ込んでいた。第八肋骨のあいだを抜けて胸から飛び出してる。九ミリの弾が小山内景子が倒れていた先にあるスナックの壁から見つかった。小山内は救急車の中で息を引き取った」

「室長が同乗したの？」志田が興味深げに訊いた。

「乗った。息があったのは五、六分程度だった」

「そのあいだ、小山内は意識があったんですか？」

「いや……」しばらく視線を泳がせ、思いついたように口にした。「ＡＥＤをやる直前だ。女の唇が動いたので、酸素マスクを持ち上げてみた。『ハリモ』とか言ったような覚えがある。何か聞いたことあるか？」

「ハリモ？」

志田と顔を見合わせた。首をかしげている。

「聞いたことはないですね」

と仁村は答えた。

「その言葉を洩らした直後に心停止した」

死に際に何を言いたかったのだろう。

「路地で小山内が倒れ込んでいた方角に佐古組の組員が走り去ったという目撃証言がある」皆沢が続ける。「そいつは撃ったやつに追われて路地に逃げ込んだが、見つかって通りから狙われた。咄嗟（とっさ）に小山内を楯（たて）にして逃げ延びた。そんな感じだと思う」

「撃ったやつは誰ですか？」

皆沢は仁村をちらっと見た。

「あんたが小山内景子と最後に電話で話した日の午後三時、山梨総業の月岡総長が佐古組の鉄砲玉に撃たれた。そのことは？」

「知ってます」

「小山内の件は、その報復に山梨総業が動いたと見ている。いずれにしろ、どっちも犯人はわかっていない。関係先の組事務所七カ所にガサ入れしたが手がかりはゼロ。誰も口を割らん」

そこまで言って、皆沢はソファに背をもたせかけた。

「よくわからないなあ」仁村は頭を掻いた。本当にわからなかった。「どうしてそんな場所に小山内景子がいたんですか？」

皆沢の顔が傾き、噛みつきそうな表情で仁村を睨みつけた。

――それがわからないから、こうして足を運んでいる。

そんなこけおどしに負けるわけにはいかない。

「組対はどこから信用組合の浅利のネタを仕入れたんですか？」

と肝心な点に触れた。

皆沢は仁村を睨んだまま、胸ポケットから紙を取り出して机に放った。

それを志田がすくい、さっと目を通す。

「当座預金に二億円……トキワ商事」もう一枚をめくる。「こっちは普通預金で……六億入金、同じ日の入金か」

志田が二枚を広げて仁村に寄こした。

トキワ商事なる会社の当座預金の照合表と普通預金の入出金明細書だ。山梨県央信用組合から昨年の十一月五日付で、二億円の手形貸付が行われ、同日付で普通預金にも六億円の入金がなされている。合計八億円。

「トキワ商事って、あの国母にある反社のフロント？」

志田が問いかけると、皆沢が意味ありげにうなずいた。

「実質経営者は土橋でしょ？」

「うん」

「野郎シャブ中じゃない？」

「よく覚えてるな。四年前に挙げた」

「佐古組組長の佐古紀男と昵懇のワルですよ」志田が仁村に言ってから、また皆沢を向く。「人材派遣みたいなのをやってるよね？」

「そっちはどうでもいい。バブルの頃から、いまの山梨県央信用組合から金を引いて、甲府市中心街にゲームセンターや映画館もどきを作っちゃあ、潰してる」

「合併前から？」

「ああ、浅利は甲府信用組合の代表理事だったろ。土橋とはその頃からの腐れ縁が続いていると見ている」

ある程度調べがついている口調だが、意味がわからず、仁村は志田に尋ねた。

「山梨県央信用組合は、平成十七年に甲斐、笛吹、大月それから甲府の四つの信用組合が合併してできたんですよ」と志田が教えてくれた。「実店舗は八十以上あるし。合併で地元最大手の甲陽銀行と資金量が互角になったんだよね」

「だけど、大手企業は甲陽が押さえてる」皆沢が応じた。「県央信組は建設、宝飾品加工みたいな中小企業が相手だ。景気が悪くなって、組合自体もいまじゃ青息吐息のはずだ」

「多少焦げ付いたり返済が滞っても、客はそこしかないから漫然と融資を続けた結果じゃないの。でも、いまになって八億っていうのはすごいな」

「だろ」

「裏があるよね？」

興味深げに志田が言う。

小山内景子の死から、話はどんどん暴力団関係に流れ、仁村は違和感を覚えた。

彼女の事案解決に向けて協力しなければいけないが、暴力団の資金云々など無関係だ。

「皆沢さん、うちは暴力団関係についてタッチできませんが」

仁村の言葉に皆沢がまなじりを決した。

「汚職事件に関係しているから言ってるんだろ。そっちのネタ元の小山内景子がやられたんだ。当事者はあんただ」

言葉が返せなかった。

「知事のサンズイは中止命令が出ちゃったし」

と志田がとぼけて口をすぼめた。

しかし、考えてみれば話は別々のようで、つながってはいる。

佐古組とトキワ商事は一心同体。そのトキワ商事は信用組合から途方もない金を引き、当の組合の理事はパッセの新原と懇意にしている。新原は知事に札束攻勢を仕掛けている。それらの金の元になるのが、その八億とすれば……。いや、飛躍しすぎているか。

「朝、ちらっと聞いたけど、そっちの状況を詳しく話せ」

皆沢に言われ、志田が仁村に視線を振ってきた。いまさら隠す意味もなく、うなずいた。

志田は石和署長の池井の非違事案について触れ、それが木元本部長の激しい怒りを買ったことを話した。

「それで捜査中止に追い込まれたって？」皆沢が疑問の表情を見せる。「あてつけじゃねえか」

あのときの怒り様を見ていないから、言えるのだ。

「だから、うちに二課から応援が入ったのか……」

ようやく疑問が解けたという顔で皆沢は続けた。

「そういうことで、うちは動けないんですよ。明日、本部長が記者会見します」

「池井は何と言ってる？」

皆沢はかまわずに続けた。

「身に覚えがないと言ってます」

と仁村は答えた。

「その言い分を真実と受け取っていいのか？」

「わたしとしては信じたいですね」

「調べたのか？」

「監察に任せています」

いまさらスキャンダルについて調べたところでどうにもなるまい。

「連中に任せきりでいいのか？」皆沢が身を乗り出した。「調べた中身を教えてくれるのか？」

「無理だと思いますが」

「だったら、自分らで調べなきゃいかんだろう。知事と同じ官庁出身の本部長の命令を
鵜呑みにするな」

志田を窺うが、言葉を発しない。

皆沢は坊主頭を掻きむしった。

「どうもよくわからんなあ、班長、知事側に洩らしたやつに心当たりはあるか？」

「知事の側近がネタを仕入れたのは間違いないと見てますけどね」

志田が答えた。

「宮木か？」

志田がうなずく。

「ネタの仕入れ先は？」

「皆目」

志田が首を横に振る。

「現金授受の現場にいた捜査員は？　そのうちの誰かが洩らしたんだろ？　そいつじゃ

ないのか？」

「全員若手です」仁村が答えた。「宮木と接触がある人間はいません」

「じゃあ、スパイが別にいて、現金授受の現場にいた捜査員からそいつに連絡が行ったと考えてるのか？」

「そう考える方が自然です」

「いったい誰なんだ？」

「いずれ調べますよ」

志田が言った。

「呑気なこと言うなよ。身内のスパイなんだろ。さっさとやらんと足をすくわれるぞ」

「わかってますって」

ぶすっと志田が言う。

「きょうじゅうにも現場にいた全員の携帯の通話記録を照会します」

仁村が言うと志田がこちらを向いた。

「いいけど、時間がかかりますよ」

志田が言った。

「仕方ないじゃありませんか」

ここまで来たら、やるしかない。

「それでわかればいいがな」皆沢が仁村を睨んだ。「上には報告したのか？」

「警察庁？　上げてありますよ。当面は様子を見ると言っています」

「どっちにしても、贈収賄の捜査本部が解散させられたのはおかしい」そう言って皆沢は仁村を窺った。「おれだったら池井のスキャンダルについて徹底的に調べるがな」

皆沢の抱いている疑問はまっとうだと思った。

「やってみてもいいかもしれません」

仁村は答えた。

池井と会って話を聞くしかない。

意外だったと見えて、皆沢は目を細めた。

「小山内景子の事案とひっくるめてやるぞ。いいか？」

「ちょっと室長、池井さんのスキャンダルについて、表だってうちは動けないですよ」

と志田が言った。

「わかってる。そっちのサンズイも頭に入れて、捜査を進める。班長、これまでの資料ぜんぶ見せてくれ」

ぎくっとした顔で、志田が仁村を振り返った。

「皆沢室長、知事のサンズイについて、ほかに洩らしましたか？」

仁村が改めて訊いた。

するとまた、皆沢が面白くなさそうな顔つきに変わった。

「おれが誰に？」

「誰でも」

「そんなふうに見えるか？」

「室長を疑うわけじゃないけど、事案が事案だけに、慎重を期す必要があるんです。わかってくださいよ」

と志田が声をかける。

「血判でも押そうか？」

剣幕に押されて、

「わかりましたよ。資料は見せます」志田が根負けしたように言った。「ただし、室長の目にだけ」

とうとう、志田が皆沢に協力を仰ぐことを認めた。

しかし、協力を申し出たのに、当の皆沢は不自然なほどじっとしている。

「まずは、小山内の部屋のガサだ」皆沢が言葉を継ぐ。「携帯の通信記録と交友関係も洗い出す。行方をくらましたときの状況も把握せんとな。そっちからも人を出してくれ」

「わかりました」仁村が答える。

「もうひとつある。うちはいま、暴力団の封じ込めでばたばたしている。できれば手伝ってもらいたいことがある」

「何？」

志田が皆沢の顔を覗き込んだ。

「トキワ商事と佐古組のつなぎ役で八木という男がいる。NPO法人に関係しているらしいが、何をしているのかよくわからん。ひょっとしたら、重要な役目を担っているかもしれん。そっちの得意な畑だ。やってくれんか？」

「行確するの？」

志田の問いかけに、皆沢は口を引き結んでうなずいた。

まるで下働きをさせられるような理不尽な申し出だった。しかし、皆沢が引く様子はなかった。

「池井のスキャンダルはおれのほうでも調べてみる」

そこまで言われれば、仁村も了解するしかない。

「刑事部長には話を通しておきます」仁村が言った。「本部長の耳にはしばらく入れないほうがいいと判断してくれたらうれしいのですが」

「そう祈ってるよ」

「ところで、室長、信用組合とトキワ商事の内情はどうなの？」

志田が早くも捜査の見通しを口にした。捜査に乗り気になりつつあるようだ。

「そっちもまかせる」

「ちょっと待ってください」ここは釘(くぎ)を刺さなければいけないと仁村は思った。「トキワ商事はそちらのネタでしょ。うちだって動かせる人員には限りがあるんですから」

志田に袖(そで)を引かれた。これ以上は言うな——。そう顔に書いてある。志田は志田で見通しでもあるのか。

地方の捜査員らの呼吸は、いまひとつ理解に苦しむ。

20

「穂坂登美子と一緒に官舎に帰ったのは間違いないですね？」

仁村は訊いた。

「うん、それはそうだった」

きまり悪そうに池井が答える。

「酔っ払っていたんですか？」

「ああ、酔った、しこたま飲んだ帰りさ」

「官舎に着いて、穂坂さんの部屋に上がり込んだわけですね？」

「あいつだってベロベロだったんだぜ。ふたりして部屋に倒れ込んださ」池井が両手を腰に当て、居間を歩きだした。「もういいだろ。そんなこと、監察に訊いてくれよ」

「池井さんの口から聞きたいんです。話してくれませんか」

「だから、水飲ませて、じゃあって言って、部屋を出たんだ。どうもこうもないだろ」

「肉体関係は持っていないんですね？」

「ああ」

「彼女が抵抗したと言ったのもうそですか？」

池井は品のいいサイドボードの前で止まり、仁村を睨みつけた。

その上には、額に収まった警察大学校の卒業写真が飾られている。

「だから何遍も言ってるじゃないか。成り行きでああなっただけなんだ。それをいいことに、くそっ」

池井は声を震わせた。

仁村も腰を浮かし、

「池井さん、落ち着いてください」

と声をかけた。

いくら酔っていたにしても、暴力を振るえば覚えている。それに、ワイシャツにスラックス姿。謹慎中であっても呼び出しがあれば、すぐにでも家を出られるような格好でいる男がうそをついているようには見えない。

池井は落ち着かない様子で、ソファに腰掛けた。

「だいたい、おれを潰そうっていうのはわかってるんだ。汚ねえ」

歯を食いしばり、拳をぐっと握りしめた。

「誰ですか？」

言うと、池井は仁村の顔を覗き込んだ。

「そりゃ、いくらでもいる。そっちだってわかるだろ」

「わかりません。言ってくれませんか」

池井は唇を噛んで、頬をふくらませた。

「都合が悪い連中に決まってる。こんな目にあわせやがって」

「いくらここで言っても始まりません。それより、現金授受の現場にいたうちの捜査員です。池井さんから見て、怪しいと思える人間はいませんか？」

五人の名前を出すと、池井は目を丸くして仁村を見た。

「それを訊くためにわざわざ来たの？」

「……どうですか？　何でもいい。言ってください」

「おれにわかるわけないだろ」

「石和署で毎日報告を受けていましたよね。感触ぐらいつかんでいたでしょ。こいつと思ったようなやつはいなかったですか？」

池井は憤懣を隠さない顔で黙り込んだ。

「そっちはどうなんだよ？」

しばらくして池井が訊き返した。

「あまり顔を合わせていないんですよ。見当つかない」

正直に口にすると、池井は侮蔑の眼差しで仁村を見た。

「部下なんだろう。そっちがわからなきゃ、おれだって答えようがない」

「幹部はどうですか？」

「幹部？　誰のこと？」

「岡部警務部長とか」

「寝業師か？　どうだろうな。班長は？」

「冗談よしてくださいよ」

現金授受の現場でも、仁村と同じ場所にいたのだ。

しかし、疑いだせばきりがない。

「小山内はどうして撃たれた？」

痛いところを突かれて、仁村は視線を外した。

「目下捜査中です」

「見当ついているのか？」

「いや、ついてはいないです。池井さんこそどうですか？」

「行方不明になったうえに撃たれて死ぬなんて……普通ならありえん」

仁村もまったく同感だった。

出されたお茶に手をつけず、居間を出て玄関に下りる。

送りに出てきた池井の後ろで、その妻が小さくお辞儀するのが見えた。

礼を口にして、池井家をあとにした。徒労感だけが広がった。

21

仁村はチョコリングを載せたトレーを持ち、窓際のスタンド席に戻った。午後一時。ショッピングモール一階の飲食店街を行き交う客はまだ多い。ドーナツを頬張ったとき、右側に人の気配を感じた。

皆沢が知らん顔をして、横に座り、テーブルにトレイを置いた。コーヒーとハチミツのかかったドーナツ、そしてホットドッグが載っている。

「どうだ？」

訊かれて仁村は通りをはさんで、斜め右手のしゃぶしゃぶ店を指さした。

「三十分前に入りました」

「ほう」

皆沢はホットドッグにかぶりついて、むしゃむしゃ食べ始めた。

志田からこの場所を聞いてきたのだろう。

「課長自らが張り込みか？」

皆沢に皮肉られた。

「きょうあたり、何か動きが出るんじゃないかと思って」

「それで前線に出動か」

捜査員の数に限りがありますと口にしかけたがやめた。組対から持ち込まれた疑惑の解明に向けて、二課が合同で行う旨、刑事部長の内諾を得た。当面本部長には伏せて捜査を続行する方針だ。

「相手は？」

改めて皆沢に訊かれる。

「三十五、六の中背の男。互いにここの駐車場に乗りつけて、落ち合いました。男の車は練馬ナンバーです」

「東京から来たのか？」

「おそらく」

わざわざ東京から来たのだから、それなりに関係は深いのだろう。八木孝宣の行動確認に入って七日目。十一月十一日金曜日。ようやく目立った動きだ。

これまで八木は、一度だけ日帰りで東京に出向いていた。池袋駅地下のカフェバーで四十前後の男と会い、三十分ほど話して甲府へとんぼ返りしている。それ以外は高倉川近くの自宅マンションに籠もりっぱなしだった。

八木の本籍は甲府の南にある中央市。両親とは子どもの頃に死別している。東京の高円寺に妻と長男の三人で暮らしていたが、四年前に離婚した。それを機に単身甲府に戻ってきた。トキワ商事名義の賃貸ビルで広告代理店らしきものを営んでいたがすぐ閉めて、以来、ずっとマンションで独居生活。兄弟もいない。

「まだ何をやってるのかわからんのか？」

食い足りないらしく、ショーケースをちらちら見ている。

「福祉関係の仕事かなと思いますけどね。ＩＴ関係の内職をしてるのかもしれないし。池袋で会った男とは、自分が持っているノートＰＣと睨めっこしながら話していました」

「八木が法務局に休眠届を出したＮＰＯ法人の、フラットワークの理事長とは会えたか？」

「大里町にある事務所近くに住んでいますよ。いい歳です。自宅で知的障害者の小規模作業所を運営していましたけど、この春、閉鎖しています。ＮＰＯの名義と事務所は八木に預けていると言ってます」

「あんまり進んでないな。ＩＴの内職って例えば何だ？」

「ネットの広告の営業とか、そんなのかな」

「八木は不動産会社に勤めてたろ。そっちの売り買いでも仲介しているんじゃないのか？」

「のように見えなくもなかった、とうちの捜査員は言ってますけどね」

「一週間もやって、それだけか……」

水のようにコーヒーを一気に飲み干す。

「昔の報告書を読んでいたら、八木の名前があったが聞いたか？」

「いえ」

「例のSKビル乗っ取り事案だ。佐古組のフロントに乗っ取られたあとも、八木は追い出されず広告代理店を開いてる。事情聴取で、そのフロントには以前から世話になってるとご託を並べた」

「やっぱり関係があったのか……」

「そう見てる。フロント側にも得になるものがあったんだろう。スパイの目星はついたか？」

「まったく。携帯の通信記録照会も返ってきません」

「郵送なんだろ？　時間かかるぞ」

早くて十日、遅くなれば二週間以上かかるかもしれない。

「小山内の件は目星がつきそうですか？」

小山内が住んでいたマンションから、知事のサンズイに関係したものは出なかった。行方不明になる直前の二十六日の晩、小山内は仁村にパッセの本社内から電話をかけており、その日、小山内は自宅に帰っていない。行方不明になったときの状況は、依然として藪(やぶ)の中だ。

仁村の質問に答えず皆沢は席を立ち、カウンターに行って戻ってきた。買ってきたスティック形ドーナツを仁村のトレイに載せ、自分はチーズタルトにかじりつく。

「現場の聞き込みと防カメ映像の収集を徹底してやってる」皆沢がもごもごと言いながら、しゃぶしゃぶ店に目をやる。「組幹部どもも、何も話さん」

組長クラスの任意聴取で、ひとつやふたつ、有力な情報が上がっていてもおかしくないが、おそらく、披露するのを避けているのだろう。

店の戸が開いて、八木ともうひとりの男が姿を見せた。どちらも背広姿だ。ノータイで大柄、眉(まゆ)の薄い卵形の顔をした八木が、中背の男と話しながら、ガラス一枚隔てた通路を歩いていく。親密だ。ふたりが視界から消えたとき、しゃぶしゃぶ店から曾根(そね)巡査部長が出てきて、ドーナツ店に入ってきた。仁村の背後から手を伸ばしてICレコーダーを置く。曾根がすきを見て八木たちのテーブルの下に取り付けていたものだろう。捜査員にとって簡単な工作だ。

「ふたりを追います」

と小声で言い、去っていった。

仁村はICレコーダーをポケットに入れ、ブルートゥースのイヤホンを耳にはめた。無言で席を立ち、スティック形のドーナツをかじりながら店をあとにする。

皆沢が息を切らすように、「ほかに捜査員はいないのか?」と追いかけてきた。

「要員、少ないですから」

「ったく、やる気あるのか」

前方、引き締まった曾根の体がエスカレーターを駆け上がった。

仁村も続いた。

二階に達したとき、曾根から入感があった。

「ふたりは別れました。それぞれの車に乗ります」

「練馬ナンバーの男を頼む」

「了解」

三階まで駆け上がった。

出入り口の西側。シルバーのセダンが走り出すのが見えた。八木が運転している。スロープに練馬ナンバーの車が消え、曾根の車がそれに続いた。駐(と)めてあったコンパクトカーに乗り込んだ。助手席のドアが開き、皆沢が体を押し込んでくる。何も言わず車を発進させる。

八木の車はショッピングモールを出てから北に向かった。昭和(しょうわ)通りを右折する。二台あいだにはさんで、それに続いた。物欲しげな皆沢にＩＣレコーダーを手渡した。皆沢はチーズタルトでべたべたになった手で操作する。八木と東京の男の会話を秘匿録音した音声が再生された。くぐもっているが、どうにか聞きとれる。

〈もうちょっとましな店なかったですかね〉東京の男の声。

〈となりの寿司屋にするか？〉と八木。

〈えっ、甲府で寿司？　勘弁してください〉

料理が運ばれてきて、しばらく旨(うま)いまずい、の会話が続いた。

ふたたび、曾根から入感した。

「練馬ナンバー、甲府昭和インターに入って東京方面に向かいました」

「了解。どこまでも張りつけ」

前方を走る八木の車は国母の交差点で右折し、甲府バイパスに入った。

「このまま自宅ですね」

十五分ほど走れば、八木の住むマンションだ。

「もうひとりは東京まで追いかけるのか？」

「行き着くところまで」

「ふん」

鼻でせせら笑い、ICレコーダーの再生音に耳を傾ける。

〈八木さんが広告代理店なんて、どだい無理だったし〉

〈それは表向きでさ。こっちに戻って、こつこつ元付けを探してた。それなりの物件が見つかってさ〉

〈この前話してたフラット何とか？〉

〈うん。NPOのフラットワーク〉

〈客付けできたんですか？〉

〈池袋で会ったけど、折り合いがつかなかった。ぶっちゃけ赤字〉

〈だから言わんこっちゃない。うちのサイトみたいに、弁護士ルートか税理士ルートに絞ったほうがどれだけ楽だか〉

〈田舎じゃ無理無理〉

〈わかってるなら、はやくうちに戻ってきてくださいよ。交渉事は八木さんの十八番（おはこ）なんだから。何、笑ってんです？〉

〈いや〉

〈両手の客でも捕まえたんですか？〉

〈こないだ、ちょっと、大物を釣ってさ〉

〈へえ、何です？〉

〈そら、ここの黒毛うまいぞ〉

〈お、いただき〉

　雑談が続き、仕事めいた話はなくなる。

「不動産売買みたいな仕事してるのか？」

　皆沢が想像めいた口をきいた。

「どうして不動産屋とわかったんですか？」

「元付けは大家、客付けは店子（たなこ）のことだ。東京にフラットワークを売りにでも行ったか」

「そうかもしれませんが、不動産屋じゃないですよね」

「内閣府認証の資格を持っているNPOなら、どこでも事業を再開できるらしいぞ」

「調べがついているなら、そうと言ってくださいよ」

「常識だ」皆沢は腕組みをした。「しかし、八木はどんな大物を釣ったんだ？」

「さあ」

「両手の客っていやぁ、売りと買いの双方からの仲介料が入るってことだが」

蓬沢の交差点で八木の車は左に取り、五分ほどで自宅のマンションに着いた。そこまで確認して、仁村は甲府駅方向にハンドルを切った。

「もう、うちには来ないんですか？」

仁村は訊いた。

皆沢は毎日のように二課に顔を出して、資料に目を通していたが、昨日は来なかった。

「たいがい見させてもらった」

「何か気がついたことはありましたか？」

「ない」ふと思いついたように、皆沢は仁村に体を向けた。「あんた、小山内と二度、会ったんだよな。彼女はどんなことを話した？」

それか、と思った。鰻屋で初めて小山内に会ったとき、会話はなかった。二度目は署長会議のあった晩。新原の最近の関心事や交友関係について話題に上ったことを話した。

「新しい事業って何だ？」

「石材屋との取引が多くなったとか言ってました」

「ほかは？」

しばらく考えたが、思い出せなかった。

「トキワ商事と山梨県央信用組合の件は進んだだか？」

「八木の件が片づいてからです」

志田からの受け売りを口にする。

「池井さんのほうは何かわかりましたか？」

今度は仁村が訊いた。

「あっちこっちから話を聞いてる最中だ。もう少し待て。知事のネタを抜いたやつの見当はついたか？」

「いえ」

さっぱり、わからないままだ。

「宮木政策局長のルートはどうだ？」

「そっちも」そう答えたとき、小山内との会話で、宮木が出てきたのを思い出した。

「そういえば、小山内は宮木が忍野村の企画課長を連れて新原のオフィスにやって来たと言ってたな」

「いつだ？」

「十月の初め頃。そのすぐあと宮木が山中湖方面に出張したはずですが」

捜査員がその様子をビデオに収めている。

「山中湖なら忍野村を通るぞ。宮木単独で出張か？」

「単独でした」

「その日、知事は？」

「どうだったか……たしか、九月議会が終わった直後だったと思いますが」

「宮木だけ行くっておかしくないか？」

「夫婦じゃあるまいし、四六時中一緒というわけじゃないですよ」

「議会明けで息抜きにレジャーか？」皆沢は頬を撫(な)でた。「いっぺん、行ってみるか？」

「山中湖へ？」

「宮木の出張ルートを辿(たど)ってさ」

「部下に任せたらどうですか？」

行ったところで、何もない。

「たまには課長直々に現地視察してみたらどうだ？」

きょう、自ら行動確認についたことで、皆沢を調子づかせてしまったようだ。やはり、課長席で報告を待つべきだった。

「向こうは何べんも赴任してるし、それなりに顔が利く」皆沢が続ける。「おれのほうが少し片づいたら、出かけてみるか」

仁村は曖昧(あいまい)に答えておいた。

22

笛吹を過ぎ、中央自動車道の高架下を抜ける。国道一三七号線、通称御坂みちは二車線の長い坂道になった。快晴。風が強い。沿道にブドウや桃の果樹園が並ぶ風景のなかを仁村は八十キロで飛ばす。

「八木の仕事がわかりましたよ」

助手席の皆沢に声をかけると、彼は警察無線の電源を切った。

「遅かったな」

「会社の名義を売買するサイトの運営会社の役員でした。役員といっても有限会社ですけどね。東京の沼袋（ぬまぶくろ）にあります」

有限会社は取締役の任期もなく、決算公告の義務もない小規模な経営形態だ。

東京から来た男を曾根が追尾し、事務所を突き止めた。

「会社名義の売り買い？」

「規模の大小や稼働休眠を問わずですね。宅建免許やら旅行業登録済みの会社なんかの売買もします。買えば即、事業が始められますからね。売買価格は十万単位から一千万単位までありますよ」

「でかい事務所なのか？」

「いやいや、雑居ビルの二階に入っていて、看板も掛かってません。四、五人出入りしているらしくて。ネット上にサイトがありますよ。八木は三年ほど籍を置いていたみたいです。甲府に戻って、同じ仕事をして暮らしていたと思われます」

「SKビル乗っ取りの時代から八木はやっていたんだな」

「そうかもしれませんね」

「だから佐古組のフロントもやつを重宝したわけだ。で、八木が持っているフラットワークって、やっぱり売り物なのか？」

「ネットでもいろいろなNPO名義が売りに出ていますからね。八木自身が山梨県内を回って見つけたんだと思いますよ。安く買い取ったんだろうな」

「ネタは暴力団関係筋から仕入れてるのかもしれんぞ」

「持ちつ、持たれつですか」

「ああ」

皆沢はペットボトルのカフェオレで喉(のど)を潤す。

皆沢が二本目のタバコに火をつけて、警察無線のスイッチを入れた。

——山梨本部から各局、甲府中央署管内、幸町(さいわいちょう)地内において銃撃容疑事件が発生した。現時点をもって初動活動を発令する。マル被は原付に乗り、黒フルフェイスを着帽、平和通り方向へ逃走している。ためらわず停止、職質実施せよ。

——甲府3、現着。

——甲府3、現着。マル害と接触でよろしいか、どうぞ。

——接触している。怪我はない模様。

ひとしきり聞き終えると、皆沢はタバコの煙を吐いた。

仁村は窓を少し開ける。冷気が入ってくる。

「おちおち離れられんな」

自嘲気味に皆沢が洩らす。

十一月十七日木曜日。午後二時半。東別館を出て三十分。夕方までに帰ってこられるだろうか。月なかばを過ぎて、日没がどんどん早くなっている。のんびり、山中湖くんだりまで行っている暇などないのだ。

「小山内の捜査は進んでいますか？」

仁村が訊いた。

「だめだな」

ぶすっと答える。

「ひとつ気になっていることがあります。お尋ねしていいですか？」

「ああ」

「発砲は一度きりでしたか？」

「どうして？」

「山梨総業の鉄砲玉が国井の命を狙うなら、もっとたくさん撃つんじゃないかなと思いますよ」

皆沢は唇に手を当てたまま、答えない。

「そもそも、着任してからずっと疑問でした。どうして甲府では暴力団抗争が絶えないんですかね？」

「武田信玄公の時代から栄えてきたからだろ」

「宿場ができて博打打ちが幅をきかせて、それがいまの時代まで連綿と続いているわけですか？」

「そうなる。いまの抗争だって長い歴史があってのこと。黒駒勝蔵って聞いたことないか？」

「清水次郎長と抗争していた甲州の侠客」

皆沢はタバコをはさんだ手を上げ、水平に動かした。

「このあたり、上黒駒になるが、昔は鎌倉街道の要衝だった。黒駒勝蔵が一家を構えていた土地だ」

左右に山塊を抱え、金川に沿う細々とした谷のあいだに人家が続いている。

「その血を受け継いだのが佐古組ですか？」

規模のうえでは到底太刀打ちできない滝川会を敵に回して、一歩も引かない佐古組というのはどんな連中なのか。

「三兄弟全員、血気盛んだ。対立抗争のときなんか、二丁拳銃でぶっ放して相手を半殺しにする。傘下の組が新宿に組事務所を作ったときも、百人引き連れて歌舞伎町を練り歩いたりしていたよ」

「派手だな。それで、夜な夜な総業・滝川軍団と街中で事を構えるわけですか」

「傘下の組の統制が半端じゃない。揉め事が起きると大号令がかかって、あっという間に集結する。ただ、佐古組そのものの歴史は浅い。いまの組長がやり手で、ここ十五年で一気に天下取りした」

山梨総業の二代目継承で内紛が起きた十五年前、佐古紀男は佐古組を組名乗りし、そのまま山梨総業の本部長に選任された。しかし、他組織の反目が強く、内部抗争が勃発して発砲事件が連続した。山梨県警は頂上作戦を実行、紀男を含め多数の逮捕者を出したという。

後方から百キロ近いスピードでセダンが追い越していった。

国道の先に、防音フードをかぶった山梨リニア実験線が近づいてきた。部下が撮った映像を思い出した。その真下を通過する。

「宮木政策局長がしばらく道を外れたのはこのあたりだったな」

仁村は前方を指さしながら、映像について説明した。

すると皆沢が体を起こして左の谷の方向を覗き込んだ。川に沿って家並みが続き、川向こうの山の中腹にも人家が散らばっている。

「この道を外れてから尾行をやめたのか？」

「狭い田舎の一本道ですから、尾行がばれちゃうし。入ったあたりで戻ってくるのを待っていたはずだけど……あ、ここ」

宮木らが入った横道を見つけたが、瞬く間に通り過ぎた。

国道の傾斜がきつくなる。アクセルを深く押し込んだ。寒くなってきたがヒーターを入れるほどではない。

「池井について、ちょっと訊いて回ってきた」

皆沢が言ったので、仁村は警察無線の音量を絞った。

「六年前の強姦だが、実際にあったかどうかは別にして、不適切行為として当時の石和署長は把握していたようだな」皆沢がタバコの煙を吐きながら続ける。「監察には報告しなかったらしいが」

「誰が言ってるんですか？」

「やめた署長から直に聞いたが、それ以上の事実関係は把握できていない。池井のいた当時、石和署で不祥事が続いていたのはおれも覚えている。若い巡査が盗撮騒ぎを起こしたりしてな。それに、池井の前々任は都留警察署の副署長だが、そのときは地域課の酒井とかいう巡査部長が職務怠慢を責められて自殺したりしてる。どうも、池井には不祥事がついて回る」

「いまごろになって、どうして穂坂登美子は六年前の事件を訴え出たんですか？」

皆沢は携帯吸い殻入れでタバコの火を消し、低く喉を鳴らした。

「誰に訊いてもわからん」

「監察は？」

「口の固いのがそろっていて話にならん。告訴されたあと、池井本人に会ったんだろ？」

「一度だけ。穂坂登美子の訴えは真っ向から否定してます」

「しかし、火のないところに煙は立たねえからな」

そう言い、じろりと皆沢は目を向けてくる。

「……同じ官舎暮らしで、その日は飲み会のあとタクシーに同乗して帰ったそうです」仁村は続ける。「酔っ払っていた穂坂を、二階の彼女の部屋まで送り届けただけと言ってましたけどね」

「そこまで行って一線は越えてないってか？　どうだろうな」

酔いが回っているのをいいことに、事に及んだ、と皆沢は言いたいようだ。

仁村としては、池井が犯罪行為に及ぶ光景が想像できない。

「まったく、ろくなもんじゃねえ」皆沢が続ける。「山梨県央信用組合はどうなった？　さっぱりじゃねえか」

「明日にも行きます」

「どこへ？」

「相手方へ」

「班長まかせか？」

仁村は答えなかった。

「ああ見えても、志田は剛腕だぞ」

「……のようですね」

「マル対の愛人と平気で寝て、ネタを取るらしいぜ。それにサンズイを内報してきた議員がいても、そいつは挙げない、とか。たとえ、そいつが工事にからんで甘い蜜を吸っていてもな」

「ときと場合によりますよ」

ふんと皆沢は鼻で笑った。

新御坂トンネルを抜けた。河口湖に向かって、どんどん下っていく。山中湖まで二十キロほど。ヘアピンカーブを抜け、トンネルをひとつ過ぎると、右に河口湖、正面に雪をかぶった富士山が見えた。富士河口湖町を通り、東富士五湖道路に入った。山中湖の出口から下りて、湖の手前を北に向かった。農地のあいだを走る。左側から雑木林がせり出してきた。

「あれか」

それらしい建物が視界の右手に入った。食事処の看板を掲げた切妻風の屋根を載せた建物がある。宮木政策局長が入った店だ。実物は大きい。

ハンドルを切り、店の駐車場に滑り込む。ほかに車は駐まっていない。

「ここで複数の男と待ち合わせしたんだろ?」

皆沢が洩らした。

〝名物ほうとう〟の日除け幕がかかっている。

「そうでした」

「その連中って、忍野村の企画課長たちじゃないのか?」

「……どうでしょうね」

落ち合った男たちの身元は確認できていない。

宮木がここに来たのは十月七日。その三日前の十月四日、宮木は忍野村の企画課長を連れて、新原のオフィスを訪問している。だからといって、落ち合った人間が忍野村の職員であるとは限らない。

車から降りた皆沢が一服つけたと同時に、彼のスマホが震えた。さきほどの銃撃事件についての報告のようだ。ダブルのスーツにクラッチバッグを抱え、黒のエナメル靴が傾きかけた日を浴びて光っている。

標高が高い分、甲府と比べて、冷え込みがきつい。コートを羽織った。

せわしない会話を耳にしながら、仁村は走ってきた山中湖方面に目をやった。農地が広がっている。三百メートルほど先に温室らしき大きなガラス屋根が見え、低い山が農地を囲むように左方向へ長く連なっていた。食堂の取り付け道路は、二百メートルほどでその山とぶつかっている。

電話を終えた皆沢とともに店に入った。広い。ホールと呼べるほど余裕がある造りだ。たっぷり間隔の空いたテーブル席と小上がりに客はいない。左手にある広々とした厨房に、ふたりの店員がいるだけだった。

昼食はすませているはずなのに、皆沢はほうとうと鳥もつ煮を注文した。仁村もほうとうを頼んだ。

厨房の店員がカウンターに近づいてきて、

「あ、すみません、ほうとうは売り切れです」

と頭を下げながら言ってきた。

「おざらは？」

「あ、用意できますよ」

ほっとした顔で店員が言う。

ほうとうより細い麺をつゆにつけて食べるものだ。夏場に何度か食べた。

「じゃ、大盛りで頼む。課長は？」

挑発してくるような目に、とっさに沸き立つものがあった。

「かき揚げうどんの大盛り。それからカツカレーも」

皆沢が目を剝いた。

「わかりました」

厨房の奥に引っ込もうとした店員を皆沢が呼びつけ、

「カツ丼の大盛りを追加で頼む」

びっくりしたような顔で店員は請けあい、引っ込んだ。

まだ足りないらしく、皆沢がカウンター越しに厨房へ何か声をかけ、すぐ横の席に向き合って座った。

「外で課長はやめてくれませんか」

仁村が声をかけたが、皆沢は小難しい顔をしたまま、視線を合わせてこない。

銃撃事件について思いを馳せているのだろうか。

店員がきな粉と黒蜜のかかったソフトクリームをふたつ持ってきた。信玄餅も差し込まれている。さきほど最後に注文していたのはこれか。ひとつを仁村に渡された。

「食え」

犬にでも与えるように皆沢が言うと、大口を開けて食べだした。

仁村もかぶりついた。

改めて窓から外を見る。

「しかし広いですね」

「ここか？」皆沢がソフトクリームを舐めながら頭をめぐらす。「たしか、山中湖村の委託じゃなかったかな」

「村営ですか？」

「個人じゃ、こんなでかい店は作れん」皆沢は窓の外を指した。「あの向こうにあるガラスのドーム、あれも山中湖村委託の花の都公園だ」

「たくさん施設があるな」

温室以外にも、凝った形の建物が五、六棟見える。

「花畑と農園のエリアに分かれていて、総面積は30万㎡ある」

「そんなに？　村営なんですよね？」

「どうして？」

「山中湖村って、五千人前後の村でしょ？」

「そうだな」

ソフトクリームがなくなるころ、カツカレーが運ばれてきたので、さっそくスプーンですくった。出汁がきいていて、なかなか旨い。手持ちぶさたそうに待っていた皆沢の前にも、鳥もつ煮とおざらが運ばれてきた。白い麵が山と盛りつけられ、その横につゆの入った椀。

「そんなもんですか。あっけなさそうですね」

つい口にした仁村に一瞬顔をしかめたが、皆沢は音を立てて麵をすすりだした。

かき揚げうどんが運ばれてきて、そちらに仁村は手をつける。

音を気にしないで麵をひと息にすする。皆沢が目を白黒させて、さらに大口を開けて麵を吞み込み、喉を上下させた。鳥もつ煮を仁村の前にも滑らせてきたので、ふたつほどまとめて口に入れた。

両者の器から半分ほどの麵が瞬く間になくなった。白目に血筋を走らせ、皆沢が仁村の目を覗き込んだ。何でそんなに食べるのかと言わんばかりだ。そちらこそと思った。早食い競争でもやるつもりか。大食い、早食いで負けたことはない。鼻から息を漏らし、盛大に麵をすすった。皆沢も麵を大量に箸ではさんで口に入れる。負けるものかと思い、頭に血が上った。麵を食いちぎり、カレーを頰張った。最後にやって来たカツ丼に皆沢が手をつけた。量では負けているような気がしたが、スピードでは圧倒した。待ってやろうじゃないか。

壁に貼られたメニュー札が目にとまった。煮貝とある。甲府に来て、一、二度目にしたことがあるが試したことはない。

訊いてみると、皆沢は指で小さな輪を作った。

「こんなちっちゃな貝の煮物」

「じゃ、ソフトクリームのお返しに頼みますよ。五つくらいでいいかな?」

皆沢はびっくりして、口の中のものを吐き出しそうになったのをこらえ、

「そんなにいらん」

「じゃあ、ふたつずつで四つ」

まだ何か言いたそうだったが、皆沢はカツを口にねじ込んだ。仁村は店員に注文した。

食べ物が大方なくなったころ、それがやって来た。

うやうやしい手つきで四皿がテーブルに載せられた。

「あわび?」

まるまる太った大粒のあわびだ。

皆沢が素知らぬ顔で最後に残った麵をすすり、つゆを飲み干した。そして、煮貝をつまむと豪快に丸ごと口に放り込んだ。四、五回嚙んであっさり呑み込むと、もうひとつ口に入れた。箸で合図をしてきたので、仁村もそれに倣って丸ごと口に入れた。味がしみていて、柔らかい。それでも咀嚼するまでけっこう時間がかかった。食べきってから、

もうひとつの煮貝を箸でつまんだ。半分ほど食べたとき、皆沢がカツ丼の残りを一気に平らげて箸を置いた。さあどうだという顔で見られる。癪に障った。仁村も煮貝を食べ切って、コップの水を飲み干した。

「お勘定」

皆沢が呼びかけると店員がやって来た。顎で仁村に渡すように促した。渡された伝票を見て目が飛び出た。

煮貝二万円――。

ひとつ五千円？

ほかの品は合わせて五千六百円。

皆沢が千円札を三枚テーブルに放り投げると、さっさと席を立って離れていった。残りの二万二千六百円と合わせて払い、一足遅れて店を出た。

腹立ち紛れにぽんと尻を財布で叩き、ポケットに入れた。

「痛いなあ」

仁村が言うと皆沢がとぼけた顔で振り返った。

「久しぶりに食ったけど、なかなかの味だったな」

そのまま、取り付け道路を山に向かって歩きだした。

「こんな山奥で海産物とは意外でしたよ」

「江戸時代だよ。伊豆でとれたあわびを浜で茹でて醤油に漬け、馬でこっとんこっとん甲府まで運んだ」と皆沢は自慢話を繰り出した。「馬の体温と揺れ具合でちょうどいい味加減になったわけだ」

「偶然の産物ですか」

「そういうこと」

「それにしても高いですね」

「課長の生涯賃金からすりゃ、はした金だろ」

「買いかぶりすぎですよ」

「まあまあ、そう言わずに」皆沢が馴れ馴れしく肩を組んだ。「今度、うまいほうとうを食わせる店に連れてってやるから」

「是非ともお願いしたいですね」

肩にこもる力が意外に強く、仁村は怒りが失せ、心強さを覚えた。

「スパイは見つかりそうか?」

「まだ照会の回答が返ってきませんよ」

「郵送じゃ時間がかかるからな」

「ええ」

「これからは、おれとあんただけで捜査したほうがいいかもしれん」

それもいいかもしれないと仁村は思った。

「こつこつやっていこうや、な」

「そうしましょうか」

皆沢がひと息ついたように公園のある方向を指し、「宮木は植物園のほうは行かなかったのか？」と訊いてきた。

「この先を左へ曲がったと思うけどな」

仁村が指した方角を皆沢は怪訝そうな顔で見た。

突き当たりの低い山の中腹に、刷毛で描いたように真っ直ぐ延びる白樺林がある。まばらな林の斜面に、家が十軒ほど建っていた。建物を水平にするため、柱で基礎を支えている家ばかりだ。

「ありゃ別荘だな」

と皆沢が言った。

「けっこう古そうだ」

造りの違う家々が勝手な方角を向いて建てられている。

山裾まで行き着いた。急傾斜の道が山に向かって延びている。

四辻に〝北富士別荘地　私有地につき無断駐車禁止〟の立て札があった。宮木らが辿ったように左に曲がった。

山沿いの道を進む。冬枯れた斜面に建つ別荘は、ほとんどがウッドデッキ付きだ。屋根が黒ずんで、外壁も変色した家が多い。やや上り坂になり、三分ほど歩くと道は三つ叉に分かれた。右方向へ続く道に車止めの赤いコーンがふたつ置かれていた。道はそこから雑木林の中に入っていく。宮木たちの動きを撮った映像を思い起こした。このあたりで四人の姿は見えなくなっている。ふたたび同じ場所に四人が現れたのは、十分ほどあとだったはずだ。

仁村は「こっちに行ったと思います」と言い、コーンのあいだを抜けて雑木林に入った。コナラや松がほとんどだ。広葉樹や松の落ち葉が積もって、アスファルトの道が隠れている。

風が強くなった。細かな塵（ちり）が舞い上がる。うねうねと曲がる道を三百メートルほど歩くと、やや開けた場所になった。排水溝が横切り、こんもりした土壁に遮られて、道が消えていた。そこから先は山道になっていて、七、八十メートルほど行ったあたりに工場のような大きな屋根が見えた。

皆沢は排水溝のところで止まり、地面を見ていた。

仁村もそのあたりに目を落とした。

赤いプラスチックの杭（くい）が打ち込まれている。十字の切れ込みが入っていた。境界杭のようだ。四メートルほど離れた木の際にも、同じ杭が見えた。

皆沢がスマホを覗き込んでいる。

「ここは、ちょうど山中湖村と忍野村の境界だな」

差し出されたスマホの画面に地図が表示されていた。皆沢が指したあたりに、境界を示す点線がうっすらと映っている。いまいる道に沿うように点線が延びて、一キロほど行ったところで西へ一直線に曲がっている。それは五キロほど続いて、また山中湖村の側に戻っていた。点線の外側が忍野村だ。ちょうど自分たちが歩いている雑木林を囲むような村境になっていた。

ごうごうと風が舞って、雲がちぎれるように動いていた。

「時間からすると、このあたりまで宮木らは来て、ほうとうの店に戻ったと思いますね」

と仁村は声をかけた。

「腹ごなしか？」

「散歩だったかもしれません」

「物好きだな」

ふたりで先に進んだ。山道はやがて舗装された道になり、工場団地のような場所に行き着いた。

「戻りましょう」仁村は言った。「こんなところまでは来てないと思います」

皆沢も従い、やって来た道へとって返した。

重くなった足でほうとうの店に向かう。

予想していた通り、やはり無駄足だった。

別荘地の前の十字路を右に取る。風がやんだ。タバコを吸い出した皆沢が県道を指した。道の向こう側にある雑木林がうっすらと煙っている。マッチの火のような黄色い炎がちらっと見えた。焚き火をしているようだ。

皆沢はほうとうの店を過ぎて、県道を渡った。バス停があり、左手は駐車場になっていた。その入り口のポールの脇のドラム缶で、職員が盛大に焚き火をしていた。入り口の横に小さな売店があるが、客はいない。駐車場に、五、六台の車が駐まっているだけだった。

ドラム缶に皆沢が歩み寄った。職員は木片を放り込む手を止めて、怪しげな視線を皆沢に送った。無理もない。誰が見てもその筋の人間に思えるからだ。仁村も横に並んだが、職員の顔は引きつっていた。五十代後半だろう。

「何燃やしてるの？」

皆沢が声をかけると、職員は、「はあ、切り出しが余ってるものですから」と言い訳じみた口調で答えた。

雑木林の整備で木片が出るのだろう。

「ここも花の都公園の駐車場なの？」

「そうです」

「おたくさんは村の職員？」

「はい」

「このあたりで、県が新しい道路や施設なんかを造る予定はある？」

「県ですか？」

「うん」

訊き方がさほどきつくないので、職員の顔も落ちついてきた。

「この通りは県道ですけど、どうかなあ、ないと思いますけど」

言いながら、木片をドラム缶に投じる。火の粉がぱっと散った。

「よく燃えるね」

「そうですね」職員は鉄ばさみでドラム缶の中をかき回す。「松ヤニが入ってるし、けっこう燃えますね」

皆沢は怪訝そうな顔で、すぐ横に生えている木に歩み寄った。

「これ松なの？」

枯れた松の木が立ち並ぶなかに、青く茂る木が何本かあった。それらの木から伸びる緑色の枝は、棘々した独特の形をしている。クリスマスツリーに使う木のようだ。

「それはハリモミですけど」

「何？」

「ハリモミですよ。モミとつきますけど、マツ科の木です」

「ハリモミ」

そう口にした皆沢が、しかめっ面になり、県道まで戻った。

「どうしました？」

声をかけると、両眉を上げて仁村を振り返った。

「小山内景子が救急車のなかで」そうつぶやくと、手を顎に当てた。「あのときたしかに言った。ハリモ……」

仁村はやや拍子抜けした。

「それがハリモミですか？」

皆沢は真剣な表情を崩さない。ドラム缶のところに戻り、職員に声をかけた。

「ハリモミって、珍しいよね。ここだけなの？」

「こんなところに生えているんですけどね」と職員はハリモミの木に近づいて、落ち葉に覆われた地面を足で示した。拳ほどの岩が露出している。「これ富士山の溶岩なんですけど、江戸時代、この上に根づいたんですよ」

「でも、ほかはたいていアカマツだよね」

あたりの木々を見ながら皆沢が問いかける。松の幹はどれも赤い。

「そうですね、最近は増えてきちゃって」

「ハリモミってあまり聞かないけど、珍しいんですよね？」

仁村は割り込んだ。

「そうですね。日本でもところどころにしかないし、まとまってあるのは世界中でもここだけですよ。ハリモミ純林と言って、国の天然記念物になってます」

少し誇らしげに職員は言った。

「世界のなかでここだけ？」

皆沢が驚きの声を上げたので、職員は肩をすぼませた。

「そうですよ。このあたり一帯、100ヘクタール以上にわたって生えてます。向こうですね」

職員は県道の先を指した。

暮れかかった雑木林に煙がたなびき、県道は雑木林に吸い込まれるように消えてなくなっている。遠目のせいか、アカマツの赤っぽい幹が見えるだけで、ハリモミの形をした木々は視認できない。地図からして、純林はほとんど山中湖村の区域内のようだ。

「ハリモミって長寿ですけど、代替わりが難しくて根付きません。ここ五十年は台風の害がひどくて、一度倒れたところにカエデやアケビみたいな落葉樹が侵入して、林自体の再生ができなくなっていますからね」

むだなことを聞いているような気がして、興味が薄まった。

「じゃあこのあたりは、国所有の土地なの？」

皆沢が続けて訊いた。

「いえ、いまは地元の管理組合の持ち物ですよ」

「管理組合っていうと、イリアイか？」

また意外そうな顔で皆沢が口にした。

「そうですね」

皆沢とともに、ほうとうの店の駐車場に戻る。

「イリアイって何ですか？」

「入るに会う、と書いて入会。課長は東大法学部卒だろ。入会権とか聞いたことないか？」

「そっちですか。知ってますよ」

地域住民が一定区域の山野を共同で使い、草や薪などを採取する権利だ。エリアが広ければ財産権も生まれる。

「山中湖入会管理組合っていうやつでな。昔から自衛隊の北富士演習場に土地を貸していて、年間五億円近く国から入ってくるんじゃねえかな」

「すごいな」

「金が余ってるから、あちこちに温泉造っちゃあ、ぽんと村に寄付したりしてる」

「ほー」

「まあ、それはともかく、出るものが出たな」

皆沢はつぶやいた。

「ハリモミですか？」

「ああ。知事はいまごろ戦々恐々としてるぞ」

何を言い出すかと思えば……。

「そうですかね」

ハリモミが何だというのだろう。二課が捜査を中止したことを知事は知っているはずだ。のうのうと羽を伸ばし、無尽講で演説をぶっているくらいが関の山ではないか。

皆沢は一度深呼吸して、片眉を撫(な)でた。

「警察にしょっ引かれる夢を見てる。人間なんてそんなもんだ。ここは慎重にかからんといかん」

確信のこもった言い方だが、仁村は首をかしげた。知事はそこまで気にかけているのだろうか。

23

翌日。昼前。

山梨総業幹部の取調べを部下にまかせて、皆沢は東別館に戻った。六階の捜査二課まで上がる。課長と班長の志田は不在だった。庶務の守谷に視線を送り、壁際に積まれた段ボール箱の前に立つ。目当てのものはすぐに見つかった。取り出してから、守谷にノートPCを用意してもらい、いつもの席に着いた。喉(のど)が渇いていたので、赤池にお茶を頼む。

ノートPCの電源を入れて、ブルーレイディスクを挿入する。タイトルと日付け一覧から、〝宮木2011.10.07〟を選び、早送り再生させた。

十時五分、県庁本館の表玄関で、黒塗りの公用車に宮木の体が収まる場面から始まる。中央自動車道を経由して御坂みち上り坂を走行、途中、国道から外れ三十分ほどして御坂みちに戻った。富士吉田経由で山中湖近くのほうとうの店の駐車場に入る。

赤池がペットボトルのお茶を横に置いたので、礼を言い画面に目を戻す。

車から降りた宮木は、駐車場に先着していた三人の男と挨拶を交わし、店に入った。男らの顔は確認できず、ミニバンのナンバーも見えない。映像がいったん止まる。

二十五分後、ふたたび、動画が始まる。カメラを置く位置が変わっていた。店を出てきた四人は昨日、仁村とともに歩いた道をたどった。植物園方面ではない。やがて雑木林の中に消え、十分経って、ほうとうの店に戻ってきた。駐車場で別れ、宮木を乗せた公用車は元来た同じルートで甲府に帰っていった。

とりたてて、怪しい動きはない。

今度は有泉知事の視察結果報告書のバインダーを開けた。

同じ十月七日分をめくる。

09：02　公用車にて、県庁出発
10：27　東京、国交省到着
　　　　大規模地震防災対策の充実・強化のための要望
11：30　丸の内、京田地所到着
　　　　山梨県産材の利用拡大の推進に関する協定締結最終協議
13：23　京田地所出発

15：16　ホテルベルコモン甲府到着

　　　　山梨県総合計画審議会第六回総会

18：55　ホテルベルコモン甲府出発

19：21　自宅到着

皆沢は首をかしげた。警備課作成の知事スケジュール表も調べる。十月七日には、視察結果報告書と同様の記載があった。

知事はこの日、出身の国交省で要望活動を行い、後輩たちと挨拶を交わしただろう。古巣での晴れ舞台だ。それに、山梨県は県面積の八割を森林が占める森林県であり、県産材の利用は知事にとって焦眉(しょうび)の急の施策になる。

一方の宮木は、誰と会ったにせよ、ほうとうを食べに山中湖くんだりまで出かけ、少し散歩しただけに見える。かりにも政策局長たる宮木だ。重要施策の打ち合わせで上京した知事の付き添いをやめてでも、大事な何かがあったのか。

改めて、同じ日の宮木の視察結果報告書を見てみる。

十時に単独で県庁を出て山中湖村方面に出向き、午後二時前に帰着。そのあと、ホテルベルコモン甲府に赴いて知事と合流した。総合計画審議会の総会に出席したのち、知事を自宅に送り届けている。県庁に戻り、八時半に退庁し、ひとりで甲府市中心街方面に飲みに出かけた、とある。

疑念が渦巻く。同じ日の行動確認対象者の秘匿撮影ビデオを順繰りに見る。

クラブ秋江の監視ビデオを見てから、宮木の尾行映像を見る。

夜八時半、宮木は徒歩で県庁を出た。甲府市中心街に向かって歩いている。オリオン通りから岡島百貨店を回り込んで、弁天通りに入った。銀座通りとぶつかる角のバービルの一階にすっと消えた。報告書に宮木が入店した店の名前の記入はない。報告はここで終わっている。

胸がざわついた。この早川ビルには十店舗近いバーが入居しているが、三階の〝椿〟は佐古組組長の紀男の愛人が経営している店ではないか。まさか、そこに入った？

気になり、ほかの日の宮木の行動確認の撮影ビデオを見た。

朝から夜まで、知事にくっついていて、単独で出歩くのは少ない。それでも、三回ほど単独で出歩く姿が捉えられていた。

そのうちの三度目、十月二十日木曜日の晩。午後七時、宮木はひとりで県庁を出て弁天通りを歩き、やはりこのバービルに入った。悪い確信が深まる。二課の捜査員は椿のママが佐古紀男の愛人であるのを知らないようだ。

宮木は裏であの佐古組とつながっているのか？　いや、かりにも、知事の側近中の側近なのだ。それはないはずだ。

再生させたままの映像に、ちらっとその姿が映った。何かが引っかかった。巻き戻して、もう一度スロー再生させた。

宮木が入店して二分後、銀座通りから背の高い痩身の男が同じバービルに入った。一時停止させ、画面に目を近づける。あっ、と声が出そうになった。

この男か、と皆沢は思った。仁村も志田も、気づいていない。あやうく自分も見逃すところだった。それにしても、ふたりが同じビルに入ったのが偶然でないとしたら……。

仁村よ、おまえは本当に甘い──。

スマホが震えているのに気づかなかった。辻からだ。

「あ、室長、朗報です──小山内景子死亡事案に関わったとみられる車がわかりました」

耳を疑った。

「検問のすきを突いて、弁天通りに進入した車が映ってる録画映像が見つかりました」

「銃撃の時間帯か？」

「どんぴしゃ」

銃撃のあった時間帯には、エル西銀座で、佐古組と山梨総業の組員の衝突があった。中心街に散って警戒に当たっていた警官が全員そちらに向かったはずだ。その手薄になったとき、進入したというのか。

「すぐ行く」

オフボタンを押し、ノートPCの電源を落とした。

「片づけておいてくれ」

赤池に声をかけ、二課を飛び出した。

24

男は入店してくると、テラス席にいる志田にすぐ気づいた。小太りで濃紺のスーツ姿。店員に声をかけて、歩み寄ってきた。軽く会釈し、駐車場が背になる席に腰を落ち着ける。

「こんにちは」

つぶやくように言って、ビジネスバッグを横に置く。

ネクタイをきっちり締め、髪は短く、顎が尖っている。背広の襟に小さなバッジが光っている。きちっと頭を下げ、斜め前にいる仁村に名刺を寄こした。

山梨県央信用組合
本店営業部融資相談シニアマネージャー　手塚俊夫

とある。

「こんなところでよかったの？」

志田が気軽そうに声をかけた。

「はい、目立ちませんから」

「なら、いいけど」

「なかなか時間が取れなくてすみませんでした」

ここは甲府南インターチェンジに近い中道公民館に併設されたカフェ兼食堂だ。窓際にあるテラス席で、背の高い観葉植物で囲われているため、姿も見られず会話が外に洩れる心配はない。十一時前で店内に客はいなかった。

「そう言うけど、ほんとは会いたくなかったんじゃないの？」

ふたたび、志田が尋ねた。

「とんでもありません」手を振り、答える。「朝から晩まで、新規開拓に走り回っていますので」

この三月まで、手塚は山梨県央信用組合の本店の営業部長を務めていた。三年前の秋、部下の営業係長の着服が発覚し、組合は刑事告訴に踏み切った。そのときの警察側の窓口が志田だった。それ以降も、連続して不祥事が発覚し、志田が相談に乗っていたのだ。本店の営業部長なら常勤理事のポストも望める。しかし、上層部に対しての物怖じしない発言が禍して、融資相談窓口に回されたという。組合の内情を知り尽くしているのも、左遷された理由に違いないと志田は言っていた。

「改善命令を受けてから、組合は最近どう？」志田が訊く。「財務局の立ち入り検査は厳しかったろうね」

「はい、法令遵守からはじまって債権管理まで、すべて落第点でした」

自虐めいた発言に、志田が苦笑いで返す。

「公的資金の注入の噂が流れてるけどあれは本当？」

「申し訳ありません。それは避けられない状況です」

我がことのように手塚は頭を下げた。

「手塚さん、あなたのせいじゃないよ。どれくらいの額になるの？」

「年明けに、百億ほど注入される予定です」

「そこまでか」

驚いて志田は腕を組み、椅子にもたれた。

手塚のコーヒーが運ばれてきて、会話が止まる。

「職員も大変だろ？」

改めて志田が訊いた。

手塚は無念そうな顔でコーヒーをすすった。

「全職員の年収は三割カットです。それと早期退職制度で、五十人近く年末までに去っていきます」

「そうすると六百人を切る？」

「残念ながら」

「うーん……合併したときは資金量で全国三位の信組に躍り出たのにね」

「それでも、甲陽には勝てませんでしたから」

だからむりな融資に走ったのだろうか。

志田がテーブルに両ひじを乗せる。

「経営陣の責任はどうなるの？」

「来年二月の総代会限りで退任します」

「……理事の浅利達三も退任？」

「もちろんです。あの方がすべての……」そこまで言って、手塚は言葉を呑み込んだ。

「浅利さんて、合併前は旧甲府信用組合の代表理事だったよね。甲府信用組合はいまの県央信組の柱だったでしょ？」

「もちろん、そうでした。でも、旧甲府信組は資産査定が甘い上に、不良債権を隠していたんです。改善命令が出された理由はその一点に尽きます」

驚いた。いまの県央信組の土台は元から腐っていたというのか。

志田が容赦なく問いかける。

「不良債権というと？」

「暴力団関係企業への融資です。旧甲府信用組合の時代から、十年以上にわたって繰り返し実行されていました」

「合併のとき、切れなかったの？」

「甲府信用組合の取引先だから、大丈夫だという暗黙の了解があったみたいで」

「うーん」

志田も無念そうに天井を仰いだ。

驚くべき話の連続だが、肝心の部分に踏み込まなくてはいけない。

「手塚さん、暴力団関係企業というのは、トキワ商事ですね？」

と仁村は口をはさんだ。

「はい、トキワの土橋さんと浅利さんは長いつきあいです」手塚は志田の顔を見て言った。「こんな数字です」

ホッチキス留めされたA４の紙をバッグから取り出し、志田の前に滑らせた。

トキワ商事の貸借対照表と損益計算書。過去三年分ある。

さっそく志田が目を通す。見終えたものが仁村に回ってくる。

（平成二十年度）
貸借対照表　純資産　△一億二千二百万
損益計算書　売上　二億五千七百万
　　　　　　経常利益　八千百八十万

（平成二十一年度）
貸借対照表　純資産　△一億二千二百万
損益計算書　売上　一億三千三百万
　　　　　　経常利益　四千三百万

（平成二十二年度）
貸借対照表　純資産　△二億五千六百万
損益計算書　売上　二千五百万
　　　　　　経常損失　△三百二十五万
　　　　　　純損失　△一億七千六百万

「……三期連続で大幅な債務超過ってことですか？」

目を落としたまま、仁村は志田に尋ねた。貸借対照表の赤字は、債務超過を示している。

「そのようです。本業がおろそかになっています」

手塚が答える。

融資元元幹部の他人事のような返答に仁村は呆れ、腹の虫の居所が悪くなった。

「会社の体をなしていないな」志田が言った。「借入額はどれくらいなの？」

「この三年間とそれ以前の十年分を合わせると十三本、合計五億一千万円の貸付残高になります。返済額は七千万円ほどしかありません」

「それでまた、去年の十一月に八億円の借り入れをしてるよね。そんなこと、可能なの？」

理解に苦しむ顔で志田が続ける。

「二年前、それまでの債務が証書貸付に切り替えられました。生じた利子については利息分の追い貸しまでしています。それすら返済されていないみたいです」

「それって浅利さんの指示？」

「八億の貸付も含めて、ほかにないと思います」

「それが不良債権隠しになるわけですね？」

仁村が強い調子で訊くと手塚の額に深いシワが寄った。

「……それにほかなりません。整理回収機構も匙を投げたらしいです」

「それが公的資金注入の決め手になったわけか？」

手塚はまた軽く頭を下げた。

「そう聞いています」

あらかた聞き終えたという顔で志田がため息をつく。

「それで手塚さん、その八億の融資決裁書は見つかるかな？」

肝心の証拠書類だ。

さすがに手塚は即答できなかった。

「ああ、すまない」志田が追いかけるように言う。「もう本店業務からは離れてるよね」

手塚は首を伸ばし、志田の目を覗き込んだ。

「どうしてもとおっしゃるなら……」

「無理しなくてもいいから」

そういう志田の顔に期待がこもっていた。

仁村はもっと強く出るべきではないかと思ったが、志田に目で制されて黙った。

「これから組合は厳しくなるよね」

志田が労りの声をかける。

「はい、年明けには新しい理事が整理回収機構から送り込まれてきますから」

「職員一丸となって組合の再建にかからないといけないよね。でも、あまり無理して体を壊すことのないようにね」

「ありがとうございます。わたしが選んだ組合ですから」

手塚は唇を嚙みしめて、席を立った。

彼を送り出してから帰途についた。

「どうかしましたか？」

ハンドルを握る志田に訊かれた。

「反社のフロントへ堂々と融資を回していたっていうのが信じられなくて」仁村は言った。「腐れ縁というだけじゃ説明つかない」

手塚の説明を聞いても、到底納得できなかった。

「キックバックもあるだろうし、ネタを握られているかもしれないですね」

「脅しでそう何年も続きますか？」

「わからないですよ。こっちだって」

志田は不機嫌そうに口を閉ざし、スピードを上げた。

「そういえば、通信記録の回答、遅いですね」

もう照会を出してから十日以上すぎている。

「帰ったら問い合わせますから」

志田の答えは軽い。

現金授受の当日をまた思い起こす。ホテルに新原を待たせて、有泉がホテルに到着した。有泉が入り口から中に入ったとき、まず水越から連絡が入り、そのあと小倉、久保と報告が連続した。彼らはホテルのフロント近くに散っていた。ふたりが部屋に収まり密談をかわしてしばらく経ったとき、いきなり久保から宮木がエレベーターに向かったという連絡が入った。問題はこの間だ。現場からの無線報告は七人全員がモニターしていた。誰が宮木に教えたのか？　露見後はあたふたと有泉が部屋をあとにする報告が久保と水越から入った。スパイは誰か？　何度反芻（はんすう）しても闇の中だ。

25

午後七時。仁村は城東通りのアーケードから、弁天通りに入った。相変わらず物々しい警戒ぶりだった。辻（つじ）ごとに、警杖（けいじょう）を把持した機動隊員が目を光らせている。人気が少ない。銀座通りを突っ切り、裏春日通りまで来た。昔ながらの居酒屋やカラオケ店が多くなる。小山内景子が銃撃された路地を過ぎた。特殊浴場の看板がやたらと多くなる。ボアコートを着た特殊浴場のキャッチに声をかけられた。男の横に〝ほうとう松本〟の看板があった。通りから十メートルほど引っ込んだところだ。ひっそりとそれらしい暖簾がかかっている。男を避けて、ほうとうの店に入った。

細長い造りになっていて、小上がりに黒光りする細長い座卓が奥に向かって五つ並んでいる。そのいちばん奥の、七福神の壁掛けの下の席で、格子柄のブレザーを着込んだ皆沢が、音を立ててほうとうをすすっていた。客はほかにいなかった。靴を脱いでその前に座った。

皆沢はちらっと顔を上げて、「飯はまだだろ?」と壁に貼り出されたメニューの短冊を指した。

「この店な、こいつが旨い」

と皆沢は太い指で半分ほど中身のなくなった器を指した。

「じゃ、それでお願いします」

言うと皆沢は太った体を曲げ、格子で隔てられた厨房に向かって、「デラックスひとつ」と声をかけた。鉢巻きをした六十がらみの店員が、「はーい」と返事を寄こす。

コップの冷酒を傾けながら、皆沢が残りを平らげた。仁村も冷酒を頼んだ。足りないらしく、皆沢は鳥もつ煮とそばがきを追加注文する。

十分ほど待たされ、熱そうな鉄鍋が目の前に運ばれてきた。ふたを開けると湯気が立ち上り、かぼちゃや鳥肉がごっそり入ったほうとうが姿を現した。箸を突っ込み、真ん中に入った生卵をかき混ぜる。汁のしたたり落ちるほうとうを口に含んだ。みそ仕立ての濃厚な汁が口の中に広がる。

「いけるだろ」

鳥もつ煮を口に入れながら、皆沢が訊いてくる。

「なかなかいい味です」

麺は太くてもっちりしている。すいとんの食感に近い。大きめにカットされた白菜は柔らかく、味がしみていた。

呼ばれた理由も聞かないまま、食べるのに熱中する。

きょうの午前に山梨県央信用組合の手塚と会って得られた情報を話した。聞き終えた皆沢が、「信用組合、とことん追い詰められてるのか」と感想を洩らした。

「ひどい話じゃないですか？　佐古組はそんな組合から八億円も引いてる」

「いまに始まったことじゃないからな」そばがきを頬張りながら、皆沢が言う。「こっちは、小山内景子を撃ったやつが乗っていた車がわかった」

皆沢の言葉に、仁村の箸を持つ手が止まった。

「この弁天通りの駐車場に駐めていたタクシーのドライブレコーダーに、それらしい映像が残ってる」

「ドライブレコーダーに？　珍しいな」

「事件があった日のまさにその時刻、黒のミニバンが北から進入して南に走り去った」

「車種は？」

「エルグランド」皆沢が箸を右に振る。「この店の前を通って、この先の交差点を左折した。交差点にある銀行の防犯カメラの映像にも残っていて、ナンバーも読める」

「見つかったんですか？」

「盗難車のナンバーだった。Nシステムで追いかけてるが、まだ車は見つかっていない」

「その車にヒットマンが乗っていたんですか？」

「だろうと思う」

佐古組の国井を追いかけていたのだろうか。

二本目の冷酒を注文する。

「わからないことがある」皆沢が続ける。「当日、小山内景子がどこからやって来たかだ。彼女の歩いてる姿は中心街のどの防犯カメラにも映っていないし、目撃証言も出てこない。心当たりはないか？」

「わたしが？　ありませんよ」

「あんがい、昔は中心街でホステスをしていたんじゃないか？」

「そんなことは聞いていません」

しかし、黙っていた可能性は捨てきれない。

「小山内のマンションの住民は何か言ってますか？」

皆沢は首を横に振った。

「つきあいのある人間はいない。ただし、仁村課長が最後に電話をした夜、彼女は不在だったと隣人が言ってる。それ以降も、一度も部屋に帰っていないみたいだ。大家も面倒見が良くて、何度かマンションの部屋を訪ねたが不在だったそうだ」

「会社も休んで、いったい小山内はどこにいたんですか？」

「こっちが訊きたい。その晩を境に、彼女の携帯は使われていないし、つながらないままだ」

皆沢と調子を合わせるように、冷酒をあおった。

暴力団抗争の巻き添えを食らって命を落とすなど、不自然きわまりない。しかも、直前の一週間は行方をくらませている。その間、連絡を取った者もいない。

「かりにですよ」仁村が口を開いた。「これが殺しだとしたら、どう考えます？」

皆沢の赤くなった目が仁村をとらえた。

「口封じと見れば自然かもしれん」

「〝ハリモミ〟ですか？」

最後に彼女が残した言葉だ。

「必死で伝えたかったのはたしかだ」言うと、空になった仁村の鉄鍋を見る。「どうだ？　もう一杯食べるか？」

「いいですね」

仁村はおざらと三本目の冷酒を注文した。

皿に残った鳥もつ煮をつまみながら、「髪が伸びましたね」と皆沢の顔を見て言った。

すると皆沢は髪を手でしごきながら、「床屋に行く暇がなくてな」と返した。

「皆沢さんの着ているものとか、マル暴と似ていますけど、組対の刑事さんて、自然とそうなるものですか？」

容姿についてはさすがに口にできなかった。

皆沢は噴き出しそうな顔で、「何だよ、急に」と返す。

「あっ、ちょっと気になっていたので」

「自然ちゃー自然だけど、意識してるときも多いな」

「どんなときに？」

「たとえば、暴力団員のエスから街中で情報を取るときの場面を想像してみたらいい。刑事でございって顔して街で会ってるのを見られたら、そのエスは生きていられなくなる」

「ああ……ですね」

そのときの用心のために、自ら暴力団員を装うようだ。昔から抱いていたささやかな疑問が解けた。

やって来たおざらに手をつける。皆沢も残った食べ物を片づけだした。

八時過ぎ、店を出て、甲府駅方向へ足を向ける。

「ハリモミの件な。二課で見させてもらった」皆沢が言った。「宮木政策局長が山中湖村に出張した十月七日、知事は東京で重要な会議が目白押しだった」

「あ、そうだったんですか」

「見てないのか？　宮木が同行しないのはえらく不自然だぞ」

「明日、見ておきますから」

警戒についている地域課の警官が皆沢に挨拶してきたが、皆沢は応えなかった。

銀座通りを渡った角のところで、皆沢が仁村の着ているコートを引っ張った。

皆沢が真顔になったので、何事かと仁村は思った。

「そこのバービル」皆沢が太い首を曲げて、角のビルを示した。「十月二十日の夜、宮木があの中に入ったのが二課の行動確認のビデオに残っている」

十月二十日は、甲府ロイヤルホテルで知事と新原が密会する二日前だ。

「三階に〝椿〟というバーがあるが、佐古組の組長の愛人が経営している」

「まさか、その椿に宮木が入ったわけじゃないですよね？」

知事の懐刀が悪名を轟かせている暴力団の組長と会うなど、考えられない。

「同じ日、もうひとりビルに入っていったやつがいる」皆沢が続ける。「ビデオに映っていたが知ってるか？」

「知りません」

「武智さんだよ」

「タケチ……生安部の参事官が？」

突っ立って見ていたので、皆沢に引きずられるようにバービルの前を通り過ぎる。

「偶然にしちゃ、できすぎてると思わんか？」

歩きながら皆沢が声をかけてくる。

そういえば、このところ、武智の娘から弁当の差し入れが止まっている。

「ふたりが椿に入店したと言いたいんですか？」唐突すぎて、どう答えればよいのか、わからなかった。「あのビル、十軒ちかいバーが入居しているんでしょ？　ふたりが椿に入ったとは限らないですよ」

「入ったとしたらどうだ？」

当然、顔を合わせることになる。

「おれも最初見たとき、信じられなかった。でも、事件の当事者が県警の幹部と同じビルにこそこそやって来るのも変だ。ふたりが会ったとしたら何を話したと思う？　その二日後に、仁村課長はとんでもない目に遭ってるが」

「密会現場で、うちがちくられたこと？」ようやく皆沢の言いたいことがわかった。きょうの用件はこれだったのだ。「まさか武智さんが椿に宮木を呼び出して知事の贈収賄事件の捜査をちくったと？」

皆沢は厳しい顔のまま、弁天通りの入り口で止まった。検問についている機動隊員に声をかけ、通りを振り返った。

「この九月、県の建設業対策室からうちに、富士河口湖町の長井建設興業っていう会社の役員が暴力団関係者かどうかの照会があった。阿久津っていう男だけどな。こいつはれっきとした暴力団員だが、生安から暴力団員である旨の回答は延期してくれと頼まれた。産廃の不法投棄で捜査中だからと言って」

「武智さんの依頼で？」

皆沢は意味ありげにうなずいた。

「その阿久津ってのは、二代目奥村組の舎弟だ」

「たしか、七月の分裂騒動で佐古組と一緒に山梨総業から抜けた組でしたよね？」

組長の奥村は武闘派で知られる存在で、仁村も新聞で何度かその名前を見ている。佐古紀男の右腕とも言われているはずだ。

「そうだ。カチコミなんかも、いの一番にやる連中だ。調べてみたが、長井建設興業が不法投棄をしている事実は見当たらん」

「じゃ、武智さんはどうして横やりを入れてきたんですか？」

訊くとまた皆沢は歩き出した。

「それはわからんが、何度か佐古紀男とゴルフの打ちっ放し場で一緒に練習しているのをうちの連中が目撃している」

「武智さんが佐古と？」

「ゴルフクラブ一式を贈られたっていう噂もある」

黙々と歩く皆沢のがっしりした背中が縮こまっている。

寒さのせいではなく、事実を必死で整理する姿に見えた。

いずれにしろ、その解答はあるのか？　疑念を晴らす方法があるとしたら……。

「皆沢室長」とその背中に向かって声をかける。「もう一度、ハリモミの確認に行ったほうがいいかもしれない」

その太い首が縦に動いた。

26

十一月二十六日土曜日。午後二時。

雲ひとつない青い空に富士山がくっきりと浮かんでいる。山中湖の手前で左に曲がり、九日前と同じ県道を北にとる。以前より前後を走る車が多い。右手の山の背に、温室が見えてきた。花の都公園だ。県道から温室につながる長い木道のようなものがあり、そのうえに人が群れていた。

「公園で何かイベントでもあるのかな？」

助手席で皆沢が言った。

「人は動いてないですよ」

多くは、富士山の方角を向いたまま、足を止めている。着ぶくれした格好でカメラらしきものを抱え、あちこちに三脚も立っていた。

花の都公園の駐車場の入り口は、渋滞していた。五分ほど待たされて、ようやく中に入ることができた。どうにか車を駐める。車から降りたとたん、冷気が襲ってきた。冬本番の寒さだ。前と同じ薄手のコートを着てきたのを後悔した。黒いレザーのトレンチコートをまとった皆沢は、イタリアンマフィアの出で立ちだった。すれ違う客たちが避けて通る。

県道を渡った。日が短くなり、あたりの空気はうっすらと黄金色に染まりだしている。ほうとうの店の駐車場も、車で埋まっていた。食堂の取り付け道路にも、三脚に本格的な機材を取り付けたカメラマンがずらりと並んで、木道の方角を向いている。

仁村も木道の方角に体を向けた。ずっと先に雪を戴いた富士山がそびえていた。綿のような雲がゆっくりと左から動き、裾野を隠そうとしている。頂上の左上で、丸いサーチライトのような陽が瞬いて、青みがかった空を透かしていた。八合目あたりまで、富士山自体が作る黒い影に覆われている。夜と昼を同時に目にしているような、幻想的な光景だった。九日前に見た富士山とはまったく違う。

日の翳りだした道を、皆沢と肩を並べて別荘のある山に向かった。

手がかりがあるとするならハリモミのみ。とにかく、ハリモミの純林に入ってみる。それしかない。

別荘へ続く四辻の駐車場に、三台ほど車が駐まっていた。坂の手前に立つ工房の看板

を指して、

「ちょっと上がってみるか」と皆沢が言い、ひび割れたコンクリートの坂道を歩き出した。

「武智の件、志田に訊いたか？」

息をつきながら皆沢が言った。

「訊きました。例のビルにあるクラブは県警の連中もよく使うと言ってました」

「そんなこと言ったか」

「丹羽部長にも訊いてみましたが、似たような答えでした」

「ふーん。五人組はどうだ？　スパイ見つかりそうか？」

「まったく」

「通信記録の回答はまだなのか？」

「遅れてます」

「時間かかりすぎるな」

傾斜がきつい。五十メートルほど登った左手に、コンクリート製の二階屋があった。せり出した大きな窓に工房の名前が貼られている。その先で道は二股（ふたまた）に分かれていた。右手の道は落ち葉に覆われ、その先は暗い森があるだけだ。掃除された左側の道をたどった。少し先にある道ばたで、紺の防寒服姿の男がこちらを見ていた。こちらが気づくと、はっとしたような感じで飛び退き、そこから消えていなくなった。

何事かと思い、そこまで急いだ。枯れた庭の斜面を駆け上っていく後ろ姿が見えた。自分たちを避けるために逃げたようだった。

姿が見えなくなり、上からバタンと音がした。

「どうしたんですかね？」

皆沢に声をかけた。

「ちょっと、話を訊きに行ってみるか？」

皆沢は仁村を追い越し、庭に作られた小道を上った。

さほど新しくない別荘の脇を通って、山側に出た。

岡崎（おかざき）という表札がついたドアをノックする。

応答がない。

「山梨県警の者です。開けていただけませんか」

仁村が言い、強く叩（たた）くと、ロックが外れる音がした。七十がらみの白髪の男がぬうっと顔を見せた。さきほどの男だ。皆沢を見つめる目に、怯（おび）えと怒りのようなものが浮かんでいる。

「売らんぞ……」

かすかに男の口から洩（も）れた。

仁村が警察手帳をかざして、男に見せた。

「怪しい者ではありませんので」

そう呼びかけると、男の顔から緊張が解けた。

「そうなの……」

ほっとしたようにため息をつく。

「ちょっと、お話しさせていただけませんか？」

皆沢が声をかけると、男は半歩退いて身構えるように両手を内側の戸にあてた。

まるで、いまにも危害を加えられるのではないかと、警戒しているような感じだ。

「お父さん、どうかした？」

皆沢がふたたび口を開けると、また男は顔をしかめ、「あんたも警官なの？」と訊いてきた。

皆沢が警察手帳を男に見せると、ようやく男は安堵の表情を見せた。

「おれのこと、ヤクザもんか何かと勘違いした？」

皆沢がおどけて言うと、男は頭を掻いて「ちょっと」と洩らした。

「お父さん、悪いな。こんななりしてるから、いつも間違えられちゃってさ」

そういう皆沢だが、小さな変事を嗅ぎ取ったようだった。

「おれみたいなのが、おたくに来るの？」

続けて皆沢が訊く。

男はまだ完全に警戒を解いていないようだった。

「しょっちゅう来てたよ」

と小声でつぶやく。

ますます、わからなくなってきた。

「わたしたち、山梨県警本部から来ました」仁村が言った。「決して怪しい者ではありませんので」

「きれいな部屋だね」皆沢が戸の奥に見える窓を見て言った。「ちょっと、上がらせてもらっていい？」

ぶしつけな頼みに、男は仕方なさそうに応じた。

皆沢について、靴を脱いで上がる。

十畳ほどもあるフローリングの居間は、きれいに片づいていた。木の壁もソファセットも古く、部屋の隅に置かれたスチール机に、アルバムが立てかけられている。続き部屋から、細君らしい六十代後半の女性が出てきてソファセットのテーブルにお茶を置いていった。

「あ、奥さん、どうもすみません」

と皆沢が声をかける。

細君はちょこんと頭を下げて部屋から出ていった。

大きく取られたガラス窓から、杉や白樺（しらかば）の木を手前にして、富士山が一望できる。目を凝らすとジグザグになった登山道も見えた。頂上から手の届くほどのところまで太陽が下りてきて、きらめく陽光を放っていた。

「しかし、いいところですねぇ」皆沢が感嘆したように言う。「いつ、建てたんですか？」

「三十年前になりますよ」

「ほー、古いね」

喉が渇いていたので、仁村は立ったままお茶を飲んだ。

「おいしいですね」

と世辞ではなく、岡崎に声をかける。

「地下から汲み上げた富士山の伏流水ですから」

つられて飲んだ皆沢も、「ほんとにうまいね」とこぼした。

「水道じゃないんですね。どうりで」

「村にいくら言ったって、水道を引いてくれないから、自分たちでやってるんですよ」

「ああ、そう。ちょっと、教えてもらっていい」皆沢が続ける。「さっき、売らないとか言ってたけど、何売るの？」

岡崎はためらいがちに口を開く。「ここの土地を」

「ここ別荘でしょ？　どうして売るの？」

「だからヤクザもんがなんべんも来て、売れ売れって」

話が見えない。

「失礼ですけど、借財等があって、返済を求められていらっしゃるのでしょうか？」

仁村が訊くと、岡崎の薄い眉が吊り上がった。

「借金なんて一銭もないですよ」

「あ、すみません。失礼しました」

「霊園会社から送り込まれてくるやつらですよ。しつこくて、売った家もある」

意外な言葉が出て、仁村は皆沢と顔を見合わせた。

「霊園？」仁村が訊いた。「ここを霊園にするんですか？」

「そうだよ。このあたり一帯ぜんぶ」

「どこの霊園会社ですか？」

「知らない」

そのとき、にわかに部屋が暗くなりだした。

窓から差し込む陽の光がみるみる弱くなっていく。

富士山の山頂に、太陽が沈み行くところだった。黒々した山肌の頂に丸い真珠のような陽が重なり、光のリングのようにキラリと光っている。

突っ立って見ていた皆沢が「これだったか」とつぶやいた。

仁村は意味がわからず、皆沢に問いかけた。

「ダイヤモンド富士だ」皆沢が腑に落ちたという表情で続ける。「佐古の連中が言ってたあれかもしれん」

十一月に入り、地元のテレビで耳にするようになった。冬至に近い季節、富士山の東側、ことに山中湖周辺で見ることができる希有な自然現象。富士山頂に夕陽が沈むその瞬間、太陽はダイヤモンドのように煌めきを放つ。場所、方位、時間が一致し、いまここで本物を見ている。それに皆沢は例のダイヤをかけた。

佐古組の幹部が口にした、膨大な利益が見込めるというシノギの手口。

あれが、このダイヤモンド富士と言いたいのか。

おもむろに皆沢は岡崎を振り返った。

「岡崎さん、ここにきたヤクザ者、名前は何て言った？」

「知らないですよ」

「名刺かなんか、あります？」

「ないない。紙っぺら一枚置いていかないよ」

それ以上、皆沢は尋ねなかった。

「岡崎さん、またあらためてお邪魔させて頂きます」

そう言い置いた皆沢とともに、岡崎家を辞した。

来たときより、あたりは暗くなっていた。ひといきに夕暮れが訪れたようだった。富士山頂の向こうに陽は沈み、黄色い光が山の輪郭を浮き上がらせていた。雪は見えなくなり、絵の具で塗ったような紺色の影が富士山を覆っていた。それに導かれるように、皆沢とともに歩いた。スマホでこの地区の霊園を調べたが、ヒットするものはない。

「霊園、どこが造るんですかね」

「石材屋で調べればわかる」

「石材屋？　石材屋が霊園を斡旋（あっせん）しているんですか？」

スマホで見たが、山中湖村にはどちらもない。すぐとなりの富士吉田に石材屋と仏具屋が三軒ずつある。それを伝える。

「それもあるが、石材屋が直（じか）に手がけるのもある」皆沢が言った。「大っぴらにはやらんけどな。いろんな会社とタイアップして、墓地使用料と墓石をセットで売るところがほとんどだよ」

詳しいようだ。

「墓石か……」

岐阜の父親が三年前に墓石を新しくした。愛媛県産の石を使い、二百万近くかかったはずだ。かなり利幅を取っているのだろう。霊園開発の費用も、墓地の使用料とセットで売れば、十分まかなえるのではないか。それにしても、墓地……。

「たとえばゴルフ場を造るつもりで買っておいた土地が塩漬けになったとするだろ。そんなところを買い叩（たた）いて霊園にもっていくわけだ」

「デベロッパーだな」

「うまいこと話がまとまれば、えらく利が乗る。県内で長者番付に石材屋が名を連ねたこともあったが、いまは地元の石材も底をついてる。他府県や輸入ものに頼っているのが現状だけどな」

「詳しいですね」

「五年ほど前、甲府一円の寺で墓石を倒すやつがいてさ。石材屋の協同組合の連中と張り込んだ。百基以上倒されてから、ようやく現行犯逮捕した」

「罰当たりだな、どんなやつです？」

「自動車の営業マン。五十すぎで、成績が上がらないので、むしゃくしゃしてやったみたいだが」

「たまらないな」

「まあ墓石の原価なんて、それこそ五分の一、十分の一の世界だ。そんな墓石を売るために墓地を造るわけだ」

「それで石材屋が霊園を造りたがるのか……しかし、今回のは暴力団にとっても旨みがありそうじゃないですか」

だから、土地の買収にからんできたのかもしれない。

別荘地を振り返った。ふと、小山内と交わした会話がよみがえった。パッセの事業について問いただしたときだ。

『今年に入って、石材屋さんとの取引が多くなったような気がします。あとは明けても暮れてもボチボチですね』

『ゆっくり仕事を進めているんですね』

『そうじゃなくて。お墓のほうの墓地です』

そう小山内は言った。

「室長」皆沢の背に声をかけた。「ひょっとしたら、さっきの霊園、パッセがらみかもしれない」

振り向いた皆沢は眉根(まゆね)を寄せて、「新原の会社は霊園なんて、手がけないだろ?」

「これまではそうでした。でも、新規事業で霊園開発を手がける予定だったかもしれない」

小山内との会話を口にすると、皆沢の顔つきが変わった。

「新原の出身は富士吉田だったな?」

「そうですよ」

甲府への帰り道にある自治体だ。

「そこの石材屋に寄ってみようか」

「そうしましょう」

27

下吉田と緑ケ丘(みどりがおか)にある石材屋を回った。霊園に関係したものは、パンフレット一枚なかった。富士急ハイランドにほど近い、松山(まつやま)四丁目の石材屋に着いたのは午後六時近かった。すっかり日は落ち、プレハブ小屋の明かりが灯(とも)っている。これまでの二軒は、ほこりっぽい墓石の工場が併設されていたが、ここは小屋と駐車場があるだけだ。がらんとした店で、小さなカウンター越しに若い男と向き合った。おどおどして商売気がなく、ろくに会話もできないまま辞した。富士河口湖町役場の手前で、仏壇屋のネオンが見えた。きょうはこれを最後にしようと話し、入ることにした。

狭い店舗スペースに仏壇や位牌、仏具セットなどがぎっしり詰まっていた。〝商品入替で高級仏壇をお値打ち価格でご提供〟とうたった広告が壁に貼られている。喪服を着た五十代の男が二階から下りてきた。閉店間際だったらしく、面倒そうな態度だった。

店内の商品をひとわたり見てから、仁村はこの近くにある霊園を探している、と切り出してみた。

「うちは霊園を扱っていないんですけどね」

と愛想のない顔で答えた。

「おじいちゃんの墓をこっちに移したいと思ってたんですよ」

「申し訳ありません」

にべもない。

皆沢は当てにしている様子はなく、茶器の品定めをしている。

小さな仏壇が並んだ一角で足を止め、扉の開け閉めをしながら、

「これはパッセの仏壇?」

と何気ない調子で訊いてみた。

「ああ、そうですね」

「大きいのもあるの？」

店員の顔がわずかにほころんだ。

「二階にあります。お上がりください」

案内されるまま、二階に上がった。

床置きのモダンなタイプの仏壇が隙間なく陳列され、半分ほどがパッセの製品だった。三十万円台から四十万円台のものが多い。売れ筋について尋ねてみるが、お客さまのお好みですので、と説明をしたがらない。

風変わりな円筒形の仏壇を開きながら、

「そういえば、花の都公園の近くに霊園がオープンするって聞いたんだけどな」

と口にしてみた。

「ああ、別荘のところですね」

別荘という言葉が出て、しめたと思った。しかし、深追いは禁物に思えた。

「じゃあ、そっちに訊いてみるか」

言いながら、そこを離れる。

「やぁ、あそこはとりやめになったはずですよ。霊園開発の申請を出したけど、住民から反対されて、申請を取り下げたって聞いてます」

店員の言葉を背に受けながら、階段を下りる。

口ぶりから、地域の関係者のあいだで広まっている噂のように思えた。

「県に申請を出したんですか？」

とカマをかけてみた。

「いや、山中湖村ですよ」

「へえ、村に」

霊園の設置は県の担当ではないのだろうか。

げんに、宮木がそのあたりに出向いていた。あれは何か関係していたのだろうか。

「墓地の経営許可は市町村ですから」

「経営……」そうとも言うのか。「そうなんだ」

もしや県がからんでいるのかと思ったが違ったようだ。

かりに県が霊園開発で許可を出す立場にあれば、知事が口利きできる余地が十分考えられる。許可を出す相手がパッセであるなら、新原の人事委員の任命どころではない。より現実的かつ、重大な便宜供与に当たるではないか。

一階に皆沢の姿はなかった。店を出て車に戻る。

車内灯をつけ、助手席で熱心に皆沢が手元の紙を覗き込んでいる。運転席に着きながら、横目で見た。パンフレットのようだ。いまの店で入手したらしい。

〝ダイヤモンド富士の見える丘に霊園がオープン〟

陽の差しかかる富士山をバックに、霊園のイラストが示されている。霊園自体はさほど大きくないが、富士山そのものは雄大に描かれている。

皆沢は裏返して見せた。仮称「パッセ　ハリモミの郷」の文字が浮かび上がっていた。驚いた。

簡単な略図が記されていた。自分たちが出向いた別荘地あたりではないか。

墓所使用料2㎡で十五万円。経営主体、天覚寺。総面積4500㎡、総区画数三百区画。

「この絵」富士山の絵柄を突きながら皆沢が続ける。「ダイヤモンド富士だ。それに、この公園のイラスト。佐古組の組事務所にあった絵に間違いない」

深刻そうだ。

「そのパンフレットが佐古組の組事務所にあったんですか？」

「公園をぼやかしているが、これだ。もっと、でかいようなイメージだったが……」

しきりと思い出すように、声をふり絞る。

車を包み込む宵闇を眺めながら、あの日の夕刻を思い起こした。電気もつけず課長席にいた。

小山内景子からかかってきた電話。切羽詰まった声。

『お仕事中ですか？』

『いや』

『会えますか？』

『これから？』

『お渡ししたいものがあります』

『何ですか？』

『この前の店に来てください』

あの日、彼女はこれを渡そうとしたのではないか。いや、こんな紙っぺら一枚なら写メで足りる。もっと細密な計画書を入手したのではないか。それに気づかれて、命を狙われた……。

エンジンをかけた。

「これから帰って、霊園関係の法令を調べます」仁村は言った。「週明け、またこっちに来ましょう」

声をかけるが、皆沢は固まったようにパンフレットを見つめるだけだった。志田に電話を入れ、用向きを話すと、ただちに調べますと言って電話が切れた。

28

月曜日。

コートを腕にかけた志田が役場入り口から出てきた。広い駐車場を突っ切って、仁村らが待機するミニバンに戻ってくる。

「担当は税務課でした」乗り込んだ志田が口にした。「間違いなかったですよ。この通り、申請が出てますね」

手にした一枚の紙をこちらに見せた。

申請者氏名欄にある文字が躍っている。

天覚寺。高根（たかね）石材。

連名だ。

霊園開発の真偽を知るため、志田は業者を装い山中湖村役場を訪ねた。口八丁の志田に、役場側も事実を教えざるを得なかったようだ。

「警察がそんなまねをしていいんですか？」

心配になり、つい仁村は小声で訊いた。

志田はまったく意に介さない顔で、「序の口ですよ」と答えた。

二課の捜査は何でもありか。

「二課は化けてなんぼだからさ」

後部座席から、皆沢が口を出す。

「高根石材って、たしかパッセの関連の会社じゃなかったっけ？」

仁村が本題について問いかけると、志田が大きくうなずいた。

「そうです。パッセの子会社ですよ。今年設立されたばかりの」

「天覚寺って何だ？」

皆沢が身を乗り出した。

「文字通り、寺ですよ」仁村が説明する。「霊園の開発は自治体か宗教法人以外に許可が下りません」

いったん霊園を建設したら、未来永劫、管理しなければならない。潰れる恐れのある営利企業名義では申請が通らないのだ。

「やっぱり、連中、霊園開発に乗り出したわけだ」

皆沢が戸惑いを滲ませた。

「とんでもない場所にね。でも、反対くらって、すぐに引っ込めた」

「間違いないのか？」

「この目で申請書の現物を拝ませてもらいましたよ。申請したのは今年の三月十五日。ふた月後の五月九日に申請を取り下げてます」

そう言われ、皆沢は引き下がった。

一昨日の晩、甲府に帰着し、二課に上がった。志田が法律書や例規集を所狭しと机に広げて、霊園開発関係の法令のチェックを開始していた。仁村も首を突っ込み、山梨における霊園開発の許可関係について調べた。その結果、霊園設置の許可に関わる県の権限は0・5ヘクタール以上の霊園の場合に限られているのがわかった。しかし、0・5ヘクタール未満の墓地の設置許可は市町村の権限となっている。つまり、県知事の権限うわけだ。

を委譲しているのだ。今回の霊園は４５００㎡だから、山中湖村に申請が出されたとい

「室長、そっちはどうだったの？」

今度は志田が訊く番だった。

「やつらに間違いなかった。佐古組の斉木と飯沼だ」

「どんな連中？」

「一般人が一言吹きかけられたら、たいてい、ちびるわな」

「岡崎さんは佐古組の組員に脅されていたんですよ」

仁村が付け足すと、志田は腕を組んで唸った。

つい、いましがた、皆沢が岡崎宅を訪ねて、佐古組の組員の顔写真を見てもらった。

そして、脅しに来たのがそのふたりであるとわかったのだ。岡崎によれば、ほかにも反対者がいて、その者たちも脅されたことがあるらしかった。

「佐古組がこの霊園開発に一枚噛んでいるのはたしかだ」皆沢が言った。「だが、脅したっていう以外に証拠がない」

「それだけわかれば十分じゃないの？」志田が軽い調子で言う。「室長が組長を呼んで、面、引っぱたけば、白状すると思うけどな」

志田のからかい言葉に皆沢は反応しなかった。

しかし、ことは重大だと仁村は思った。

かりにも、贈収賄疑惑がかかっている会長をトップに仰ぐ会社が、暴力団を使って事業を進めようとしていたのだ。

「佐古組が山梨県央信用組合から借りた例の八億円」志田が続ける。「霊園開発に注ぎ込んでるんじゃないの?」

「わかったようなことを吐かすな」

ぴしゃりと皆沢が答えた。

「そのあたりは、しっかり可能性を潰してよ」

志田が突っかかる。

「班長、武智センセイが知事贈収賄事件を知っているとして、どこの誰が洩らしたのかな?」

「うちの捜査員だと思ってる? まだそうだと決まったわけじゃないよ」

「調べは進んでるんだろ?」

なおも問われて、志田は不機嫌そうに脇を向いた。

「まあ、いずれ武智センセイに訊けばわかるか」

「そうならないことを祈ってるけどね」

武智について、志田の奥歯にものがはさまったような物言いが気にかかる。何かを知っているのが窺われるが、訊いても、志田は何も口にしようとしない。

「仁村課長、池井はその後どうだ?」

今度は仁村に振ってくる。

「ご自宅から、一歩も出ません」

先週、木曜の晩、中町にある池井の自宅を訪ねたが、ふさぎ込んだままだった。ろくに話もできず、早々に辞去した。

石和署であった突然の署長交代は、不適切行為によるものとだけ発表された。行為の中身までは知らされず、発表直後、地元のマスコミは色めき立った。いまは沈静化しつつあるが、相手方の穂坂登美子は告訴している。このまま済むかどうか。

「本人の依願退職待ちか。あの人もしぶといな」

「残念です」

仁村が言った。

皆沢がもの言いたげなので、「何かありますか？」と改めて問いかける。

「池井の都留警察署時代に起きた署員の自死案件あるだろ」

「たしか、酒井という巡査部長でしたね？」

「酒井は穂坂登美子の弟だ」

「えっ」

「佐古組系列で、都留を根城にする石倉組って知ってるか？」

「新聞で見ますね」

つい、先日、甲府市中心街で起きた小競り合いで、組員が公務執行妨害で逮捕されたはずだ。

「ある晩、その石倉組の組抜けを希望する組員が保護を求めて都留警察署に駆け込んできたが、直後に組長が追いかけてきた。それを当時、当直だった酒井が対応した。ヤクザもんに慣れていないし、言い争いの末、その暴力団員を組長に渡しちまった。そいつ、半殺しの目に遭って下半身不随になってな。組員の内縁の妻が、当時副署長だった池井に抗議したが、けっきょく酒井ひとりが責を負う形で決着した」

「それを気に病んで、酒井は自殺した？」

「苦になったんだろう。姉貴と名前が違っていたので、おれも、つい見逃していた。班長もそうか？」

志田は驚いた様子がない。

「まったく気がつかなかった……」

仁村はぼやいた。

弟を死に追いやられた穂坂はずっと池井に恨みを抱き、それが今回、過去の事案を持ち出すまでに発展したのか。当の池井も思うところがあって、しらを切り続けているのだ。やりきれない。

「穂坂を焚きつけたやつはほかにいるな」

皆沢が言う。

「誰ですか？」

皆沢は答えず、志田の横顔を窺う。

志田は応じない。

「とにかく、このあたりはパッセの会長の地元と言っていい場所です」仁村が言った。「最後のご奉公で、ここに霊園開発を考えたのも自然なような気がします」

「それにしちゃあ、あっさり引き下げてる」

「それにパッセが手がけるとしたら、規模が小さすぎないか」

志田も皆沢に同調した。

「どうかな。たしかに５０００㎡以上なら県の権限ですが、今回はそれにあてはまらないようだし」

もし、知事の権限で許可が下りたのなら、便宜供与という見方もできる。そうなれば、贈収賄事件の構成要件として申し分なかったのだが。

「金の生る木だしなぁ。あの手この手で攻めるんじゃないの？　どう室長」志田が振り向いて声をかけた。「もういっぺん、別荘に戻って聞き込みをしてみちゃ？」

唇を嚙みしめ、皆沢は首を縦に振った。

駐車場から車を出した。右手、木立ちの向こうにある湖面を視界に入れながら別荘地に戻る。

「しかし、ベンツがいなくなったなあ」

前を見ながら、皆沢が妙なことを口走った。

「何なの、ベンツって?」

志田が訊く。

「おれが県警に入りたてで、ぺえぺえの頃だ。例の山中湖入会管理組合あるだろ。自衛隊と米軍に訓練用の土地を提供している貸与料として毎年毎年、国から銭が下りて貯まっちゃってな。使い道に困って、神社の境内に組合員を集めて金を配ったりしたんだ。富士五湖署の外勤にいたんで、警備に当たらされたよ」

「ほー、そうだったの。初耳だな」

「そうか。北富士闘争の警備に出なかった口だな?」

「まあね」

実弾射撃の着弾地に地元住民が座り込んで、反対闘争を繰り返していたのだ。「どれくらい配ったんです?」

仁村があいだに入った。

「人によっちゃ一千万から数百万。小切手で配ってたな。このあたりじゃベンツが走り回ってたよ。不明朗会計で組合員同士が横領の訴えを起こしたこともあったし」

「自治体でもなければ会社組織でもないか」

「そうだな」

別荘地に着いた。車を置いて山を登った。岡崎宅を通り過ぎて、北に向かう。いったんは下り坂になり、また上りになった。三、四軒ずつ固まっていた別荘はなくなり、木々が生い茂った道を進んだ。

「こんなほうにあるの？」

志田が疑い深そうに皆沢に尋ねた。

「岡崎さんから聞いたから、間違いないと思うが」

道は細くなり、山中湖村との境を過ぎて忍野村に入った。きょうも皆沢はトレンチコートだ。しばらく行くと、木々のあいだに収まるように、白壁の平屋が見えてきた。斜面の下側にコンクリートの土台が打たれ、その上にちょこんと載っている。別荘ではなく、ごくふつうの民家のようだ。壁に緑色の苔が這い上がっている。古そうだ。「久島」の表札が出ていた。

志田がドアをノックすると、中から男の声で返事があった。

身分を伝える。ドアが開き、細い顔が突き出た。スウェードのブルゾンを羽織っているる。頭の両サイドを刈り上げ、額が狭い。一見若そうな感じだが、六十五は過ぎているとみた。

「何でしょうか？」

高い声で男は言った。

「久島さんですか？」

「はい、そうですけど」

家族がいるのが感じられ、志田が外に導き出した。

離れたところにいる皆沢を一瞥し、久島は用心深そうに、胸の前で腕を組んだ。

「何か事件ですか？」

用心深そうに口にする。

「あ、いえ、いま別荘の住民の方々にお尋ねして歩いていましてね」志田がやんわりと相手をする。「こちらには長いんですか？」

「もう三十年近くになりますけど」

「そうですか、ほかの住民の方々とだいたい同じくらいですね？」

「まあ、そうなるでしょうね」

「それでね、久島さん、このあたりを霊園にするという話が持ち上がっていると思いますが、それについてはどうですかね？」

「売りましたよ」

いきなり、久島は言った。

志田の口が虚を衝かれたように塞がった。

「この土地を霊園に提供するわけですか？」

「そうですが、何か？」

「いえ、初めて聞いたものですから」

志田が混乱した顔で仁村に視線を向ける。

「もう地元説明会も終わったし、もうじき建設の許可が出るって聞いてますよ」

「地元説明会？　山中湖村がしたんですか？」

仁村が訊いた。

「いえ、県です。それに、ここは山中湖村ではなくて忍野村ですよ」

「県が？」

志田が口をはさんだ。

「ええ、九月末、二十八日だったかな。忍野村の生涯学習センターで。あまり人数は多くなかったけど、わたしも出てくれと言われて顔を出しました」

「県が主催したんですね？」

「県です。村じゃない」

「わかりました。それで、反対意見のようなものは出ましたか？」

「ないですね」

久島は滅相もないという感じで手を振った。

「反対されている別荘の住民の方々もいらっしゃると伺っていたものですから」

「それは向こうの計画だったからでしょ？」久島は岡崎らの別荘がある方向を指した。

「こっちは、ずっと規模が小さいから、地域の人もあまり気にしなかったんじゃないかと思いますよ」

「何人くらい？」

「十人はいなかったですね」

「規模が小さいというと、どのくらいですか？」

「3000とか、4000㎡だったと思うけどな」

「説明会でもらった資料はお手元にありますか？」

「お見せしますか？」

「是非」

久島が取りに戻り、一枚の紙を携えてきた。

施工主は高根石材と天覚寺の連名。施工地の略図が描かれ、山中湖村と忍野村の地番が添えられていた。施工面積は3500㎡。県へ申請が出されたのは八月十九日となっていた。

とりあえず紙をスマホで写し、久島に返した。

「失礼ですが、この土地、いくらでお売りになりましたか？」

無遠慮な志田の質問に久島はむっとしたような顔で、

「言わなきゃいけませんか」

と難色を示した。

「できれば」

志田は引かなかった。

「……千二百万」

ほう、と仁村は思った。

せいぜい四十坪あるかどうかの土地。それに法外な値段をふっかけられたら、手放す気にもなる。それにしても、５０００㎡を下回る施工面積なのに、なぜ県が申請を受け付けたのか？　窓口は忍野村の役場ではないのか。

県がらみとするなら、あの日、十月七日、宮木がこのあたりを視察したのは、この申請がらみではなかったか。

いつの間にか見えなくなっていた皆沢が戻ってきた。目配せされたので、歩み寄る。皆沢の目が血走っていた。

「エルグランドが見つかった」

皆沢が言った。

「小山内の？」

「韮崎の中央公園だ。急行する。どうする？」

「同行します」

志田を呼び、来た道をとって返した。

29

車を飛ばした。韮崎中央公園に着いたのは十二時過ぎ。陸上競技場が併設されていて、無料駐車場が三百台分あり、たびたび放置車両が見つかる場所らしかった。南側に大きな駐車場があり、調整池に寄ったあたりで、警察の鑑識車両が見え、鑑識員たちが黒いエルグランドに群がっていた。車を着けると皆沢が飛び出した。作業を見守る茶髪の男のもとに走る。追いかけるように、志田とともに車を降りて、ふたりに近づいた。

「……公園管理事務所の職員が通報してきました」

茶髪の刑事が皆沢に言っている。

赤いフリースにジーンズ。たしか、辻という組織犯罪捜査第一係長だ。

「いつから置かれているって？」

「一昨日(おととい)あたりからだそうです」

「防カメは？」

「や、この駐車場にはないですね」

慎重にドアノブの指紋を採取する鑑識員を見守る。エルグランドの車内でも、ふたりの鑑識員が作業中だ。

志田が声をかけたが、皆沢は首を横に振っただけだ。

「近くのNシステムはどうですか？」

仁村が訊くと、辻がこちらを見た。

「いまのところ、ヒットなし」

「山梨総業の動きはあるか？」

皆沢が辻に訊いた。

「まったく」

そう答えて、辻はフリースに手を突っ込む。

「あとは分析待ちになるか」

「きょうじゅうには何とかなると思いますよ」

「何とかしろよ」

「はい」

辻のもとを離れ、皆沢は仁村の横に来た。

「戻ろうか」

「どこへ？」

「決まってるだろ」

山中湖村？

たしかに、まだ聞き込みの余地はあるかもしれないが。

「行きましょう」仁村は答え、志田を振り返った。「班長は霊園関係の法令について、もう一度、さらってくれませんか？」

そこの精査は避けて通れない。見逃しているところがある可能性もある。

「了解。自分は戻りますから、行ってください」

その場を離れ、ふたたび車の運転席に着いた。助手席に皆沢が乗り込むと同時に、アクセルを踏み込んだ。バックミラーに映る志田の姿がみるみる遠ざかる。

「すっきりせんだろ？」

皆沢が疑問を口にする。

「パッセの霊園開発ですか？」

「県がからんでいるというのが、どうもわからん」

同感だった。０・５ヘクタール未満の霊園は市町村の管轄なのに、どうして県が申請の窓口になっているのか？

「それはそうですが、また反対派の住民の聞き込みですか？」

「そっちに訊いても、これ以上どうもならん」

「じゃ、どこへ？」

まさか、忍野村役場にでも乗り込む気か？

「ちょっと、思いついた先がある」

そうつぶやくと、皆沢は寒気を振り払うようにトレンチコートに包んだ上半身を震わせた。懐からスマホを取り出し、電話帳を調べだした。

30

山中湖が見える手前で右に折れ、立木に囲まれた道路を走り抜ける。突然、巨大な建物が目の前に現れた。日帰り温泉施設らしいが、豪壮な旅館を思わせる構えと造りだった。入館料を払い、皆沢に従って二階に上がった。大広間のとなりにある日本間のふすまを開けると、座卓に白髪の男がいた。でっぷりした体つきで、紺のカーディガンを着ている。座卓から身を乗り出すように腰を上げ、「何だよ、びっくりするなあ」と皆沢に声をかけた。

銀縁メガネをかけ、日に焼けた赤銅色の顔は、農業に携わっているようにも見える。歳は八十に近いだろう。

「昼は、こっちにいるって聞いたからさ」

「まあね」

皆沢が親しげに男の左隣に腰を落ち着け、あぐらをかく。

「久しぶりだねぇ」

男は体を傾けながら口にした。目の前にあるビール瓶の半分ほどが空いている。

「そうだね。十年ぶりぐらい？」

「そんなになるか？」

「うん、うん、入会組合の長寿会か何かに招かれて」

「そうだっけね。相変わらず押しが強そうだね」

黒スーツに身を包んだ皆沢をじろっと眺める。

「売りだろ、おれの」

冗談めかして言う。

「はは」男は一本取られたという顔で続ける。「昼飯は？」

「まだ」

「じゃ、何か頼むか」

いっこうに紹介されないので、仁村は自ら名乗った。

「ほう、ずいぶん若えのに課長さんとはなあ」

と男は感心したように仁村を見た。

「たいしたことない、ただのキャリア、キャリア」皆沢が言いながら仁村の肩を叩く。

「こちら、山中湖入会管理組合の理事をしてる小野さん」

そう教えられ、頭を下げる。

「なんも、もう名前だけだから」

「そんなことないだろ。小野さんあっての組合じゃないか」

「べんちゃらうまいのう」

しばらく、昔話に花が咲いた。

皆沢がこの地に長いあいだ赴任していた様子が窺われる。

途中で三人分の大盛りカツカレーとビールの注文を入れた。

「それでさ、小野さん、ハリモミの近くに霊園ができるって？」

さりげなく皆沢が切り出すと、小野は目を見開いた。

「よく知ってるな」

「だてに警察、勤めてないよ」

皆沢が茶化す。

「まあ、一部じゃやるって噂だけどさ」

言いながら、コップに残ったビールを注ぐ。

「そうか、やるのか。相手はパッセらしいじゃん？」

「みたいだなぁ」

仁村は耳をそばだてた。

「別荘地のあたりでしょ？」

「別荘……」ぽかんとした顔で小野が言った。「ああ、あそこも入るのか」

皆沢は調子が外れたような仕草をし、

「あれ？　ほかでもやるの？」

「ハリモミ林が主だぜ」

「えっ、純林が？」

「ああ」

「どのくらいやるの？」

「別荘の下あたりから県道までさ。あのあたりはもうほとんどハリモミはないんだよ。セミナーハウスも買収するらしいから、ざっと、10ヘクタールはあるだろうな」

「10ヘクタール……すごいね。本決まりなの？」

「一部の理事がやってるみたいだけどさ」

そう言って、うまそうにコップのビールを飲み干す。

「でも国の天然記念物じゃない？　そう簡単にやれるのかな？」

土地の売買はそう簡単にできないはずだ。

「文化庁とも話ができてるみたいだよ。ほら、ハリモミって、一代限りだろ。保護するにもえらく金がかかるし。だったら、一部の土地は売り払って、残るハリモミの一代をなるたけ長く面倒みようっていう話になったみたいでさ。知ってる？」

「いや、初耳」

「いずれにしても、ここはパッセの力を借りてやろうっていう方向でまとまるらしいぜ」

「じゃあ、一部のハリモミだけ残して、あとはパッセに売り払おうっていうわけ？」

「簡単にいや、そういうことかな」

「でも、やるにつけちゃ組合員の総会にかけるよね？　通るかな？」

小野は値踏みするように、皆沢の顔を覗き込んだ。

「落っこちる金考えてみりゃ、あんまり反対は出ねえだろうな」

一坪五万円で換算しても、おおよそ十五億円ほどになる。

売る側も霊園が開園できれば、その数倍の収益が上がるはずだ。

「たまげたな」

「だろう」

「いつから出た話なの？」

「去年の暮れあたりから、小耳にはさんでるけどな」

「もともとは、パッセの会長の意向？」

さすがに小野は同調しようとはしなかった。

仁村は驚きと同時に呆れかえった。ダイヤモンド富士、そしてハリモミの郷。パンフレットにあった絵が思い出された。のはたしかなようだった。その事始めとして、別荘地で霊園開発が計画されたのだろう。

それにしても、パッセが霊園を造るための先兵として、暴力団員を使ったとしたら。それが、佐古組だったとしたら……。やはり、新原は暴力団とつながっている。ひょっとしたら、知事の有泉も……。そのからくりを暴けたら、贈収賄の構造そのものが根本からひっくり返る。弱腰の検察が何と言おうと、立件に持ち込める。

「まあ、たしかに悪い話じゃないな」とりなすように、皆沢が続ける。

「そういうこと」

カツカレーが運ばれてきて、会話が途切れた。

さっそく手をつける。腹が減っていたので、半分ほど瞬く間に平らげた。

皆沢は小野と調子を合わせるように、ゆっくり口に運んでいる。

仁村はじりじりしながら、一刻も早くここを去ることを考えた。

しかし、皆沢はすっかりくつろいだ様子で、ビールを飲みだした。

ここは情報を取るしかないだろうか。

仁村はノンアルコールビールで喉(のど)を潤しながら、ふたりのやり取りを耳に入れた。

31

東別館に戻った。日が暮れていた。課長席前の庶務のシマには、県や市町村の分厚い例規集が積まれていた。それらに囲まれるように、志田と守谷が法律書に首っ引きになっていた。赤池も例規集を抱え、コピー機とのあいだをせわしなく往復している。声をかけると、志田がしょぼついた目で仁村を振り返った。

理事の小野から聞かされた話をするが、志田の頭は法令の解釈で一杯一杯のようだった。

「班長、県への申請はたしかめたの?」

「この通り」

志田がコピーした紙の束を寄こした。

「申請書の写しです。県福祉保健部の衛生薬務課が窓口で受理してますよ」

八月十九日、天覚寺と高根石材の連名で、墓地の経営許可申請書が出されている。久島の説明通りだ。施工面積は３５００㎡。わからない。どうして０・５ヘクタール以下なのに、県へ申請を出したのか。

どこかに、法令の抜け穴があるのではないか。それを見落としている？

「墓地埋葬法の施行規則はチェックした？」

ボマイホウこと、墓地埋葬法は昭和二十三年に発令され、自治体の例規集より、上位に位置する国の法令だ。法令を実施するに当たって、細かな規定は施行規則にある。

「十遍も読み返しましたよ。どこにもない」

法令集をひっくり返し、仁村も改めて条文のチェックを始めた。山梨県墓地、埋葬等に関する法律施行条例、施行規則と順に目を通す。該当する条文が見当たらない。小野の話を思い出し、

「天然記念物についてはどうかな？」と志田に訊いてみた。

「天然記念物ってハリモミ純林？」

「ええ」

「それがどうしたんです？」

「隣接する区域は県の管轄になるとか、そういった規定があるのかなと思いますが」

志田が無言でチェックを始めた。

ぱらぱら頁をめくる音が響く。

「それはどうかなあ」

気になるらしく、守谷がうしろから覗き込む。

「守谷さんは何か気づいた点はない？」

つい苛立って、守谷に訊いた。

「そう思って、朝からずっと赤池さんとふたりで、知事の職務権限にもう一度目を通していたんですけどね……ないなあ」

いまになって職務権限を見たところで埒があかない。

それよりも、県条例だ。そこになにか隠されたものがあるはずだ。

それが見えない。

四人して、八個の目で法令集をめくり、ある部分は精読し、あるところは斜め読みを繰り返していると、瞬く間に八時を過ぎた。

「これかしら」

守谷の斜め前にいる赤池が、小声で言った。

分厚い県の例規集を目の前に広げている。

「え、何の？」

守谷が手を伸ばして、赤池の手元にある例規集の背表紙を確認する。気になり、赤池の横についた。もう片方から志田が覗いている。

赤池が開いているのは巻第一の〝総規〟だ。中ほどの一二一九頁。山梨県の事務処理の特例に関する条例。第一条。

〝この条例は、地方自治法……知事の権限に属する事務の一部を市町村が処理することとすることに関し必要な事項を定めることを目的とする〟

第二条にその事務の一覧が挙げられていた。第一項の一には児童福祉法に基づく事務の規定がある。赤池の細い指がなぞっているのは第二項。墓地、埋葬等に関する法律のところだった。イには墓地の経営の許可がうたわれている。該当する市町村の一覧が市川三郷町から始まり、早川町、南部町、富士川町と延々と並んでいる。山中湖村と忍野村もある。

「それがどうしたの？」

そこを開いている意味がわからないらしく、守谷が尋ねた。

仁村も同様にわからない。

赤池の後ろから、志田が赤池の開いた頁を突く。

「そこは0・5ヘクタール未満の霊園の設置許可を市町村に委ねる規定のところだよ」

赤池は焦った様子で額にふりかかる髪をはねのけ、

「はい、そうなんですけど」

と〝総規〟の向こうに置いた別の例規集をぱらぱらとめくりだした。

こちらは巻第六の〝衛生〟。山梨県墓地、埋葬等に関する法律施行条例の頁だ。

その経営許可申請をうたった第二条をなぞり、手前の〝総規〟の頁と交互に指を当てている。

どきっとした。

「ちょっといいですか」

仁村は赤池を席からどかした。目の前にあるふたつの例規集を代わる代わる見た。ほんの一瞬、息が止まった。

そうだったのか……。

仁村は手前にある〝総規〟の頁を指さした。

「ここで定められているのは、0・5ヘクタール未満の霊園の設置許可はそれぞれの自治体の権限になるということです」

守谷はまだわからないようだったが、志田の顔つきが変わった。あっ、という声が洩(も)れた。

「今回の場合、山中湖村と忍野村の霊園開発を、それぞれ独立した案件と見なさないということですか？」

「そうなんだ、班長。ふたつの町村にまたがった霊園の設置許可は、それぞれの町村の管轄ではなく、県の管轄になるんですよ」

「ああ」

守谷が自分の頭を叩(たた)いた。

赤池がほっとした様子で息をつく。

「これを狙っていたんだ」

志田が洩らした。

「そのはずです」

思わぬ反対にあって、山中湖村でのパッセの霊園開発計画は一度頓挫した。しかし、ふたつの町村にまたがった開発計画に変更することで、許可を得る先を変えた。山中湖村ではなく、改めて県に提出することにより、設置の許可を得る。それがパッセの目論見だ。ひょっとしたら知事サイドから、知恵をつけられたのかもしれない。

「一度許可を受ければ、その後の拡張はどうにでもなりますからね」

最初により許可の下りやすい小規模な申請を単独の自治体に出す。そのために日頃から地域開発に積極的な山中湖村が選ばれた。しかし、思わぬ反対にあって計画が頓挫した。そのあとに県からの誘導により、正式な許可を得た。

志田がため息とともに付け足した。

「そういうことだったんだ」

赤池の席から離れ、仁村は窓際に寄った。

ブラインドの中に指をはさんで、県庁本館を見た。知事室はまだ明かりが煌々と灯っていた。まだ居残っているのだろうか。側近の宮木と額を合わせ、内緒話をする有泉の顔が浮かんだ。

霊園を造りたいという新原の請託を有泉が受けたに違いなかった。

知事という聖職を瀆す人間を決して放置しない。

改めてそう思った。

残るはそれを立証するのみだ。背中に熱いものが這い上ってきた。知事の関与は明白としても、それだけでは足りない。今回の請託には、薄汚い暴力団の手合いもからんでいる。そこまで立証して、知事汚職の摘発は完結する。知事とパッセ、そして暴力団にまでつながる一本の太い線。それを明らかにしなければならない。何より、小山内がなぜ殺されたのか。その検証こそが肝になると仁村は気分を新たにした。誰が二課の知事汚職ネタを相手側に洩らしたのか。最も忌むべきは、その人間にほかならない。

課のドアがけたたましい音を立てて開いた。ブルゾン姿の辻係長が飛び込んできた。酒をあおっているように顔が赤い。

「出ました」

勢い込んで辻が言った。

「何が」

志田が問い返す。

辻が息を切らせ、

「エルグランドの中から女の髪の毛が見つかって。DNA鑑定出ました。小山内の髪でした」

「小山内の?」

思わず仁村は訊き返した。

「はい」

顔面を殴られたような衝撃を受けた。

「間違いないのか？」

志田に訊かれ、辻が何度も首を縦に振る。

「間違いないですって。ごっそり、試料出てますから。車内から硝煙反応も出てます」

志田が仁村に一瞥をくれる。

「ほかは？　指紋は出たのか？」

「出てます。四人ほど。ひとりは国井です」

「佐古の国井か？」

「ええ」

「あいつは追われたほうじゃないか？」

「そうでしたよ」

辻が声を荒らげる。

「撃ったのは山梨総業の組員だろ？　そっちの指紋は出てないのか？」

「ひとつもないです」辻が唾を呑み込んだ。「ですから逆ですって。車内に監禁していた小山内を外に出して、車内から彼女に向かって弾いたんです。仕掛けたのは佐古だったんですよ」

志田がのけぞるように仁村に視線を合わせた。

佐古組が山梨総業の仕業と見せかけるようにした？

「どうして、そんな真似を……」

両腕を抱えた志田だが、その疑問はすでに解けているように思える。秘密を知った小山内を亡き者にする――。

そのために抗争を利用した。

報告を終えて、飛び出していった辻のあとを追いかけて行きたい気分だったが、代わりに課長席におさまった。

胸元につかえていたものが、溢れ出すような思いにとらわれた。小山内の無念とともに、自分の至らなさを思い知った。志田が丹羽に報告するため慌ただしく部屋を出ていった。

赤池がコーヒーを運んできた。スティックシュガーを放り込む。しっかりかき混ぜ、口に含む。疲れた体に心地いい甘さが広がった。まわりに人がいなくなった。ふと思い立って、目の前にある志田の両袖机の右側、一番下の引き出しに手をかけた。開かない。気になってほかも開けようとしたが、すべて鍵がかかっていた。

32

御坂みちの上り坂。みぞれ雪交じりの雨がフロントガラスに吹きつける。上黒駒の山梨リニア実験線の下を通り、なおも坂を上る。目印になる頑丈そうな橋を渡った。

「そこんとこか?」

助手席で皆沢が前方の横道を指さす。

仁村も見当をつけて、左にハンドルを切った。クランクカーブを曲がり、リニア実験線を正面に見ながら、ぽつりぽつりと現れる民家の脇を下る。突き当たりにある小さなスーパーマーケットを右にとった。しばらく民家が続く。

「このあたりが檀家かな？」

皆沢がいぶかしげにあたりを見回す。

「じゃないですか」

「数えるほどしかないけどな」

「この集落には宿もありますよ」

「もう閉めてるだろ。とりあえず、住民に訊いたほうがいいんじゃねえか」

ぶどう園の入り口近くに差しかかり、枝の剪定をしていた七十がらみの老人を見つけた。車を停め、窓を開けて呼びかける。歩み寄ってきた老人に、寺の名前を出して訊くが、「うちは檀家じゃないからわからん」とすげなく返された。

ふたたび車を発進させる。

「やっぱりな」

「あまり、乗り気じゃないみたいですね」

皆沢はタバコを取り出し、口にくわえる。

「志田は何か言ってるか？」

「何かって？」

「武智ルート。漏洩元の捜査員の名前が二、三、挙がってるんじゃないか？」

「それより、小山内景子を弾いたホシ、割れそうですか？」

「目星はついてる。まかせとけ」

果樹園の広がる道を上り、三叉路に突き当たった。見当をつけて、細い山側の道を進んだ。民家はなくなり、段々畑の際を上っていく。沢を回り込むように左に折れ、右に戻りを繰り返し、少し開けたところに出た。かなり走ったように思えたが、まだ御坂みちを外れて、五分も経っていなかった。

あの日、十月七日。宮木政策局長が辿った道は、このあたりだろうか。

車を停めて、ダウンパーカーのフードをひっかぶり、外に出る。みぞれがぱらぱらと降りかかった。

見通しが利かない。竹藪が広がるあたりに間道がある。黒の革ジャンを羽織った皆沢がしぶしぶついてくる。最初のうち、人ひとり歩けるくらいの道幅があったが、腰のあたりまで来る雑草に覆われて、先が見えなくなった。皆沢がぶつぶつ文句を言いだした。やはり、もう、道はなくなるのだろうか。

戻ろうかと思ったとき、藪のあいだから、寺の本堂らしきものが垣間見えた。屋根瓦はずり落ち、裏山の黒い杉木立が迫っている。境内に散乱する瓦をよけながら、裏に回ってみた。朽ちかけた庇の奥に、黒々とした堂内が見えた。左手には庫裏が建ち、しっくいの剝がれた上に蔦が這い回っていた。雑木を踏みしめる音に、おどろいた鳥が濁った声を発して飛び立った。

「引っ返そう」

腰の引ける皆沢を置いてきぼりにして、傾いた戸の隙間から庫裏に入った。ステンレス製の洗面台の上に裸電球が垂れている。ほこりの積もった土間から上がった。ガラスのはまった食器棚には様々な食器や調味料が並んでいた。抜けた床を用心深く進む。縁側のところに、丸みを帯びたものが薄ぼんやりと影を作っていた。障子の隙間から、おそるおそる覗(のぞ)き込むと、軒下に釣鐘が下がっていた。

裏手から人の声が上がったので、あわてて庫裏を出た。ぽきぽきと小枝を踏みしめる音が聞こえて、裏山を駆け上がる。

足首まで積もった落ち葉のなかに皆沢が背を向けて立ち、鬱蒼(うっそう)とした竹藪の奥を見つめていた。黒々とした影が見え、それが近づいてきたので息を呑んだ。

合羽(カッパ)姿の人とわかって、胸を撫(な)で下ろした。それでも、手に鎌を持ち、長靴で木々を踏みしめる姿には妖気(ようき)が漂っていた。

「あ、突然で申し訳ありません」

仁村は咄嗟(とっさ)に声をかけた。

すると鎌がさっと上がり、「どちらさん」と太くて低い声がかかった。

「山梨県警の者です」

「警察ですか」

物怖(ものお)じする様子もなく、皆沢の前まで下ってきた。すっぽり頭を覆っていたフードを取ると、坊主頭が現れた。

「あの……ご住職？」

声をかけると、三角の鋭い目でじろっと睨(にら)まれた。

「そうですが」

「少し、お話を聞かせていただきたいと思いまして」

住職は無言で表に回った。

朽ちかけた本堂前の階段に合羽を脱いで、無造作に放った。

意外に肉太い体つきだった。白シャツの首のあたりに、うっすら汗が浮き出ていた。

仁村は自分と皆沢の身分と名前を告げ、相手の名前を訊いた。

「管沼(すがぬま)と申しますが何か？」

抑揚のない口調で男は答えた。

六十とも七十ともつかない。もっと歳がいっているのかもしれなかった。

じっと雑草の生えた境内を見下ろしている。

「お仕事中に申し訳ありませんでした」

もう一度詫(わ)びる。

「ご住職、お忙しそうですね」

皆沢が口にした。

「奥の墓地の手入れでね。最後のお勤めになるかな」

「ご苦労様です」仁村は言った。「ちなみに、こちらのお寺は天覚寺になりますか？」

管沼はこっくりとうなずいた。

やはり、霊園開発にかかわる寺のようだ。

しかし、この有様はどうだろう。本当に霊園を造る主体となり得るのだろうか。

「こちらは、廃寺にされるのでしょうか？」

「まさか」

懐を探す身ぶりをしたので、皆沢がタバコを差し出した。菅沼は遠慮なく一本抜き取り、皆沢のジッポーで火をつけ、うまそうに一服した。

「檀家さんはいかがですか？」

仁村は訊いた。

「檀家？」じろっと仁村を見る。「よそに移ってもらった」

「あの、こちらのお寺は何宗になりますか？」

「世間で言うところに従えば天台宗かな」

どちらともつかない口調で、管沼は寺の由来を口にしだした。

戦後間もなく、管沼の祖父が既存の仏教の枠組みにとらわれず、弱者救済を掲げる教義を説く形で、本門護念実宗なる宗派を作った。昭和二十六年、甲府市在住の仏教関係者から地所の寄進を受け、上黒駒のこの地に天覚寺、大月に明和寺を建立した。創設と同時に、それぞれ別々に、ふたつの宗教法人の届けを出した。その後、管沼の父親は、天台宗総本山の比叡山に修行に入り、両方の住職を兼ねることになった。長男の自分もそのあとを継いだという。

「ふた月ほど前、県の職員がご住職を訪ねてきたと思いますが」

仁村が尋ねると、管沼は目線を上げた。

「来たな」

やはりか。

「宮木という人間だったと思いますけど」

「そんな名前だった」

「何をしに来たんですかね？」

「こっちが知りたい」

さらりとかわされた。

「どんなこと話されました？」

「あんたらと似たようなことだな」

「檀家のこととか？」

うまそうに管沼はタバコをくゆらせて、うなずいた。

「ご住職」じれったそうに、皆沢が口を開いた。「最後のお勤めになると仰いましたが、それは？」

「言葉通りだ。ここは人手に渡ったよ」

意味がわからなかった。

「この寺、どちらかの宗派に変わるのですか？」

管沼は答えなかった。

「ご住職、ご子息はおられる？」

無遠慮に皆沢が訊いた。

「長男は交通事故で死んで、長女は山口に嫁に出ておる」

「……ひょっとしたらいま現在、天覚寺の宗教法人格はご住職のものではなくなったわけですか？」

管沼はやや悔しそうに唇を嚙みしめ、うなずいた。

「どちらかに譲られたわけですね？」

尋ねた仁村を皆沢が苦々しい表情で見つめた。そして、管沼の斜め前に動いた。

「ご住職、こちらの法人格、お売りになりましたね？」

「……もっとも」

低い声を放った。

「お察しします」皆沢は言った。「檀家も減り、跡継ぎもいらっしゃらない。信仰心もうすらぐ昨今ですから、致し方ないですなあ」

わかったような口を利いた皆沢を見た。表情は真剣だった。

「両方は無理だで」

管沼が言った。

「天覚寺と明和寺のふたつを守っていくのは難しいわけですね？　いかほどでお売りになりました？」

皆沢が指を二本立てたが表情に変化はなく、三本にしたところで、わずかに首を縦に振った。

三百……いや、三千万か。

この寺の宗教法人格を売却し、その金をもう片方の寺の救済に充てようとしたのだろう。かつて、宗教法人は届けさえ出せば認められた。いったん認可されれば、おいそれとは取り消しができない。宗教法人をかくれみのに、脱税や霊感商法など、宗教法人を悪用するトラブルが続出している。そうした実態も手伝い、よほどのことがない限り、新たな宗教法人は認可されない現状にある。しかし、その持ち主の名義を書き換えることにより、宗教法人の取得と同等の権利を得ることができる。その名義書換えが今回、行われたのだろう。それを仁村が口にしたが、管沼から反論はなかった。

「法人格を売られるのはどこかで告知したのですか？」

改めて仁村は訊いた。

「宗教関連の雑誌に二、三度、掲載してもらった」

「天覚寺の法人格を売ると？」

「この春、それを見たっていう男が訪ねてきた。八木とかいった」

思わず皆沢と視線を合わせた。

仁村はスマホを操り、八木の顔写真を見せた。

「この人ですか？」

「ふむ、こいつだった。売ってもいいと申し渡したら、三日くらいして別の男を連れてきた」

「ちなみに、売却先は高根石材ですね」

仁村が詰め寄った。

「契約書にはそんなふうに書いてあった」

「八木が連れてきたのは石材屋の人間ですか？」

すると、管沼は血色の悪い唇の両端を下げた。

「いや、どこかの建設会社の部長だった。富士河口湖町のたしか……長井とかいう建設会社だった」

「長井建設興業？」

皆沢が割り込んだ。

「そんなだった。現金を持ってきたのもそこだ」

「名前は？」

「覚えとるぞ。阿久津幹宏」

皆沢が仁村の袖を引き、小声で言った。「佐古組の下部組織、二代目奥村組のあいつ……」

思い出した。佐古紀男の信任の厚い、二代目奥村組組長の舎弟の阿久津――。

ようやく見えてきた。パッセの高根石材が宗教法人を得るための下工作を、阿久津が請け負ったのだ。

窓口にあたる山梨県――いや知事の有泉は、提出された宗教法人がたしかに存在しているのかどうかをチェックする必要があった。そのため、政策局長の宮木を送り込んだ。それが十月七日の宮木の来訪だったのだ。

まだじっと皆沢は考え込んでいる。ふと思いついたように、「武智参事官のあれだ」とつぶやいた。

「そうです」

武智参事官は、県の建設業対策室からの照会で、阿久津が暴力団関係者ではないと虚偽の回答をしたのだ。

「ご住職、大月のほうにまたお邪魔させてもらいます」

皆沢はそう声をかけると、階段を駆け下りて、寺の敷地を去っていった。

33

十二月九日金曜日。東別館刑事部長室。

丹羽が老眼鏡を外し、ふーんと鼻を鳴らしながら、読んでいた新聞をテーブルに放った。黒マジックで囲われた小さなベタ記事。

〝南都留（みなみつる）郡において、葬祭業のパッセが計画していた霊園開発に、県の許可が下りた。山中湖村と忍野村の両村にまたがる小規模な霊園で、パッセにとっては初めての霊園開発事業となる。ゆくゆくは、規模を拡大する意向で地元との調整に入った〟

「これで逃げも隠れもできねぇぞ」

丹羽が上機嫌に洩（も）らした。

「敵失ですね」

志田が追従するように言う。

「敵失どころじゃないな」

丹羽が破顔し、おどける。

「申請が受理された段階で、向こうの負けですよ」

「もっともだ」

丹羽が両手をぴしゃりと打つ。

有泉知事への新原の請託があったか否かは別にして、一連の申請行為は知事の許可が下りて完結した。外形的に便宜供与の法的証拠ができあがった形になる。

仁村は集めた書類をテーブルに置いた。

「宗教法人天覚寺の代表者は、ご覧の通り、株式会社パッセの常務取締役、砂子正夫（まさお）に変更されています。これはパッセによる名義書換えにほかなりません」

法務局への提出資料だ。パッセが霊園開発に乗り出す動かしがたい証拠になる。

「向こうはまだ気づいていんな？」

「知事側も新原も、うちの動きを察知した形跡はありません。聞き込み先の口封じもしていますので洩れる心配はないと思います」

「それで仁村くん」丹羽が仁村の目を覗（のぞ）き込んだ。「知事への請託は立証できそうか？」

仁村はひとつ息を吐いた。

「はい。年内に、霊園開発の許認可に携わった関係者の洗い出し、さらに山梨県央信用組合については、職員の横領にかかわる捜査を名目に、浅利達三の事情聴取に踏み切る予定です。資料等の提出を受け、概要がつかめた段階で、長井建設興業をはじめとして関係各所に対し家宅捜索を行えば、証拠となる契約書やメモ類等、多くを押収できると思われます。仕立券と併せて、それらを新原本人と知事、ならびに側近に突きつけて事情聴取できれば、自供に持ち込むのは容易と想像されます」

「ふむふむ」丹羽の表情が緩み、目が細まった。「ともかく、ここまできたのも、仁村くんのお手柄だな」

「違います。皆沢室長の功績です」

そう言うと、黒のモッズコートを着たままの皆沢がにやりと笑みを浮かべた。

「あ、そう、やっぱりおれか」

「調子に乗るな」

丹羽が釘を刺すが、皆沢はここぞとばかり、

「本部長は何と言ってますか？」

と褒美よろしく丹羽に訊いた。

「ここまで調べがついたんだ。もう、引き下がれないだろう」

「じゃあ、ゴーサインが出たんですね？」

志田が声を張り上げ、岡部警務部長の顔色を窺った。

「しぶしぶだけどね」

と岡部は黒縁メガネに手をやり、はっきりと言った。

仁村は胸を撫で下ろした。

万が一、摘発を見送るとなれば、警察庁に申し立てるしかないと踏んでいた。だが、その必要はなさそうだ。

丹羽が表情を改め、仁村に視線を送った。

「検察はどうだ？」

「霊園開発の許認可に関するパッセの一連の動き、それから佐古組と山梨県央信用組合

の癒着について数字を並べて説明しました」

「で？」

「霊園開発について、雨あられの質問攻めになりました。長引いたので、こちらから席を立ちました」

「食いついたか……」

「と思います」

「正式な受理まで、まだ、ひと山、ふた山あるぞ。ことに贈賄側の新原だ。心してかかってくれ」

「心得ています」

ひと息ついたように、丹羽は皆沢を見た。

「小山内景子の件、組対から報告があると聞いたが？」

「射殺犯が判明しました」皆沢が真顔で言った。「佐古組の三井哲久四十八歳。一昨日まで、西花輪の岩下組に匿われていました」

「三井……破門されたんじゃなかったっけ？」

「いざっていうときのカモフラージュですよ」

不敵な笑みを浮かべて、皆沢が言った。

「向こうもそれなりに手を打ってあったわけだ」

「そうだと思います」

「よし。草の根を分けても、三井をふんづかまえろ」

「了解」

力強くうなずいた皆沢に、丹羽が顔をほころばせた。両手を頭のうしろで組み、

「桃源グループも年明けに知事の告発に出ると息巻いてるから、そっちの情報も検察には行ってるはずだ」

「そう思います」

タイミングなど、一度、土居と顔を合わせて話しておく必要があるかもしれない。

「もう、やらざるをえんな」

「そう思われます」

霊園開発への便宜供与。そして仕立券。

ふたつの文言が新聞一面を飾る日は遠くない。

知事と新原の起訴はまぬがれない。マスコミ、そして県民から、両者は厳しい攻撃にさらされる。

「まあ、それはともかく、これからの捜査態勢だけど、見通しはどう？」

と丹羽が岡部に視線を送る。

「知事贈収賄事件の捜査本部の再立ち上げについては、現在、人員配置を検討中です」

岡部が声のトーンを上げた。「暴力団取締りの応援に入っている二課の捜査員は今週いっぱいで捜査本部に戻す予定でいますので。そういうことでいいな、室長？」

岡部に言われ、皆沢がおどけた。

「あれ、初耳だなぁ」

「十二月に入って抗争は沈静化しているじゃないの。年明け早々、関東管区から機動隊が増員されるから、何とかしのいでよ」

「まあ、岡部部長が仰るなら」

「皆沢、それくらいにしとけ」丹羽が言った。「とにかく岡部部長、組織の立て直しをひとつ、よろしく頼みますよ」

岡部の目が光った。胸を張る。

「まかせてください。不肖、この岡部が全霊をこめて、傷んだところは繕い、新しい血を入れて組織の再建に邁進いたしますので」

調子のいい言だが、岡部は本気のようだ。

「都留警察署の穂坂はどう？」

続けて丹羽が尋ねる。

「それですがね」岡部は身を乗り出した。「池井さんへの告訴を取り下げると言ってましてね」

「そうか、よかった」

安心したように丹羽がため息をついた。

「じゃ、時機を見て復帰させる方向で頼むよ」

「お任せください」

と岡部は頭を下げる。

「あとは知事贈収賄の捜査か」丹羽の視線が戻る。「協力者もいるし、そう時間はかからんな」

「万全を期して慎重に進めようと思います」

志田が言い、仁村を窺ったので、「いまさらですが、予断は避けたいと思います。第二ラウンドが始まったということで、これからが勝負です」と仁村は申し添えた。

「それはいいとして、本物のXデー。いつ頃になる？」

「年明けの二月……いや、一月中には」

「その線でいけるか？」

志田も異論はないようだった。

本部長に上げる細目について話が進んだ。仁村は文書化した説明資料を披露しながら、スケジュールを話した。何度か、肝心要（かなめ）の人物に対する事情聴取について触れた。志田はむろん、丹羽もさらっと耳を貸しただけで、それ以上の言葉は出なかった。

岡部がいなくなったところで、仁村はおもむろに懐から一枚紙を取りだして机に置いた。ぱっと見た丹羽が紙をすくい上げ、顔を近づけて舐（な）めるように見た。笑みが消え、それを丹羽は志田に渡した。生き生きしていた志田の表情が曇り、唇を嚙（か）みしめながら紙を折りたたみ、仁村に返して寄こした。

改めてそれを広げる。

通信会社に照会した五人の通信記録だ。

収受日の日付印は押されていない。

志田の勘ぐる顔の前に、九十度に折れ曲がったクリップを差し出す。

「申し訳ない。班長から教わったやり方で引き出しを開けさせてもらいました」

えっと志田が身を乗り出す。

「……いつ」

「一昨日の晩」

仁村は記録紙の中段にレ点を付けた行を指さした。

水越英行（ひでゆき）の架電。

十月二十二日土曜日、午後七時二十七分。

相手先、武智康広。

「説明していただけませんか？」

34

十二月十六日金曜日。午前十一時。

舞鶴城公園の高台にある武徳殿の前で、仁村は人待ちしていた。日は照っている。思った以上に八ヶ岳おろしがきつい。

恩賜林記念館のある曲輪から、黒コートに手を突っ込んだ長身の男が姿を見せた。武徳殿前の階段を駆け上がり、武智康広参事官兼生活安全企画課長は愛想のいい笑顔で、「よっ」と片手を挙げた。

「お呼びたてして、すみません」

仁村はとりあえず挨拶した。

「二課長さんのお呼びとあらば、どこにでも参上しますよ」

独特の高く、かすれた声で武智が応じた。

「冷えますね」

コートの下に着たダウンベストのジッパーを引き上げる。

「甲府の冬はこれからですよ。もう仕事納めだし。何かよいお話でも聞けますかな」

屈託のない表情で、仁村と並んで立ち、眼下に広がる甲府市中心街を見下ろした。

「江戸中期にはこのあたり」仁村は腕を水平に引いた。「温泉が湧いて、湯煙が立ち上っていたそうですね」

「よくご存じで。万病に効いたみたいですよ」

「城内だったので、庶民は入れなかったんじゃないですか。湯煙を見ていたのに残念だったでしょうね」

くるくるっと丸い目を動かし、人懐こそうな顔で仁村を見る。

「ひょっとして娘の話？」

と武智が切り出してきた。

「いえ、関係ないです」

お礼の一言でも出ると思ったのだろうか。

「ほかでもないのですが、早川ビルの〝椿〟、ご存じですか？」

「早川……ああ、弁天通りの？」

「はい。椿は佐古紀男の愛人の店ですよね？」

「えっ、そうでしたっけ」

後頭部に手をあてがい、とぼける。

「椿で県の宮木政策局長と何度か会いませんでしたか？」

「あの方と？　会ったことないなぁ」

「勤めてる女の子は、おふたりが会ったのを見てますけどね。ちょっと小太りの、右目の横にほくろのある子」

「そうですか。まあ、呑（の）むのは嫌いじゃないですしね」

「有泉知事の贈収賄です。詳細を宮木さんに伝えたでしょ？」

刃（やいば）を喉元（のどもと）へ突きつけたはずだったが、武智は動じる気配がない。

「またまた、課長。贈収賄のことはちらほら聞いてますよ。でも、わたしなんか、とても、とても。詳細なんて知らないです」

「うちの水越が、武智さんに伝えたと言っています」

「水越？」

去年、甲府中央署刑事一課から二課に配属された三十一歳。知特第三係の捜査員。一昨日、漏洩を認めた。武智の長男と水越は同級生で、幼い頃から武智宅に出入りしていた。県警を選んだのも武智の存在が大きかったという。水越が甲府中央署刑事一課勤務時代、武智が同署の刑事一課長として一年間籍を置いたこともあり、捜査二課への転属も武智の後押しで実現した。

「十月二十二日土曜日の晩です。甲府ロイヤルホテルでの知事と新原の密会の際、水越があなたに知らせた」

水越は甲府ロイヤルホテルの盗聴チームの一員だった。ぎりぎりまで迷ったあげく、武智に通報したのだ。そして武智はすぐさま、宮木に電話を入れた。

「そのあと、盗聴が露見して、贈収賄事案が一時頓挫した……ご存じですよね」

エスになり果てた部下の水越をかばったことを志田は認めた。その心根は理解できるが、その不実はずっと残る。

「あ、あ、何か勘違いされてる？」

手を上げ、巧みに予防線を張る武智を無視して背中を向ける。そうして、知事贈収賄の発端になった背広の仕立券問題について話した。武智は黙って聞いていた。

「どうして、武智さんはそこまで知事の肩を持つようになったんですかね？」

説明のあと念を押す。

「あれぇ、思い当たらないなあ」

と武智が口にした。

「ゆくゆくは警視正ポスト狙いですよね？」

振り向いて言った。

山梨県警の警視正は警務部長からはじまり、刑事部長、甲府中央署長、交通部長、警備部長、生活安全部長、そして首席監察官の七ポスト。そこに登り詰めるなら、五十五歳のいま現在、主要署長ポストの一角に食い込んでいなければならない。

「警官なら誰だってそうじゃないですか。いやになっちゃうなあ」

しきりと照れる。

「しかし、競争、熾烈ですよね。とくに同期の池井さんあたりとの」

池井の名前を出して様子を見る。

「警備畑の彼よりも、実績としてはあなたのほうが上だったと聞いてますよ。本来なら、石和署長はあなたが就くはずだったのに、そうならなかった。あなたが、前任の刑事部広域捜査官時代、しでかしてしまったから」

針で突かれたように、丸い目がぴくっと動いた。

「毎朝新聞甲府支局の若林真名美さんに、ちょっかい出してたでしょ。汚い言葉ぐらいなら我慢もできるが、ネタの提供をエサに、体を触る、ホテルに誘うのし放題。たまらず、彼女は本部の総務室広報官だった池井さんに泣きついた。そのスキャンダルがもとで、石和署長ポストがふいになり、代わって池井さん本人が就いてしまった」

武智の頰が赤みを帯びている。しかし、すぐ切り替えると首筋をさすり、「いやあ、どこから聞いたのかなぁ」と逃げ口上を打つ。

「腹、立ったでしょ？」

海千山千。負けぬよう、軽い調子で言ってみた。

「滅相もない」

「だからといって、池井さんの昔の脛(すね)の傷を持ち出すのは卑怯(ひきょう)じゃないですか？　穂坂登美子の一件。あれも、あなたでしょ？」

「弱っちゃうな」

と頭を搔(か)く。

「穂坂本人が認めてますよ」

「ええっ、そうなの？」

まったく、潔さがない。

仁村は武徳殿への石段を上った。武道場になっている中を覗(のぞ)き込む。

きれいな青畳が見えた。武智がついてきた。

「今年はまだ、長野県警との剣道の交流試合がないですね」

「震災があったからねえ」

「剣道も柔道も苦手だったなあ」

と言ってみた。

「その若さだから、まだまだこれからじゃないの」

武智が親しげに言を放つ。

「武智さん、剣道四段でしょ。向かうところ敵なし。なのに惜しいなあ」

「え、何が？」

「有泉知事の贈収賄の行方、気になりませんか？」

「だから、詳しくは知らないって言ったでしょ」

いや、こちらの動きを探るため、娘まで使った。

「そう言わないで」仁村はガラスに映る武智の顔色を窺う。「ハリモミの郷ですよ。仕立券なんて目じゃない。富士山麓の霊園開発」

武智の表情がゆがんだ。

きょういちばんの狼狽だ。

「あなたとごく親しい佐古組がからんでいるんですよ。富士河口湖町の長井建設興業が事業の先導者として」

「また、そっち……」

苛立たしげに後頭部をぽんぽん叩く。

「霊園開発はご存じの通り、自治体と宗教法人にしかできない。そのあたりの工作を長と言ったほうがわかりやすいか」

「ん？」

首をすくめる。

「あなたが、前に内偵捜査の途中だからと庇った長井建設興業ですよ。忘れちゃいけない。ちゃんと文書もあります」

「あー、あれね。ちょっと曲解してないですかぁ」

「なんとでも。霊園開発のからくりは説明しなくても知ってますよね」

この自分よりも、細部の情報を握っているはずの男に言うつもりはなかった。

この一週間で捜査は進捗した。現時点で行える関係者の事情聴取と書類の押収は終えた。

情報を突合した結果はこうだ。霊園の設置許可については天覚寺の名前を使って長井建設興業があたり、そのあとの用地買収はトキワ商事が行う。霊園の造成工事をしたうえで宗教法人天覚寺に寄付し、対価として建墓権と永代使用権をトキワ商事が取得したのち、これを高根石材に転売する。高根石材はパッセの子会社だ。つまり、パッセが事業主にほかならない。広大な土地の取得が見込まれたからこそ、事業化をもくろんだ。

山梨県央信用組合からトキワ商事が借り受けた八億円もこの中で消費される。事業着手時には、その数倍の利益がトキワ商事を通して暴力団側に流れ込む図式だ。問題は、許認可に山梨県知事が一枚噛んでいるという点に尽きる。知事がその地位を賭してまで、どうしてこの事業に肩入れする気になったのか。いずれにせよ、火を見るより明らかな失態だ。

仁村は閉じられた武道場の扉に拳を叩きつけた。

「しかし、なぜあなたは、そこまで佐古組の肩を持つんだ」

気圧されたらしく、武智は口を半開きにして動かなくなった。

「長井建設興業に勤めるあなたの息子さんのせいか？」

それを口にしたとき、武智の顔にはっきりと動揺が広がった。

「暴走族のまねごとをしていた、できのよろしくない息子さんと聞いていますが、それを面倒みてくれた恩に報いるためですか？」

武智は苦々しい表情で目をそらした。

「あなたが長井をかばったのは今回が二度目になる。六年前にも一度。長井建設興業の常務による談合が露見して、二課が摘発に入る朝だった。あなた、何をしたんです？」

武智はものを言わなくなった。青ざめている。

「二課員の見ている前に堂々と現れて長井建設興業の社屋に入り、摘発を告げ口した。証拠書類は隠滅されて、けっきょく、立件できずに終わっている。当時、組織犯罪対策課にいたあなたは、暴力団との癒着の噂の絶えなかった長井建設興業に、ネタ取りのために入ったと言い訳したそうじゃないですか。それが通ってしまったくらいだから、この県警の闇は深いよ」

武智に当てます、と刑事部長以下に告げた昨晩、志田はようやくそれについて口にしたのだ。県警をあげて隠滅しようとした、かつての忌むべき非違事案。

懐のスマホが震えた。

仁村は身を預けていた扉から離れた。スマホを取り出す。

皆沢の番号が表示されていた。武智に背を向けて、通話ボタンを押し、耳に張りつけた。

「ホシ捕りにいく」

「……三井ですか？」

「タレコミがあった。笛吹市の元愛人宅にいる。どうする？」

「同行させてもらいます」

「別館前で待ってる」

「了解」

息をひとつ吐き、スマホをポケットに押し込んだ。見守っている武智に、

「のちほど、きちんとお話を伺います」

そう言い置いて、唐破風屋根の下の階段を駆けくだった。

掃き清められた前庭を横切る。武智はついてこない。ようやく、出口にたどり着いた気がした。やり残したことは見当たらなかった。年明けは贈収賄摘発に向けて、猛烈な

忙しさが待ち受けているだろう。小山内景子の顔がよぎった。ひょっとしたらおれは……。風の冷たさを感じない。猛烈に腹の虫が鳴っていた。

35

十二月二十一日水曜日。

甲府地方検察庁。

「三井は落ちましたか?」

土居が訊いてくる。

「完落ちではありませんが、拳銃を撃ったのは認めています」

仁村は答えた。

「じゃ、いずれ落ちるね」

「落ちます」

「そうなったら、大事になるなあ」

「もちろんです」

「まあ、本件とは切り離しての審理になりますが、いずれはくっつくよね?」

「そう思います」

土居は山梨県央信用組合からトキワ商事へ流れた八億円の融資決裁書のコピーをめく

った。

「で、山梨県央信用組合の浅利は、洗いざらい認めてるわけですね？」

「ほぼ、認めています」

「トキワ商事経由で佐古組へ金を流したあたりも？」

「長年のつきあいで、断り切れなかったと言っています」

「それだけ？　何かネタでも握られてるんじゃないの？」

「そちらはないみたいですね」

「見返りは？　ネタを握られてないなら、キックバックくらいあったと見て当然と思うけどな」

「それも、いずれは明らかになりますので」

背任容疑が固まり次第、浅利は逮捕される。本格的な家宅捜索と銀行捜査を行えば、浅利に関わる金の流れは白日の下にさらされるだろう。

「浅利から、佐古組や長井建設興業に洩れる心配はないよね？」

「はい。新原にも洩らさないよう、厳しく口止めしています」

洩らせば自分に不利になるくらいのことは浅利も十分に承知している。

「わかりました。じゃ、こっちはそれくらいにして、本論に行きますか」

土居はパッセによる霊園開発に関わる許認可の資料、そして、これまで得られた関係者の供述調書に手を乗せた。

「いよいよだね。どうですか？　見込みは？」

改めて土居が言う。

「細部にわたり、関係者の証言と証拠書類が集まっています。ハリモミの郷の全体事業費についてはそこにある通り、三十億円をゆうに超える額です。最終的には、その数倍に当たる利益がパッセに転がりこみます」

「そこまでいく？」

驚いた様子で資料をめくる。

「少なく見積もってです」

「長井建設興業を通じて、佐古組にも還流するよね？」

「もちろん、そう見ています」

「うーん」土居はため息をつき、仁村と志田を窺う。「霊園開発の申請そのものについて、知事側の関わりは裏が取れてますか？」

「山中湖村への申請を取り下げた理由、山中湖村と忍野村両方にかかる霊園開発に切り替えた経緯、いずれについても役場と村民への聴取を通じて、把握しました」

志田がきっぱりと答えた。

「その切り替えは、パッセ側からの申し出？」

「表向きはそうなっていますが、双方の役場関係者はそれより先に、県から打診があったと話しています」

土居は軽くヒューッと口笛を吹いた。

「知事側から、入れ智恵があったとみる有力な証言になるじゃないですか」

「そう見ても、いいかもしれませんね」

「ここのところ肝心ですよ。知事の職権で許可を与えるわけだから。もう一歩踏み込んで、知事の口添えがあったかどうか立証できれば、一歩も二歩も前進する。できますか？」

「むろんです」

仁村の言葉に土居が息を深く吸った。

来たるべきXデーで、関係先の家宅捜索を行えば、それに関する公文書やメモ類など、ごっそり手に入るはずだ。

「知事、認めますかね？」

「認めさせますよ」

「そこのところですけどね」土居がざっくばらんな調子で続ける。「最終的に知事の任意同行まで持っていくには、贈賄側の新原の供述がほしいね。たしかに知事にお願いしましたっていう形の。どう？」

やはりそう来たかと仁村は思った。新原から贈賄を認める供述を得なければ、地検は起訴しないということだろう。警察庁の斉藤二課長補佐からも、そこは最低限押さえてくれと言われている。

「贈賄側からの具体的な資金提供の話ですか？」

仁村が尋ねると土居は頭を低くした。

「新原から知事へ金が流れてるの？」

「流れていると見て間違いないですね」

ぴしゃりと志田が言った。

「どれくらい？」

「賄賂について、当初は知事選に向けての資金提供のみと思われましたが、それに加えて霊園開発に対する知事側の便宜供与という重大な側面が露わになっています」仁村が言った。「しかも知事サイドから、いったん流れた申請を復活させるという積極的な便宜供与がなされた可能性すら出てきた。子どもじゃないですから、新原もただ頭を下げて、ありがとうございますと言うだけでは済まないでしょう」

土居の顔に厳しさが戻り、志田に目を向ける。

「まだ非公式な段階ですが、山梨県央信用組合からトキワ商事に貸し出された八億円があるでしょ。今回の銀行捜査で、そのあとの流れを精査しました」

さらりと志田が言った。

「この一年間でほとんど、小切手や現金で引き出されてるんでしょ？」

「ええ。引き出された金は、毎月、五日前後に長井建設興業をはじめとして、複数の外注先に振り込まれていますが、中でも神谷工業とウケイ社の二社については、ふた月ごとに一千万単位で振り込まれています」

「孫請け会社？」

「名目上はそうなりますが、神谷工業は倒産していて、ウケイ社も赤字会社で実体がありません」

「架空口座ですか」胡散くさげに土居が続ける。「倒産した会社に振込できるの？」

「商号変更すれば可能です。このふたつの口座に振り込まれた金は、その日のうちに全額、引き出されています。ちなみに、この二社の出金伝票は同一人物による筆跡でしたよ」

土居はやれやれという顔で頭を掻いた。

「トキワ商事の中で金を回していたわけね。浮かせた金はどこへあてがったの？」

「この一年間で、小沼秋江が甲陽銀行で借りている貸金庫の数が増えていましてね」志田が目を細めた。「最初はひとつだけだったんですが、いまは三つほどあります。貸金庫を借りた日付は、決まって、いまの二社に金が振り込まれた日なんですよ」

「小沼って、〝クラブ秋江〟のママでしょ？」

「ええ」

「クラブ秋江がたまりなの？」

「そう見ています」

「じゃ、そこから新原が知事へ？」

「現金ですから、贈りやすいでしょうね。げんに十月二十二日にあった知事とのホテルでの密会で新原が持参していますし」

土居は天井を仰いだ。

「……八億円、知事選に向けた裏金捻出に使った有力な証拠になり得るじゃないですか」

「クラブ秋江をはじめとして、関係先への家宅捜索で、そのあたりは明らかになります」

「そこまで煮詰まっているか」土居は息をつき、値踏みするように仁村を見た。「では、新原の事情聴取はいつがご希望ですか？」

日程まで切り出されて、仁村は少しばかり驚いた。先日の相談で、最高検からゴーサインが出ていたのだ。

「できれば、知事と同日で逮捕まで持っていきたいと思います」

土居は呆れた表情で身を引いた。

「それは、警察庁の意向？」

「そう考えて頂いてもいいです」

――知事については外堀が埋まった段階で、間髪を容れず任意の事情聴取に踏み込む。ここ数日、警察庁との調整を済ませた結論がそれだった。

これまで、検察にはさんざんやきもきさせられた。少しくらい、脅してもいいだろう。

「同日はちょっと難しいですよ」と土居。

「だめですか？」

「おわかりでしょう。そのへんの村役場の村長じゃあるまいし。知事ですよ知事」

仁村も反論する気は起きず、土居の言葉を待った。

土居はカレンダーをちらちら見ながら、

「新原は、年明けのそうだなあ、十三日の金曜日あたりはどうですか？」

「かまいません。会社が引けて、新原が社用車に乗り込んだところで声をかけます」

「事情聴取はホテルかどこかで？」

「そのようにします」

警察署に引致しては、ことが大きくなる。

「そのあとは？」

「仕立券を知事に贈ったのを認めた段階で、主だった数カ所の家宅捜索に入ります」

土居はしきりとうなずく。

「そこで具体的なブツが出たら、いよいよ知事の番だな」

と土居は腕を組んだ。

「おまかせください」

土居はしばらく思案してから、「知事はいっそ、その翌週の月火あたりで行くか」と自ら事情聴取に乗り出すくらいの意気込みで言った。

やはり、検察内部でも調整が終わり、現場の判断にまかせる段階まで来たようだ。

「新原に当てた段階で、口封じはしますがほかの家宅捜索もあります。知事側に洩れないとも限りません。うちで新原を抱える時間は短ければ短いほどいい。月曜日の朝の線でお願いできませんか？」

土居は口を引き結んでうなずいた。「わかりました。知事が落ちた段階で、両者への逮捕令状請求、改めて関係先すべての家宅捜索ということでいいですね？」

「それでけっこうです。十六日月曜は知事の居宅をはじめとして、知事室や関係部局、それから新原宅とパッセの本社など、本件の関係先すべてに人員を配置し、いつでも逮捕、ならびに家宅捜索に踏み込めるよう万全の準備を整えます」

捜査二課だけでは人が足りず、刑事部あげてのXデーになる。

「よし」土居は腕まくりし、改めて仁村の顔を覗き込んだ。「いちおう、その日程で攻めるとして……どうですか、自信ありますか？」

「むろんです」

「もし、新原が認めなかったら、知事の聴取は先送りしますよ。それでよろしいですね？」

「どうあがいても認めざるを得ないような証拠を集めてぶつけます。新原が落ちるのを前提にすすめてください」

「かりにの話ですよ」土居は警戒を解かなかった。「新原への事情聴取が知事側に抜けたら、証拠類は隠滅されてしまうでしょう」

「土居さん」志田が自信を漲らせ、机に両手を乗せた。「書類は燃やされても、人間はシュレッダーにかけられませんよ」

志田の言葉に戸惑いながらも、少しずつ土居の顔に曙光が差し込んだ。

「わかりました。その日程で行きましょう」

「了解しました。準備に邁進します」

「お願いしますよ」

「心得ました。これからも、何なりと仰ってください」

土居はそれまでになかった当事者の顔に切り替わっていた。遅くとも、ひと月後には、この場所で知事と相対する。三席にもその実感がようやく湧いたようだった。

36

平成二十四年一月十六日、月曜日。

快晴。午前七時五分。外気温一度。中央道双葉スマートインターの北、大久保。坂の中ほどにある有泉知事の自宅は、真東から朝日を浴びていた。ベージュのモルタル外壁。リズミカルに切妻屋根が連なり、二階の丸窓が光っている。門の左には私用車のレクサスが駐まっていた。

役人を辞め、衆議院議員に転身した翌年に建てた家だ。三年前まで知事公舎は甲府の宮前町にあったが、山梨大学に土地が貸与されていまはない。子どもは独立して、東京に住んでいる。いまは妻とふたりだけの所帯だ。

しかし、いつまでかかる。

曾根とともに志田は玄関に消えたが、なかなか姿を見せない。ブルートゥースのイヤホンに、東別館にいる丹羽から電話がかかってくる。

「まだか」とせわしない声が耳朶に響いた。

「もう間もなくです」

「準備できてるぞ。いつでも来い」

「了解」

それから五分経って、ようやくドアが開いた。すらっとした曾根の体に隠れるように、有泉が姿を見せた。手にコートをかけている。うしろに志田がつき、かたまって歩きだした。仁村が待機しているミニバンに近づいてくる。二列目を回転させ、対座シートにした。イヤホンを外す。

いよいよと思った。とうとうこの日を迎えた。

仁村は二列目に移り、ドアをスライドさせて開けた。寒風を引き連れて有泉が乗り込んできた。

目の前の席に着く。思わず背筋を伸ばした。自然と拳を作る。横に張りついた志田が小さくうなずいた。曾根が助手席に乗り込み、ミニバンが滑り出す。

すぐ先の四辻を左に曲がり、坂を下った。

仁村が頭を下げて名前と身分を告げると、有泉はそこにいたのか、という目で一瞥をくれた。言葉はなかった。

面長で額が広い。銀髪の多くなった髪をきちんと分け、薄い眉の下、シルバーフレームのメガネが鼻にのっている。軽く唇を噛みしめる風貌から受ける印象は端整で、官僚然としていた。着込んでいる背広は、肩パッドが厚く、シルエット全体がゆるい。生地も固そうで、吊し物かもしれない。シワの目立つ幅広のビジネスシューズは普段履きだろう。

「早朝からご足労いただきまして、申し訳ありません」

もう一度声をかけてみると、ようやく、

「いや」

とだけ返ってきた。

「本日の知事の日程ですが、午前は甲府駅南口地域の整備に関わる庁内打ち合わせ、午後はＪＡグループ山梨賀詞交換会が予定されています」

「そうなっていますか」

粘りついた声。秘書に聞くような口ぶりに、「はい」と返した。

皮肉なことに、先週の金曜日は舞鶴城公園で山梨県警察年頭視閲式を行ったばかりだ。

果樹園のあいだを抜けて、ゆるい坂を下る。

知事の顔色を見る。

不安を無表情の中に隠そうとしているのだろうか。不意打ちを食らった怒りは見えなかった。この日を想定していたに違いない。新原サイドから、警察が入ったとの一報が届いていたのだろう。ならばと仁村は思った。

「新原さんから、お話はありましたか？」

「いや」

即答した。顔は窓外に向けたままだ。

「お聞き及びかもしれませんが、新原さんは知事に高級背広の仕立券を贈ったと仰っています」

「盆暮れの届け物ですよ」

さらりと有泉は口にした。

そう言われてしまえば身もふたもない。

――こんな若造に。

その心根が手に取るようにわかる。

「しかしながら高額です。届け物として、度を越えていると思いますがいかがですか？」

「認識の差でしょう」

そう来たか。仕立券が入っている背広の内ポケットをまさぐったが、志田の視線を感じて、出すのはやめた。エアコンの音が響く。

「ハリモミの郷について、お話しさせてもらってよろしいですか？」ひと息に言った。

「富士山麓(さんろく)に、新原さんが会長を務めるパッセが建設を予定している霊園です」

メガネ越しに目が開いたと思われたが、すぐ平静を取り戻した。

「世界でそこにしかないハリモミ純林に造られると聞いていますが、自然保護の立場からみますと、やや拙速な事業ではないかという評判も上がっているようです」

有泉は窓際に腕をかけ、我関せずの姿勢だ。

県道六号線に入った。まだ通勤の車は少ない。東別館には、あと十五分ほどで着く。

「人によって見方が変わると思いますが」

と有泉は他人事（ひとごと）のように言った。

「当初、パッセは山中湖村に霊園を建設する予定でいましたが、反対する住民が多く、断念しました。そのあと、忍野村と山中湖村にまたがる霊園の開発許可の申請を、ほかでもない県に出しました。この間の経緯はご存じと思います」

仁村は核心について切り出した。

「詳しくは知りません」

ちらっと仁村を見て、また窓外に目を向けた。

「関係者は口をそろえて、そのように申請を出すよう県のトップから要請があったと言っています。知事が指示を出されましたか？」

「事務手続き上、そうした選択を採られたのでしょう」

「いま、知らないと仰いましたが」

有泉はイラッとしたように、脚を組んだ。

「詳細についてては部下にまかせてありますから」

「申請時点で、ハリモミの郷は0・8ヘクタールほどですが、ゆくゆくはその二十倍にあたる15ヘクタールまで拡張するのが新原会長の意向のようです。そうなると、かなり大規模な霊園であると思いますが、いかがですか？」

地元に近いというだけでなく、莫大な利益が上がると見て事業に着手したのだ。

「民間事業について、口出しできません」

「しかし、一度は頓挫した霊園開発です。どうして県が誘導したんでしょうか？」

「存じ上げません」

ある程度予想はできたが、押し問答に仁村は焦りを覚えた。

「新原さんは地元にも近いし、どうしてもあの場所に造りたかったようです。以前から知事に意向を打ち明けていたそうですが、事実ですか？」

「聞いていません」

またか。

「新原さんは去年の七夕の日、知事に相談したと言っています。その際、あなたから関係部署に手配するという答えがあったそうです」

有泉の薄い眉がぴくりと動いた。

鎧で覆っている心中に、亀裂が走ったようだった。

——あいつ、喋ったのか？

そう、心中で問いかけている。

いましかない。このタイミングだ。

仁村は反対の懐からそれを取りだした。ラベンダー色の手帳。家宅捜索で入手した重要参考資料だ。

「小沼秋江さんが使っている手帳です」

名前を出すと、有泉の視線が手帳に吸いついた。

「クラブ秋江は知事も息抜きに使われていると聞いています。昨日、小沼さんと会って、お話を伺ってきました」

手帳を開いた。その頁を有泉の眼前に持っていった。

八月八日の欄に〝㊒　二千万〟

頁を一枚めくる。

十月七日にも、同じく〝㊒　二千万〟

くっきりしたボールペンの書き込み。少し癖があるが、きれいな楷書体。

「㊒は知事のことです。去年の七夕の日、クラブ秋江であなたは二千万円を受け取った」

電流が走ったように、有泉の首がぴくっと動いた。

「さらに八月八日は、クラブ秋江に勤務する女性ホステスが知事室に現金を届けた」

有泉は組んでいた脚をほどき、窓枠に当てていた腕を引く。

それまで変化のなかった目がせわしなく左右に動く。

「これは新原さんの請託に応えた賄賂だと認定せざるをえません」

きっぱり言った。

有泉のわずかに開いた口から、「それは」とだけ洩れた。

東町の交差点に近づくと、車はスピードを速めた。交差点を右に曲がった。

有泉の体が左に持っていかれた。それを志田が支えた。

飯田通りを南に向かった。

有泉の息が上がっていた。両手をシートにあてがっている。

出し尽くしたと仁村は思った。これ以上、手はない。それでもなお、認めないのか。認めなければどうする。無理にでも逮捕状を請求するか。ここまで来た以上、後戻りはできない。

かけるべき言葉が浮かばなかった。あと十分で東別館に着く。

自分が甘かったのか。

うーん、と知事の喉元から洩れた。体が丸まっている。顔色が冴えない。

これはと思った。前触れか？　落ちるか？

仁村は息を止めた。

どうなのだ。

体が前に持っていかれた。中央本線との立体交差に入ったようだ。前後に走る車はない。知事とのあいだが縮まった。仁村の中で何かが切れた。

「わからない」思わず仁村は発した。「どうしてあなたは、霊園ごときにそこまでこだわるんだ」

それに呼応したように車の速度が上がった。

有泉の視線が仁村を向いた。何かを訴えたいような顔だ。だが、それも一瞬のことだった。有泉の目線は仁村の肩越しに遠くへ投げかけられた。

立体橋の頂上部分に入った。真下を線路が通過していく。しばらくして、下降が始まった。有泉の顔から緊張がほどけ、無垢(むく)なものに変わっていくのを見て、仁村は体をひねった。走る真正面に、雪をいただいた富士山が煌(きら)めきを放っていた。有泉の視線はそこから動かなかった。

「……小児病棟、知っていますか？」

有泉の口が開いた。

何だろうといぶかりながら、「いえ」と返した。

「子どもの泣き声と人工呼吸器の音しかしないんですよ」有泉が静かに語りだした。「長男の直樹(なおき)が六歳のとき、山梨県の都市計画課長に赴任していてね。生まれつき直樹は拡張型心筋症で心臓が悪くて、富士見(ふじみ)の県立中央病院に入退院を繰り返していた。それで、とうとう……十一月三十日の夕方に、ベッドで息を引き取りました」

有泉は噛(か)みしめるように続ける。

「四階の部屋から、ちょうどダイヤモンド富士が見えて。ああ、もうこの子は苦しまなくて済むんだと思うと、ほっとしたような気分になった。あの子を送り出してやれたんだと」

そこまで語ると、肩を落として窓外に目を向けた。

乗り込んできたときと同じ表情に戻っていた。

長男のことがあって、知事はハリモミのある、あの場所に霊園を造らせる気になった。新原から話を持ち込まれたとき、天命に近いものを感じた。失った子どものため、富士山の見える場所に新たな墓を造りたい。そう思ったということか。

いまはもう何を訊いても無駄だろう。だが、先ほど知事は胸襟を開いて語った。

これ以上必要なものはない。落ちたと仁村は思った。

知事贈収賄捜査のために駆け抜けた半年が脳裏を駆け巡った。社会秩序を乱す重大犯罪と意識し、悪を糺すという思いだけで突っ走ってきた。その終着点が思いも寄らぬところだったので、仁村はしばらく呆然とした。

荒川を渡った。甲府市中心街へ連なる道は狭くなった。信号で止まるたび、座る姿勢を変えた。居心地が悪かった。志田は有泉と反対に顔を向けている。

穴切神社入口交差点から城東通りに入った。平和通りとぶつかる交差点を一気に走り抜けた。東別館まで、もうあと五分。仁村は腹に力をこめた。

まだ何も終わっていない。戦いはこれからだ。

そう自らを励ましながら、流れ去る中心街の建物を眺めた。

参考文献

『暴力団フロント企業 その実態と対策 暴力団関係企業―企業の仮面をかぶった暴力団の素顔』(二〇〇一年) 名古屋弁護士会民事介入暴力対策特別委員会／編 民事法研究会

『国税局査察部24時』(二〇一七年) 上田二郎 講談社現代新書

本書は、二〇一九年九月に小社より刊行された単行本を加筆修正のうえ、文庫化したものです。

頂上捜査

安東能明

令和4年 1月25日　初版発行
令和4年 2月25日　再版発行

発行者●堀内大示

発行●株式会社KADOKAWA
〒102-8177　東京都千代田区富士見2-13-3
電話　0570-002-301（ナビダイヤル）

角川文庫 22999

印刷所●株式会社暁印刷
製本所●本間製本株式会社

表紙画●和田三造

●お問い合わせ
https://www.kadokawa.co.jp/（「お問い合わせ」へお進みください）
※内容によっては、お答えできない場合があります。
※サポートは日本国内のみとさせていただきます。
※Japanese text only

ISBN 978-4-04-112063-7　C0193

◇◇◇

角川文庫発刊に際して

角川源義

第二次世界大戦の敗北は、軍事力の敗北であった以上に、私たちの若い文化力の敗退であった。私たちの文化が戦争に対して如何に無力であり、単なるあだ花に過ぎなかったかを、私たちは身を以て体験し痛感した。西洋近代文化の摂取にとって、明治以後八十年の歳月は決して短かすぎたとは言えない。にもかかわらず、近代文化の伝統を確立し、自由な批判と柔軟な良識に富む文化層として自らを形成することに私たちは失敗して来た。そしてこれは、各層への文化の普及滲透を任務とする出版人の責任でもあった。

一九四五年以来、私たちは再び振出しに戻り、第一歩から踏み出すことを余儀なくされた。これは大きな不幸ではあるが、反面、これまでの混沌・未熟・歪曲の中にあった我が国の文化に秩序と確たる基礎を齎らすためには絶好の機会でもある。角川書店は、このような祖国の文化的危機にあたり、微力をも顧みず再建の礎石たるべき抱負と決意とをもって出発したが、ここに創立以来の念願を果すべく角川文庫を発刊する。これまで刊行されたあらゆる全集叢書文庫類の長所と短所とを検討し、古今東西の不朽の典籍を、良心的編集のもとに、廉価に、そして書架にふさわしい美本として、多くのひとびとに提供しようとする。しかし私たちは徒らに百科全書的な知識のジレッタントを作ることを目的とせず、あくまで祖国の文化に秩序と再建への道を示し、この文庫を角川書店の栄ある事業として、今後永久に継続発展せしめ、学芸と教養との殿堂として大成せんことを期したい。多くの読書子の愛情ある忠言と支持とによって、この希望と抱負とを完遂せしめられんことを願う。

一九四九年五月三日

角川文庫ベストセラー

死紋調査
安東能明

死を予知する絵の存在を知った万里。悲劇が続くなか、万里は息子の描いた絵のなかに「死紋」を見出してしまう。息子を救うため、謎に迫るが――。警察小説の第一人者が描く、異色のサスペンス・ミステリ！

十字の記憶
堂場瞬一

新聞社の支局長として20年ぶりに地元に戻ってきた記者の福良孝嗣は、着任早々、殺人事件を取材することになる。だが、その事件は福良の同級生2人との辛い過去をあぶり出すことになる――。

約束の河
堂場瞬一

幼馴染で作家となった今川が謎の死を遂げた。法律事務所所長の北見貴秋は、薬物による記憶障害に苦しみながら、真相を確かめようとする。一方、刑事の藤代は、親友の息子である北見の動向を探っていた――。

砂の家
堂場瞬一

「お父さんが出所しました」大手企業で働く健人に、弁護士から突然の電話が。20年前、母と妹を刺し殺して逮捕された父。「殺人犯の子」として絶望的な日々を送ってきた健人の前に、現れた父は――。

警視庁ＳＭ班Ｉ
シークレット・ミッション
富樫倫太郎

警視庁捜査一課に新設された強行犯特殊捜査班。そこは優秀だが組織に上手く馴染めない事情を持った刑事6人が集められた部署だった。彼らが最初に挑むのは女子大生の身体の一部が見つかった猟奇事件で――！

角川文庫ベストセラー

警視庁SM班II モンスター 富樫倫太郎

若い女性の人体パーツ販売の犯人は逮捕された。だが事件に関係した女性たちが謎の失踪を遂げ、班長の薬寺までもが消えてしまう。まだあの事件は終わっていないというのか？　個性派チームが再出動する！

孤狼（ころう）の血 柚月裕子

広島県内の所轄署に配属された新人の日岡はマル暴刑事・大上とコンビを組み金融会社社員失踪事件を追う。やがて複雑に絡み合う陰謀が明らかになっていき……男たちの生き様を克明に描いた、圧巻の警察小説。

凶犬の眼 柚月裕子

マル暴刑事・大上章吾の血を受け継いだ日岡秀一。広島の県北の駐在所で牙を研ぐ日岡の前に現れた最後の任侠・国光寛郎の狙いとは？　日本最大の暴力団抗争に巻き込まれた日岡の運命は？『孤狼の血』続編！

検事の本懐 柚月裕子

連続放火事件に隠された真実を追究する「樹を見る」、東京地検特捜部を舞台にした「拳を握る」ほか、正義感あふれる執念の検事・佐方貞人が活躍する、司法ミステリ第2弾。第15回大藪春彦賞受賞作。

検事の死命 柚月裕子

電車内で痴漢を働いたとして会社員が現行犯逮捕された。容疑者は県内有数の資産家一族の婿だった。担当検事・佐方貞人に対し不起訴にするよう圧力がかかるが……。正義感あふれる男の執念を描いた、傑作ミステリー。